Klaus Eckhardt
Tote trinken keinen Raki

AF238804

Klaus Eckhardt (1949 bis 2012) war Buchhändler und IT-Trainer und bereiste mehr als 40 Jahre Griechenland. Er übersetzte griechische Literatur ins Deutsche, verfasste zwei griechische Liederbücher, und schrieb mehrere Kreta-Krimis und Reiseführer über sein Lieblingsziel Kreta, zuletzt den ersten Autoreiseführer für die beliebte Urlaubsinsel. Er lebte zuletzt mit seiner Frau und zwei Söhnen in Köln.

Klaus Eckhardt

Tote trinken keinen Raki
Der erste Fall des Jak Anatolis

Bibliografische Information Der Deutschen Bibliothek

Die Deutsche Bibliothek verzeichnet diese Publikation in der
Deutschen Nationalbibliografie; detaillierte bibliografische Daten
sind im Internet über http://dnb.ddb.de abrufbar.

Verlag Dr. Thomas Balistier
Egartstraße 19
D-72127 Mähringen
www.kreta-buch.de

1. Auflage Mähringen 2002
8. Auflage Mähringen 2019
Satz: PEAK Agentur für Kommunikation GmbH, Tübingen
Herstellung: bookpress.eu, Olsztyn (Polen)

ISBN 978-3-9806168-8-1

Mein Name ist Jakob Ostmann. Ich bin 36 Jahre alt und lebe seit etwa 14 Jahren auf Kreta. Inzwischen nenne ich mich Jakovos Anatolis, aber meine Freunde sagen einfach Jak zu mir (nicht wie das englische Jack, nein, einfach Yak, wie der tibetanische Büffel).

Mein Zuhause ist das kleine Dorf Melambes oberhalb von Agia Galini an der Südküste Kretas. Nach jahrelangen Gelegenheitsjobs in den Gewächshäusern, bei der Trauben- oder Olivenernte, als Kellner, Fischer, Zimmermann, Maurer (oder was auch immer) arbeite ich nunmehr als „freischaffender Schnüffler".

Mein Büro in Agia Galini befindet sich zwischen einem Fischimbiss und einem Souvenirgeschäft. Es ist nicht sehr frequentiert, denn es passiert wenig, was die Einheimischen nicht untereinander regeln könnten. So fahre ich jeden Morgen mit dem Motorrad meines Freundes Stelios von Melambes auf der kurvigen Straße hinunter nach Agia Galini und verbringe den Tag mit einer Flasche Tsikoudia hinter meinem Schreibtisch oder gegenüber im Kafenio des alten Stefanos im Gespräch mit Bekannten, immer in der Hoffnung, dass das Schild „Private investigations" einen potentiellen Kunden anlockt. Manchmal verdiene ich mir ein paar Drachmen dazu, indem ich mit Stelios zum Fischen hinausfahre. Er macht das nur noch als Hobby, denn ansonsten hat er einige Angestellte auf seinen zwei großen Fischerbooten, die für ihn die Arbeit machen. Mit seinem dritten Boot lässt er Touristen zu den benachbarten Stränden schippern, das bringt ihm mehr ein als die Fischerei. Seinen sonstigen Lebensunterhalt verdient er mit einem Hotel mitten in Agia Galini, wo er meist ebenso untätig wie ich hinter seinem Schreibtisch an der Rezeption sitzt. Allerdings hat er mehr Kunden, und so kann er sich einen anderen Lebensstil leisten. Er besitzt nicht nur zwei Autos und ein Motorrad, das allerdings fast ausschließlich von mir gefahren wird, sondern es ist ihm angenehmerweise auch möglich, mich fast täglich zum Essen einzuladen. Pünktlich um neun Uhr treffen wir uns ohne besondere Verabredung in einem der Lokale des Ortes und verbringen den Abend zusammen. Meine sporadischen Versuche, ihm seine Großzügigkeit zu vergelten, beantwortet er stets mit einem lapidaren, *es wird noch der Tag kommen* ... Stelios ist ein Bär von einem Mann. Mit seinen 1,85 Metern ist er etwa so groß wie ich, aber wesentlich breiter. Sein lockiges Haar ist ebenso dunkel wie sein Vollbart. Er hat riesenhafte Hände, aber als er mir vor einigen Jahren einen Holzsplitter aus dem Finger entfernte, den ich mir auf seinem Boot eingerissen hatte, waren sie ebenso geschickt wie sanft. Ich habe Stelios zwar noch nie wütend gesehen, möchte aber in diesem Fall lieber auf der sicheren, d.h. auf seiner Seite sein.

Auch mit meiner Freundin Marika verbindet mich einiges, worauf ich hier aber nicht eingehen will. Nur so viel: nicht jeden Abend fahre ich in meine kleine Junggesellenbude nach Melambes hinauf. Und sie ist die einzige, die meinen Namen verzärteln darf; je nach Grad ihrer momentanen Zuneigung wird dann ein Jaki oder gar ein Jakaki daraus. Marika ist schlank und doch ausreichend mit allen weiblichen Attributen versehen, die sie noch gerne mit einer für ein Dorf wie Agia Galini gewagten Kleidung unterstreicht. Lange brünette Haare umrahmen ihr leicht orientalisches Gesicht, an dem mich die tiefbraunen, fast schwarzen Augen und ihre schön geschwungenen Lippen sofort fasziniert hatten.

Zwar gehört mir ihre Gunst fast uneingeschränkt, nicht hingegen ihre Zeit, denn neben ihrem Kunstgewerbeladen widmet sie sich noch in ständig wechselnder männlicher Gesellschaft erfolgreich dem Fremdenverkehr. Das wiederum verschafft auch ihr die Möglichkeit, mir hin und wieder finanziell unter die Arme zu greifen. Und wenn sich in mir doch einmal jenes Gefühl regt, das man gemeinhin Eifersucht nennt, so versteht auch sie sich auf den schönen Satz *es wird noch der Tag kommen* ...

So bin ich momentan in der erfreulichen Lage, ohne viel Arbeit leben zu können, auch wenn ich zugeben muss, dass ich mir manchmal wie ein Schmarotzer vorkomme. Doch ich bin mir sicher, den beiden all das irgendwann bis auf den letzten Cent zurückzahlen zu können.

Sonstige Hauptpersonen

Aristidis Rousakis
segnet vorzeitig das Zeitliche und hinterläßt nicht nur Trauer.
Despina Kolyvaki
ist eine ernstzunehmende Klientin, und das in jeder Beziehung!
Mathaeos Rousakis
ist mehr oder weniger abwesend und scheint nicht sehr an seinem Erbe interessiert zu sein.
Serafis Rousakis
hat viel Glück in Spiel und Liebe und verläßt sich darauf – bis es ihn verläßt.
Achilleas Rousakis
weiß das Leben trotz widriger Umstände zu genießen, aber ohne Preis kein Vergnügen.
Margarita Kolokotroni
ist sozusagen samt Eltern der Preis ...
Sophoklis Kolokotronis
ist Margaritas Vater und obendrein ein erfolgreicher Geschäftsmann und gnadenloser Patriarch (wie alle sagen).
Ariadni Kolokotroni
ist Margaritas Mutter und hat etwas gegen alles, was nicht zu ihren Kreisen gehört.
Stefanos
führt sein Kafenio und manchmal etwas versaute Gespräche.

Tassos
steht für alle Fälle bereit und hat das Format eines kleinen Köders für große Fische.

Thanassis Plakakis und Jorgos Trellas
sind bei der Polizei und mir wohlgesonnen (was auch am von mir gespendeten Whisky liegt) – ob sie tatsächlich schwul sind, erfahren ich und der Leser in diesem Buch nicht!

Inspektor Michalis Andreadis
ist auch bei der Polizei und mir zumindest anfangs weniger wohl gesonnen (er trinkt nicht, jedenfalls nicht im Dienst).

Jerome Lavallier und Marco Mocante
der Franzose und der Spanier, mögen mich nicht besonders. Jedenfalls lassen sie keine Gelegenheit aus, mir das klar zu machen.

Menelaos Kastritsas
teilt die Gefühle seiner Angestellten, ist aber ebenso höflich wie verschwiegen.

In Nebenrollen

– drei Ärzte, die mir jeder auf seine Art weiterhelfen
– der großzügige Wirt Theodoros, für den Wettschulden Ehrenschulden sind
– das Glück, das ich trotz aller Widrigkeiten bezüglich meiner körperlichen Unversehrtheit habe
– der Zufall, der mich zwar seelisch schmerzt, aber mir immerhin zu Hilfe kommt
– die Dinge, deren drittes mir zum Glück erspart bleibt
– das Feuer, mit dem ich spiele.

1

Es war ein ganz normaler Tag im August, etwa sieben Uhr morgens. Um diese Zeit hatte die Sonne noch nicht die verzehrende Kraft des Mittags. Die Zikaden schliefen in den Olivenbäumen, wo sie sich eng an die Zweige und Blätter schmiegten. Die Ausläufer des Siderotas-Gebirges fallen hier ziemlich steil zum Libyschen Meer ab. Es war windstill, die See ruhig, als habe jemand Olivenöl auf das Wasser gegossen. Die Straße von Agia Galini nach Melambes schlängelt sich in engen Serpentinen den Berg hinauf. Hinter fast jeder Kurve bietet sich ein neuer beeindruckender Blick auf die von Wind und Wetter glatt polierten Felsengipfel des ruhig in der Sonne gleißenden Ida-Gebirges und auf die unendliche Weite des Meeres. Bei vollkommen klarem Wetter konnte man meinen, bis nach Afrika schauen zu können. Wenn es ein wenig diesig war wie heute, sah man zumindest die beiden vorgelagerten Paximadia – die Zwieback-Inseln –, die ihren Namen wohl der dort herrschenden Trockenheit verdanken. In Ermangelung einer Süßwasserquelle leben auf beiden Inselchen nur Ratten, Mäuse und Vögel. Die Fischer aus Agia Galini und den anderen Dörfern an der Küste nutzen ihre Buchten als nächtlichen Ankerplatz.

Je höher man die Serpentinen hinaufkommt, desto mehr sieht man von Agia Galini, eine dicht gedrängte Ansammlung weißer Häuser, die sich in einem schmalen Einschnitt zwischen den Gebirgsausläufern den Abhang hinauf ziehen. Wie ein Amphitheater liegt das Dorf über dem großen Hafenplatz mit der langen, abgeknickten Mole, in deren Schatten Segeljachten und Fischerboote träge an ihren Tauen dümpeln. Selbst bei stärkerem Wind trägt dieser Hafen seinen Namen zu Recht: Agia Galini, die „Heilige Stille des Meeres".

Von den Bergen aus waren die feinen Linien, die die engen Gäßchen in das Häusermeer schnitten, kaum noch zu erkennen. Um diese Tageszeit lagen sie noch ruhig da, doch in wenigen Stunden würden sie von geschäftigem Treiben erfüllt sein. Der Ort hatte sich in den letzten Jahren vom verträumten Fischerdorf zum beliebten Touristenzentrum entwickelt, laut, geschäftig und recht einträglich für die Einwohner. Davon merkte man von hier oben allerdings nichts, man sah nur das idyllische Dorf zwischen Fels und Meer.

Manolis Perivolakis, der Postbote des Bezirks, hatte keinen Blick übrig für die Schönheit um ihn herum. Er fuhr wie jeden Morgen mit seinem alten grauen Lieferwagen die Straße nach Melambes, Saktouria und den anderen kleinen Dörfern hinauf, die am Südhang des Siderotas-Gebirges mit Blick auf das Libysche Meer lagen. Seine Tour endete gewöhnlich mittags in Spili, der Kreisstadt im Inneren der Insel.

Auch Manolis hatte schon bessere Tage gesehen. Immerhin war er fast 60 Jahre alt, sein Kopf war beinahe kahl, sein Schnurrbart zwar noch keck gezwirbelt, aber eisgrau, und seine Kleidung war abgewetzt und zerschlissen. Er pfiff die Melodie mit, die unter atmosphärischen Störungen aus dem quäkenden Autoradio quoll und klopfte dazu auf dem Armaturenbrett den Takt des Pentozalis. Es war ein schöner Tag, und es kümmerte ihn nicht weiter, daß sein Wagen wie fast immer nur mit wenigen Briefen und Päckchen beladen war, die in die Dörfer zugestellt werden mußten. Die griechische Post kam der Dieselkraftstoff sicherlich teurer als sie an der Beförderung der wenigen Stücke verdiente, aber war das sein Problem?

Mit quietschenden Reifen nahm er die nächste Kurve. Während er sich bemühte, mit der einen Hand den Wagen unter Kontrolle zu halten, versuchte er mit der anderen und dem größten Teil seiner Aufmerksamkeit, den Sender klar hereinzubekommen, weil Nikos Xylouris und sein trauriges Lied „Mutter, wenn meine Freunde kommen" gänzlich im Rauschen und Krachen verschwanden. Die Leistung der wenigen Sendemasten im Süden Kretas war nun einmal nicht besonders, und so wurde der Radioempfang immer wieder gestört. Als er wieder einen Blick auf die Straße warf, erstarrte er vor Schreck und trat instinktiv auf die Bremse. Der Wagen brach nach rechts aus, schleuderte dann zurück und überrollte, noch bevor er schlingernd zum Stehen kam, das unerwartete und wie aus dem Nichts aufgetauchte Hindernis.

Manolis Perivolakis fluchte laut, während der Motor erstarb. Er riß die Tür auf, stürzte aus dem Wagen, lief die paar Schritte zurück, und fand schon auf den ersten Blick seine Befürchtungen bestätigt: das Hindernis war ein Mensch. Mit den rechten Rädern war der Wagen über den Bauch des Mannes gerollt, Schultern und Kopf hingen über die steile Böschung. Manolis Perivolakis hatte in seinem Leben schon viel gesehen und fürchtete sich nicht vor einem unangenehmen Anblick. Jetzt jedoch wurde sein Gesicht aschfahl, denn der Tote war entsetzlich zugerichtet. Immerhin stellte Manolis erleichtert fest, daß nicht er mit seinem Lieferwagen die Verantwortung für das Ableben des Mannes trug, da dessen Brust und Hals zerfetzt und blutig waren. Er ging um den Toten herum, bückte sich und schaute in das entstellte Gesicht.

„Mein Gott," stammelte er, „das ist ja der Vatrachos!"

2

Der alte Stefanos schlurfte herbei und stellte die vierte kleine Tasse Kaffee vor mich auf den blau gestrichenen kleinen Tisch. Er wirkte wie ein übrig gebliebener Althippie mit seinem zotteligen schulterlangen grauen Haar und dem buschigen Schnurrbart. Auf seiner runzligen Knollennase saß eine dicke Brille, hinter deren Gläsern zwei hellblaue Augen blitzten. Auch seine Kleidung paßte dazu: Er trug ein langes verwaschenes Hemd ohne Kragen lose über einer geflickten

Jeans, seine nackten Füße steckten in ausgelatschten Sandalen.

„Ein schöner Morgen!"

„Was ist da schön dran, an diesem Morgen?"

Ich war nach einem heftigen Gelage mit Stelios erst gar nicht in mein Zuhause nach Melambes hochgefahren, sondern hatte auf dem Fußboden hinter dem Schreibtisch in meinem Büro geschlafen. Ein unnötiges Pflichtgefühl hatte mich schon zeitig wieder geweckt. Die Befürchtung, ein früher Kunde würde unverrichteter Dinge wieder gehen, wenn er die Tür zu meinem Büro verschlossen fand, war natürlich völlig überflüssig gewesen. So saß ich nun gegenüber in Stefanos' altem Kafenio, dem letzten seiner Art in der Welt der schicken Cafés von Agia Galini, um die Geister des Schlafes zu vertreiben. Dieser verdammte Stelios konnte jetzt ausschlafen, das ärgerte mich am meisten. Und das in seinem eigenen Bett in seinem eigenen Hotel ein paar Gassen weiter oben im Dorf, während ich von meinem harten Fußboden wie gerädert war.

Das Kafenio und mein Büro lagen in einer Gasse, die parallel zur Hauptstraße aus der Dorfmitte zum Hafenplatz hinunter führte.

Stefanos zwinkerte fröhlich.

„Schau doch nur mal, all die hübschen Mädchen, die hier vorbeikommen! Das ist schön an diesem Morgen."

Was das betraf, hatte er recht! Dutzende junger und leicht bekleideter Touristinnen, die noch mit den Auswirkungen der vergangenen Disco-Nacht zu kämpfen hatten und ihre Augen hinter großen Sonnenbrillen versteckten, waren an mir vorbei gelaufen, während ich meine drei ersten Tassen Kaffee trank. Aber ich hatte sie nur am Rande in berufsmäßiger Neugier wahrgenommen, denn natürlich war keine vor meiner Tür stehen geblieben oder wollte gar zu mir. Alle strebten sie dem eher mäßigen Strand im Osten des Ortes zu, die Strohmatte unter den Arm geklemmt, in der Badetasche das Sonnenöl und die neueste „Freundin", die man im Dorf kaufen konnte. Dort würden sie den Tag mit Grillen in der heißen Sonne verbringen und ihr angestrengtes Nichtstun höchstens für einen kühlen Drink oder eine geeiste Wassermelone in einer der Strandtavernen unterbrechen. Bei dieser Gelegenheit trafen die Kellner dort gern die eine oder andere Verabredung für den Abend in einem der Musikcafés am Hafenplatz. Später begab man sich dann in netter Gesellschaft in die Disco am Strand, und von hier aus war der Weg zu den Strandliegen im Dunkeln nicht mehr weit. In so manchem Hotelbett würden am Morgen zwei Köpfe auf dem Kissen und zwei Körper unter dem Laken liegen. Oh, du schöne Urlaubszeit!

Der alte Stefanos riß mich aus meinen Träumen.

„Ich möchte nicht wissen, wieviel Sex die in der letzten Nacht hatten!"

„Stefanos, du bist ein alter Bock! Kannst du in deinem Alter nicht auch mal an etwas anderes denken?"

Auch ich hätte mich besser in der letzten Nacht mit Marika vergnügt als mit Stelios gesoffen, dann ginge es mir jetzt wohl besser. Aber Marika war beschäftigt gewesen. Sie hatte ihren Kunstgewerbeladen schon früh geschlossen und war zweimal an uns vorbeigekommen, während wir trinkend vor der Kneipe saßen. Allerdings war sie in Begleitung, was Stelios ebenso geflissentlich übersah wie ich. Ihm gefiel nicht im geringsten, wie sich Marika ihren Lebensunterhalt verdiente, aber „sie ist schon über achtzehn, und ich bin nicht ihr Vater". Stelios war toleranter als ich.

„Warum soll ich nicht daran denken, Jak?" Stefanos brachte sich durch seine Antwort wieder in Erinnerung. „Alle Männer denken daran, vor allem auf Kreta. Als ich jünger war, habe ich nicht nur daran gedacht, da habe ich es auch gemacht." Und er pfiff wie zur Bekräftigung einigen Touristinnen hinterher, die ihn jedoch ignorierten. Natürlich waren die knackigen Surflehrer oder die jungen Kellner in den Strandtavernen interessanter als der alte Stefanos.

„Du hast deinen Beruf verfehlt, du hättest Philosoph werden sollen!"

„Du sagst es; ich habe dieses Fach sogar einmal fünfundzwanzig Semester lang studiert. Mein Problem war nur, daß ich auch auf der Universität immer nur an das Eine gedacht habe. Und deshalb bin ich durch alle Prüfungen gefallen!"

Ich schaute ihm nach, als er zurück in sein altes Kafenio schlurfte. Mir war es zu mühsam, darüber nachzudenken, ob er wirklich jemals eine Uni von innen gesehen hatte, ich widmete mich lieber ausgiebig der Behandlung meines Katers und verbrachte den Vormittag mit ein paar Raki.

3

Während der Mittagszeit war es auf dem großen Platz am Hafen sehr ruhig. Die Boote, die morgens die Touristen an die abgelegenen Strände geschippert hatten, würden erst gegen fünf Uhr zurückkehren, die Cafés waren nur spärlich besetzt. Agia Galini ruhte und bereitete sich auf den Abend vor. Die Geschäfte, die keinen „touristischen Bedarf" anboten, waren um diese Zeit ebenso geschlossen wie mein Büro. Ein weiterer Tag ohne Arbeit und ohne Einnahmen. Ich trank meinen kalten Nescafé, den ich mit ein wenig Metaxa hatte anreichern lassen, und döste vor mich hin, wie der ganze Ort. Ich wurde erst wieder aufmerksam, als ich den kleinen Tassos zwischen den Tischen hindurch auf mich zukommen sah.

„Jak, vor deinem Büro steht jemand, der will zu dir."

Der kleine Tassos wirkte von weitem wie ein Kind, so behende bewegte er sich. Erst wenn er näher kam, erkannte man, daß er lediglich sehr spärlich ausgestattet war von der Natur; er maß nur knapp über 1,50 Meter und wog sicherlich nicht mehr als 45 Kilo, obwohl er schon jenseits der

Dreißig war. Tassos verdiente sich seinen Lebensunterhalt mit kleinen Hilfsarbeiten und Botengängen; selten genug hatte auch ich etwas für ihn zu tun. Da er aber meistens in Stefanos' Kafenio herumlungerte und so mein Büro immer beobachten konnte, hatte er sich selbst zu meiner Hilfskraft ernannt.

„Jemand steht vor meinem Büro? Und er will wirklich zu mir? Das ist doch wohl nicht möglich."

„Doch, doch, es stimmt. Komm mal lieber rauf, sonst geht sie wieder weg."

„Sie?"

„Ja, Sie! Eine Dame steht da, und sie hat schon den alten Stefanos geweckt und nach dir gefragt. Er war ziemlich sauer, daß er seinen Mittagsschlaf unterbrechen mußte, und er wußte natürlich nicht, wo du bist. Also habe ich der Dame gesagt, daß sie warten soll und bin dich suchen gegangen. Nun komm schon endlich!"

Ich hinterließ ein paar Geldstücke und beeilte mich, zu meinem Büro zu kommen.

An einem Tisch bei Stefanos saß tatsächlich eine Dame. Ich schätzte sie auf den ersten Blick auf Anfang Dreißig. Sie war recht gut gekleidet, das blaue Kostüm paßte aber nicht so recht ins Dorfbild. Ihr Haar war hellblond, oben kurz und fransig geschnitten und hochgebürstet, im Nacken länger und glatt. Sie erhob sich, als ich auf ihren Tisch zukam. Der Rock ihres Kostüms war so kurz wie ihre Beine lang waren. Ihre Augen waren von einem undefinierbaren Graugrün und verschwanden fast hinter ihren langen Wimpern.

„Sind Sie Herr Anatolis?"

„Persönlich! Sie wollen zu mir?"

Auf den zweiten Blick wirkte das schicke Kostüm ein wenig billig, ebenso wie das kräftige Make-up. Ihr Gesicht schien nicht sehr oft der Sonne ausgesetzt zu sein, und so hatte sie mit etwas zu viel Rouge nachgeholfen.

„Ja, ich suche Sie. Ich brauche Ihren Rat."

„Ich werde dafür bezahlt, daß man meinen Rat braucht, gnädige Frau."

„Das denke ich mir. Ich will Ihre Hilfe ja auch nicht umsonst. Können wir bei Ihnen im Büro weiterreden?"

„Unter diesen Umständen wird es mir ein Vergnügen sein. Soll ich Ihnen etwas zu trinken bringen lassen?"

Sie zögerte einen Moment.

„Ein kleiner Ouzo wäre nicht schlecht."

Ich winkte Tassos, der zugehört hatte und sich beeilte, den alten Stefanos ein zweites Mal zu wecken. In der Zwischenzeit schloß ich die Tür zu meinem Büro auf, öffnete den Fensterladen, um die Sonne hereinzulassen, und deutete mit einer Handbewegung auf den Besucherstuhl. Dann verzog ich mich hinter meinen Schreibtisch und stellte die Füße auf die unterste Schublade, die zu diesem Zweck stets ein Stück herausgezogen war. Die Schublade selbst war leer, wie der Rest des Schreibtischs auch. Sie setzte sich, während sie die Jacke aufknöpfte.

„Sie haben es angenehm kühl hier. Und das ganz ohne Klimaanlage."

„Nun, Tür und Fenster werden nicht häufig geöffnet!"

Sie nickte, als habe sie verstanden. Tassos kam herein und brachte ihren Ouzo mit ein paar Tomatenschnitzen und Oliven auf einem Tellerchen und für mich ungefragt ein Wasserglas halbvoll mit Raki. Dieser einheimische Tresterschnaps, der eigentlich Tsikoudia heißt, stellt Tassos' Meinung nach für mich so etwas wie ein Grundnahrungsmittel dar. Damit hatte er gar nicht so unrecht. Er goß schwungvoll in zwei Gläser Wasser aus einer beschlagenen Karaffe und verbeugte sich servil vor meiner Klientin. Bevor er die Tür von außen wieder hinter sich schloß, deutete er mir mit einer Handbewegung an, er werde mein Konto mit der erbrachten Dienstleistung belasten. Ich notierte seinen stummen Hinweis in Gedanken bereits als Punkt Eins auf der Spesenrechnung und wandte mich wieder meiner Klientin zu.

„Nachdem für die nötige Gemütlichkeit gesorgt ist, können wir ohne Umschweife zur Sache kommen. Was führt Sie zu mir?"

Um ihr Zögern zu überbrücken, trank sie einen Schluck Ouzo und aß eine Olive. Dann räusperte sie sich.

„Ich brauche Ihre Hilfe."

„Das sagten Sie schon. Worum geht es denn genau?"

„Um Mord!"

Ich nahm die Füße von der Schublade und setzte mich gerade hin.

„Habe ich Sie richtig verstanden? Sie sagten ‚Mord'?"

„Ja, ich sagte ‚Mord'. Ich habe Grund zu der Annahme, daß mein Schwiegervater ermordet wurde."

„Ihr Schwiegervater? In Agia Galini? Verstehen Sie bitte, Sie sind mir unbekannt, und Sie sehen auch nicht so aus, als stammten Sie von hier. Deshalb die Frage."

„Schon gut. Ja, mein Schwiegervater lebt ... ich meine lebte hier in Agia Galini. Ich selbst bin aus Iraklion; ich bin die Frau seines Sohnes."

„Da Sie sagten, es handele sich um Ihren Schwiegervater, bin ich auf diesen Zusammenhang eigentlich schon selbst gekommen."

Sie quittierte diese Frechheit meinerseits mit einem kleinen Lächeln.

„Ich scheine an der richtigen Adresse zu sein. Ich meine: Ihr Scharfsinn ist nicht zu übersehen."

Das Gespräch lief mir aus dem Ruder. Da ich aus meiner Nebentätigkeit als Fischer wußte, wie lästig es sein kann, ein Boot wieder auf Kurs zu bringen, wechselte ich schleunigst das Thema.

„Er ist also tot, ihr lieber Herr Schwiegervater. Und woran ist er gestorben?"

„Er wurde von einem Auto überfahren."

„Das wäre zumindest eine originelle Mordwaffe. Haben Sie mal darüber nachgedacht, daß es sich auch um einen Unfall handeln könnte?"

„Ja natürlich, allerdings war er schon so gut wie tot, als ihn das Auto überfuhr. Das sagte jedenfalls der Arzt, der die Leiche untersucht hat. Man hätte ihm mit einem Schuß aus einer Schrotflinte die Brust zerfetzt, sagte er auch noch ... der Arzt."

„Dann sieht es wohl ein wenig anders aus. Und warum kommen Sie mit Ihrem Anliegen zu mir? Warum gehen Sie nicht zur Polizei?"

„Die Polizei hat mich ja verständigt, das heißt, man wollte eigentlich meinen Mann verständigen. Er ist aber momentan nicht erreichbar, also bin ich sofort mit dem Bus hergekommen. Bei der Polizei war ich schon, dort habe ich auch mit dem Arzt gesprochen. Und einer der Polizisten hat mir Ihre Adresse gegeben. Sie seien der beste private Ermittler hier, hat er gesagt, und die Polizei sei so überlastet mit anderen Arbeiten, daß ich besser noch andere Hilfe in Anspruch nehmen sollte."

Natürlich war ich der Beste im Ort! Ich war schließlich der einzige. Ich notierte in Gedanken die Kosten für eine gute Flasche Whisky, die ich als Provision zur Polizeistation hinüber bringen würde, ebenfalls auf der Spesenrechnung.

„Also noch einmal von vorn. Ihr Schwiegervater wurde in die Brust geschossen und hat das Zeitliche gesegnet. Verraten Sie mir seinen Namen?"

„Er heißt ... nein, er hieß Rousakis, Aristidis Rousakis."

„Der Vatrachos?"

„Wie bitte?"

„Oh, Verzeihung! Ich meine, wenn es sich bei Ihrem Schwiegervater um den Aristidis Rousakis handelt, den alle nur den Vatrachos, den Frosch, nennen ..."

Sie lächelte wieder, diesmal eher nachsichtig.

„Ich weiß nicht, wie alle meinen Schwiegervater genannt haben ..." Sie hatte endlich die Kurve gekriegt, von dem Verblichenen in der Vergangenheitsform zu sprechen. „... aber es könnte möglich sein. Mein Schwiegervater hatte tatsächlich Augen, die an einen Frosch erinnerten."

Der Vatrachos, wie ihn alle genannt hatten, war in ganz Agia Galini bekannt. Er hatte immer hier gelebt, war hier geboren, lange bevor das Dorf den ersten Touristen sah. Seine Familie, genauer gesagt er, besaß große Ländereien, angeblich fast die Hälfte aller Olivenhaine rings um Agia Galini und einen großen Teil des Hinterlandes des Strandes Richtung Kokkinos Pyrgos. Viele hatten schon versucht, ihm das eine oder andere Stück Land abzukaufen, er hatte sich jedoch stets geweigert. Dabei hätte er leicht reich werden können, aber er zog es vor, weiter seine Felder zu bebauen, im Winter seine Oliven zu ernten, wofür er Massen von Hilfskräften benötigte, so viele waren es. Ansonsten hatte er in seinem kleinen Haus ein recht anspruchsloses Leben geführt. Er lief immer ziemlich ärmlich gekleidet durchs Dorf und erledigte seine Einkäufe. In den Cafés oder Tavernen hatte ich ihn nie gesehen, und auch von der Existenz eines Sohnes hatte ich bisher nichts gewusst.

„Ist Ihr Mann sein einziger Sohn?"

„Nein, ich habe noch einen Schwager, der in Mires lebt. Der hatte meines Wissens aber kein besonders gutes Verhältnis zu seinem Vater, ich glaube, wegen der Ländereien. Und ich habe noch einen Schwager in Athen."

„Wissen Sie, was die beiden beruflich machen? Und was arbeitet Ihr Mann?"

„Mein Mann ist Angestellter in einem Reisebüro. Sein Bruder in Mires macht in Landwirtschaft, glaube ich, und der in Athen ist bei einer Ölgesellschaft angestellt, wenn ich mich nicht irre."

„Und warum hat die Polizei nur Sie verständigt?"

„Oh, meine Schwager sollten wohl auch Bescheid wissen. Ich war nur als Erste hier. Und wer weiß, vielleicht kommen die anderen überhaupt nicht."

„Wie meinen Sie das? Warum sollten sie nicht kommen?"

„Vielleicht wollen sie nicht kommen. Ich erwähnte doch schon, mein Schwager in Mires und mein Schwiegervater waren sich wohl nicht besonders grün!"

„Wissen Sie Näheres darüber?"

„Mein Mann erwähnte mal, daß Serafis, so heißt dieser Bruder, gern schon vor dem Ableben des Vaters einen Teil der Ländereien gehabt hätte. Aber da war der Alte stur. Uns hat er auch nichts abgeben wollen. ‚Wenn ich einmal tot bin, erbt ihr alles', sagte er immer. ‚Es wird noch der Tag kommen'."

Das kam mir sehr bekannt vor.

„Und Sie meinen, Ihr Schwager Serafis hätte sich diesen Tag gern ein wenig eher gewünscht?"

„Das habe ich nicht gesagt, aber möglich wäre es ja schließlich!"

„Das ist wahr. Aber lassen Sie uns zwischendurch doch bitte mal das Geschäftliche regeln. Mein Satz beträgt 22.000 Drachmen pro Tag, die Spesen gehen natürlich extra. Ich rechne darüber ab."

„Das will ich doch hoffen, Herr Anatolis. Und was den Tagessatz angeht, sind Sie sicher auch mit 15.000 Drachmen zufrieden?" Wir einigten uns schließlich auf 17.000, da sie geschickter im Handeln war als ich. Ich erhöhte die Spesenrechnung prophylaktisch um eine Flasche Raki pro Tag, damit ich mir wenigstens meinen Ärger über diese kleine Niederlage würde runterspülen können. Einen Teil des entgangenen Honorars würde ich so wieder hereinholen. Andererseits war selbst eine Klientin, die wenig einbrachte, besser als gar keine.

„Also gut, Frau Rousakis ..."

„Ich heiße Kolyvaki, Despina Kolyvaki. Sie wissen doch, Griechinnen nehmen bei der Heirat den Namen ihres Mannes nicht mehr an."

„Also gut, Frau Kolyvaki, wir sind uns also einig. Ich brauche aber noch ein paar Informationen von Ihnen, bevor ich mich auf den Weg zur Polizei mache, um im Schweiße meines Angesichts mein kärgliches Honorar zu verdienen."

Diesmal war ihr Lächeln wieder spöttisch!

„Sie sollten mir noch etwas über Ihren Mann und Ihren anderen Schwager erzählen. Wie heißt der noch schnell?"

„Ich hatte seinen Namen noch nicht erwähnt. Er heißt Achilleas und ist der älteste der drei Brüder. Sein Vater, mein Schwiegervater, hatte es mit den ausgefallenen Namen. Er war wohl nicht nur in bezug auf seine Ländereien ein wenig skurril. Mein Mann heißt Mathaeos, wie der aus der Bibel."

„Und dieser Achilleas fährt auf einem Tanker?"

„Nein, er sitzt in einem Büro in Athen. Aber früher war er Kapitän auf einem Tanker und ist ziemlich rumgekommen. Jetzt macht er nur noch Innendienst."

„Er ist also an den Ländereien nicht so sehr interessiert?"

„Nicht daß ich wüßte. Geld sollte er genug haben, im Gegensatz zu Serafis. Er hat schließlich in eine reiche Familie hineingeheiratet. Da kann man in Ruhe auf sein Erbe warten, meinen Sie nicht?"

„Das werde ich noch feststellen, da können Sie sicher sein."

Ich war mir nicht annähernd so sicher. Dies war schließlich mein erster richtiger Fall. Alles andere waren bisher ebenso wenige wie einfache Sachen gewesen. Aber das ging sie ja nichts an, schließlich war sie auf Empfehlung zu mir gekommen. Ich notierte auf meinen Block, auf keinen Fall den Whisky zu vergessen. Für sie sollte es natürlich so aussehen, als ob ich mir Notizen zu unserem Gespräch machte.

„Bleibt also noch Ihr Mann. Er arbeitet in einem Reisebüro und ist momentan nicht erreichbar. Ist er dienstlich unterwegs?"

„Sie haben wirklich gut zugehört! Nein, er ist vermutlich nicht dienstlich unterwegs."

„Und wo ist er?"

Sie zögerte.

„Tut das etwas zur Sache?"

Ich legte den Bleistift auf den Block, beugte mich vor und legte die Unterarme auf den Tisch.

„Frau Kolyvaki ..."

Sie beugte sich etwas vor, so daß die Kostümjacke ganz aufsprang und ich ihre Vorliebe erkennen konnte, nichts unter der Bluse zu tragen. Offensichtlich konnte sie es sich auch leisten.

„Sagen Sie Despina zu mir."

„Okay, warum nicht ... Also, Frau, mmh, Despina, wenn Sie mich beauftragen wollen, etwas für Sie zu tun, d. h. herauszufinden, wer da mit einer Schrotflinte das Ableben Ihres Herrn Schwiegervaters beschleunigt hat und warum, dann müssen Sie mir schon reinen Wein einschenken. Natürlich tut es etwas zur Sache, wo Ihr Mann sich im Moment aufhält. Nach Möglichkeit wüßte ich auch gerne, warum er nicht zu Hause ist. Ich kann mir nämlich kaum einen schöneren Platz für ihn vorstellen, als bei Ihnen zu Hause."

Sie warf scheinbar unwillkürlich einen kurzen Kontrollblick an sich herunter und schien mit dem Zustand ihrer Oberbekleidung zufrieden. Wieder lächelte sie, diesmal geschmeichelt.

„Das haben Sie aber nett gesagt. Nun gut, wenn Sie es unbedingt wissen müssen: Ich habe keine Ahnung, wo mein Mann sich im Augenblick aufhält."

„Das sollten Sie aber, oder?"

„Eigentlich schon, aber er ist ..., wie soll ich es nennen, er ist ... untergetaucht."

„Untergetaucht? Hat er irgend etwas angestellt? In dem Reisebüro, wo er arbeitet?"

„Nein, nein, das ist es nicht. In seiner Firma ist alles in Ordnung. Aber ich glaube, er hat irgendwelche anderen Probleme. Er kam nach Hause, griff sich eine Tasche, warf ein paar Sachen hinein und sagte mir nur, ich solle mich nicht beunruhigen, wenn er ein paar Tage wegbliebe."

„Und wann war das?"

„Vor vier Tagen ..."

„Und Sie haben seitdem nichts von ihm gehört?"

„Nichts."

„Und das beunruhigt Sie nicht?"

„Doch, das beunruhigt mich sehr. Deshalb bin ich auch so schnell hergekommen, als die Polizei bei uns angerufen hat."

„Heißt das ...?"

„Nein, ich glaube nicht, daß er mit der Sache etwas zu tun hat. Nicht Mathaeos! Der tut keiner Fliege etwas zuleide. Außerdem, was sollte er davon haben? Er ist an den Ländereien hier überhaupt nicht interessiert. Er hat sein Auskommen in Iraklion. Und ich verdiene auch Geld. Wir haben das Haus in Iraklion und ein kleines Bauernhaus für die Ferien in Fodele. Uns geht es finanziell durchaus gut, sonst könnte ich Sie mir überhaupt nicht leisten."

„Nun gut. Belassen wir es für den Anfang dabei. Ich werde frisch und fröhlich ans Werk gehen. Bleiben Sie noch hier oder reisen Sie direkt wieder ab? Wo finde ich Sie? Ich meine, ich muß Ihnen schließlich Bericht erstatten. Und ich hätte auch gern einen kleinen Vorschuß auf mein Honorar."

„Lieber Herr Anatolis ..."

Ich beugte mich vor, auch wenn der Anblick meines T-Shirts sicher nicht so reizvoll war wie der ihrer Bluse.

„Sagen Sie doch Jak zu mir!"

„Wenn Sie mich so nett darum bitten."

Sie lachte fröhlich, wurde dann aber schnell wieder ernst.

„Einen Vorschuß wollte ich eigentlich nicht zahlen. Erst die Arbeit, dann das Geld, so sagt man bei uns. Oder haben Sie es so nötig."

„Das natürlich nicht, nur, wie weiß ich, daß Sie nicht plötzlich ebenso schnell wieder verschwinden, wie Sie aufgetaucht sind, und ich dann ohne Klientin dastehe?"

„Da machen Sie sich mal keine Sorgen. Ich werde mich im Hause meines Schwiegervaters einquartieren, es steht ja jetzt leer. Es ist zwar nicht sonderlich komfortabel, aber es wird schon gehen. Und meinetwegen, Sie sollen einen Vorschuß haben."

Sie griff in Ihre Handtasche und holte ein nicht gerade dickes Geldbündel heraus, aus dem sie fünf Scheine abzählte und mir über den Tisch schob.

„Hier haben Sie 25.000 Drachmen. Geben Sie aber nicht gleich alles aus!"

„Keine Sorge. Es wird bis morgen reichen. Ich bringe es sogleich zur Bank und werde es gewinnbringend anlegen."

Ich verschwieg, daß ich das Geld zumindest zum Teil in hochprozentigem Stoff anlegen wollte, mit mehr Prozenten jedenfalls, als ich an Zinsen von einer Bank bekommen würde.

Dann verließ sie mich, nicht ohne die Kostümjacke wieder zugeknöpft zu haben. Ich trank mein Glas aus und ging an die Arbeit.

4

„Schau mal, Thanassis, wer da kommt. Und was er dabei hat." Jorgos Trellas, die eine Hälfte der Gesetzesmacht von Agia Galini, winkte mir von seinem Schreibtisch aus zu, als ich die Polizeistation unten am Hafen betrat. Sein Kollege kam aus dem Nebenraum. Er und Jorgos waren nicht verwandt, aber sie hätten Zwillinge sein können. Ich glaubte schon seit langem, daß die beiden nicht nur ihre Uniform liebten, sondern auch einander. Aber beweisen, daß sie schwul waren, konnte ich nicht.

„Ach, unser süßer Jak. Und in der Hand hat er meinen Lieblingswhisky! Womit haben wir das verdient?"

„Wer mir eine Klientin schickt, dem gebührt eine Provision." Ich stellte die Flasche auf den Schreibtisch.

„Ach, du meinst dieses Vollblutweib aus Iraklion? Die haben wir doch nur zu dir geschickt, um sie loszuwerden. Sie ging uns mit ihrer Fragerei auf die Nerven und hielt uns von der Arbeit ab."

„Aus welchen Motiven ihr sie geschickt habt, ist mir egal. Sie ist jedenfalls zu mir gekommen. Und jetzt komme ich zu euch, denn ich habe ein paar Fragen. Und eine ernsthafte Arbeit, von der man euch abhalten könnte, betreibt ihr doch sowieso selten!"

Thanassis hatte inzwischen drei Gläser aus dem Schrank geholt und sie in einer Reihe neben der Flasche aufgestellt.

„Hört, hört. Der Herr reißt die Klappe auf. Bist du zum Stänkern gekommen?"

Ich schraubte die Flasche auf und goß die Gläser halb voll, nahm mir eins und prostete ihnen zu.

„Nein, ich bin zum Trinken gekommen. Und für ein kleines Gespräch. Darf ich mich setzen?"

Ohne die Antwort abzuwarten, griff ich mir einen der Stühle, die neben der Tür an der Wand standen und zog ihn vor den Schreibtisch. Thanassis setzte sich auf die Schreibtischkante, nachdem er sich auch ein Glas und daraus einen kräftigen Schluck genommen hatte. Auch Jorgos ließ sich nicht lange bitten.

„Also, was können wir für dich tun?"

„Erzählt mir mal, was passiert ist. Ist der Tote wirklich der Frosch? Wo wurde er gefunden? Und so weiter ...“

„Ja, es ist tatsächlich der Frosch! Der Postbote hat ihn gefunden, als er seine Tour hinauf in die Dörfer machte. Er lag auf der Straße. Manolis hat ihn zu spät gesehen und ist mit seinem Lieferwagen noch ein bißchen über ihn drüber gefahren. Aber der Arzt meinte, er sei schon vorher tot gewesen. Oder jedenfalls so gut wie. Er hat eine volle Ladung Schrot oder mehrere in den Oberkörper bekommen. Sah gar nicht gut aus."

„Na, ich konnte ihn schon zu Lebzeiten nicht besonders leiden", warf Jorgos ein. „Der war doch immer ein alter Miesepeter und Geizkragen!"

„Das tut jetzt nichts zur Sache. Ich will nicht eure Ansicht über seinen Charakter wissen, sondern die Fakten, die seinen Tod betreffen. Habt ihr die Mordwaffe gefunden?"

„Nein. Wir wissen nicht einmal, ob er genau an der Stelle getötet wurde, an der ihn Manolis überfahren hat. Blutig war es ja überall, eine echte Sauerei."

„Du meinst, es könnte sein, daß er woanders ermordet worden ist?"

„Das wissen wir nicht. Die Spurensicherung aus Iraklion ist noch oben. Einen echten Inspektor haben sie auch mitgebracht, der spielt sich schrecklich auf."

„Ja, das ist so ein richtiger Stadtarsch, der alles besser weiß. Wenn man ihm glauben darf, hat er die Polizei erfunden."

„Hoffentlich ist er bald wieder weg."

Thanassis schenkte sich aus der Whiskyflasche nach.

„Jedenfalls wird dem alten Frosch kaum einer eine Träne nachweinen. Er hatte nur wenig Kontakt. Und die Frau aus Iraklion wirkte auch nicht besonders traurig."

„Nein, die war nur ein bißchen nervös."

„Ja, und so hektisch, das haben wir gar nicht gerne, wo es doch sonst so ruhig ist."

Ich grinste.

„Ihr beiden Hübschen seid aber wohl die einzigen, die in Agia Galini eine ruhige Kugel schieben."

„Und du armes Kerlchen schuftest dich kaputt, wie? Ich wundere mich wirklich, daß du vor lauter Arbeit überhaupt noch eine Kundin annehmen konntest."

„Das nennt man in Fachkreisen ‚Klientin'. Ich bin doch kein Gemüsehändler", belehrte ich ihn.

Draußen war das Geräusch von Autos zu hören, die vorfuhren. Dann kamen eilige Schritte die Treppe hoch, die Tür flog auf, und ein untersetzter Mann betrat den Raum. Obwohl, die Bezeichnung ‚untersetzt' schmeichelte seiner Erscheinung eher. Er schien fast so breit wie hoch zu sein, nicht fett, sondern eher athletisch gebaut. Sein Kopf war bis auf einen Haarkranz völlig kahl, und die noch vorhandenen Haare hingen lang und lockig auf seinen Schultern, und zumindest jetzt waren sie fettig und verklebt. Überhaupt sah der Mann staubig und müde aus.

„Das ist der Inspektor Kugelblitz aus Iraklion", raunte mir Jorgos zu.

Der Ankömmling hielt in der Bewegung inne und fixierte ihn drohend.

„Das habe ich gehört. Darüber werden wir noch zu sprechen haben!"

Thanassis kicherte, allerdings fast lautlos, um den Inspektor nicht auch noch auf sich aufmerksam zu machen.

„Und außerdem, was ist das denn hier für eine Party? Diese Flasche sieht nicht gerade nach Fruchtsaft aus. Trinkt ihr jetzt etwa schon im Dienst Alkohol? Und bei uns in Iraklion ist es immer noch üblich, daß ein Beamter seinen Hintern vom Stuhl erhebt, wenn ein Vorgesetzter den Raum betritt."

Thanassis und Jorgos erhoben sich zögernd. Ich tat es ihnen gleich und versuchte, für sie zu retten, was zu retten war.

„Das ist meine Flasche, Herr Inspektor. Sie ist sozusagen mit mir zu Besuch hier."

Der Inspektor drehte den Kopf in meine Richtung und bedachte mich mit einem Blick, mit dem man für gewöhnlich eine lästige Fliege anschaut.

„Ihre Flasche also! Und wer sind Sie, wenn ich mal fragen darf? Und was machen Sie hier?"

„Mein Name ist Jak Anatolis. Ich unterhalte mich mit den beiden Herren über den Mordfall."

„Über welchen Mordfall? Was wissen Sie darüber?"

„Ich weiß, daß es einen gibt, und ich bin derzeit bemüht, etwas mehr darüber zu erfahren. Ich gedenke nämlich, diesen Mord nach Möglichkeit aufzuklären. Damit bin ich beauftragt und dafür werde ich bezahlt."

„So, so! Wer hat Sie denn beauftragt? Sind Sie denn überhaupt befugt, solche Aufträge entgegenzunehmen? Die Aufklärung von Mordfällen, so es welche gibt, ist Angelegenheit der Polizei!"

„Ich bin privater Ermittler. Wenn Sie meine Lizenz sehen wollen?"

„Nein, ich will Ihre Lizenz nicht sehen. Und ich will auch Sie hier nicht mehr sehen. Ich habe weiß Gott Besseres zu tun, als mir von einem Amateur in meine Arbeit pfuschen zu lassen. Machen Sie, daß Sie verschwinden, und nehmen Sie Ihre gottverdammte Flasche mit. Sonst lasse ich Sie wegen Behinderung der Polizeiarbeit festnehmen!"

„Nichts liegt mir ferner, als Sie behindern zu wollen. Mein Sinnen und Trachten richtet sich einzig und allein auf die Aufklärung meines Falles."

„Was sagen Sie da? Das ist nicht ‚Ihr Fall‘!" Der Inspektor wurde jetzt lauter, während sich sein Gesicht deutlicher rötete. Schweißperlen standen auf seiner hohen Stirn.

„Wissen Sie, was hier der Fall ist? Es hat einen Mord gegeben. Und den werde ich bearbeiten und aufklären. Das ist nämlich einzig und allein Sache der Polizei! Wer gibt Ihnen denn das Recht, sich einzumischen?"

„Meine Klientin, die großen Wert darauf legt, daß ich an dieser Sache arbeite. Ich weiß nicht warum, aber vermutlich ist ihr Vertrauen in die Polizei nicht unbegrenzt. Jedenfalls war sie der Meinung, mich hinzuziehen zu wollen. Und da bin ich."

Nun nahm seine Gesichtsfarbe ein noch dunkleres Rot an.

„Jetzt reicht es. Hauen Sie ab und lassen Sie uns in Ruhe."

Ich entschloß mich vorerst zum Rückzug.

„Nun gut, Herr Inspektor, ich gehe. Wie Sie wünschen. Dennoch wäre ich dankbar, wenn Sie mich über den Stand Ihrer Arbeit auf dem laufenden halten würden. Ich für meinen Teil werde Ihnen im Gegenzug auch gerne berichten, was ich herausfinden werde und bereits herausgefunden habe. Wenn Sie also meine Hilfe brauchen sollten ..."

„Raus, verdammt noch mal! Und bleiben Sie mir aus den Augen, Sie Superdetektiv. Sonst bekommen Sie gewaltigen Ärger."

„Solange niemand mit einer Schrotflinte auf mich schießt."

„Was soll das heißen? Hat einer von euch beiden Idioten etwa gequatscht? Was weiß der von der Schrotflinte?"

Jorgos und Thanassis zuckten ein wenig verlegen die Schultern und sagten nichts.

Der Inspektor machte einige Schritte auf sie zu.

„Bei euch scheinen sehr laxe Sitten zu herrschen. Wieso unterhaltet ihr euch mit Unbefugten über eine Sache, die nur die Polizei angeht? Ich werde euch jetzt mal was erklären ..."

Ich wartete nicht ab, was er ihnen noch erklären wollte. Im Moment würde ich hier nichts weiter erfahren, also konnte ich dem Inspektor auch endlich den Willen tun und gehen, nicht ohne die Flasche einzustecken, ganz wie er es wünschte.

5

Neun Uhr abends. Pünktlich wie immer hatte ich Stelios in der „Freßgasse" getroffen. Natürlich heißt die schmale Gasse ganz anders, nur konnte ich mich nicht entsinnen, jemals ihren offiziellen Namen gehört zu haben. Den Namen verdankt die Gasse, die von der Mitte des Hafenplatzes über viele Stufen hinauf ins Dorf führt, der Tatsache, daß hier ein Lokal neben dem anderen liegt, vor denen die dichtgedrängt stehenden Tische nur einen schmalen Pfad für die Menschentrauben frei lassen, die sich am frühen Abend auf der Suche nach einem freien Plätzchen durch sie hindurch schieben. Hier in der „Freßgasse" beginnen die Freuden der bevorstehenden Nacht, wenn man sich nicht doch für eines der großen Restaurants unten am Hafen entschieden hat. Und wer tagsüber am Strand noch keinen Kontakt geknüpft hat, bekommt hier eine neue Chance.

Stelios saß an einem der hinteren Tische im Restaurant Ionios und hatte bereits für uns beide bestellt. Der Kellner brachte sogleich zwei Raki.

„Na, was gibt es heute zu essen?"

Stelios schaute mich grinsend an.

„Wie hast du geschlafen?"

„Hart und beschissen!"

„Warum mietest du dir in so einem Fall nicht einfach ein Zimmer in meinem Hotel?"

„Weil ich mir das nicht leisten kann, und für umsonst machst du es ja nicht. Glaubst du, ich würde noch da oben in diesem Kaff wohnen, wenn ich hier unten billiger und besser unterkommen könnte?"

„Na, vielleicht kannst du dir das bald leisten. Ich habe gehört, du hast eine zahlungskräftige Kundin und willst gleich die Gelegenheit wahrnehmen, heute abend das Essen zu bezahlen"

„Oh, verdammt. Gute Neuigkeiten sprechen sich einfach zu schnell herum. Das Problem ist aber, sie hat noch nichts bezahlt. Ich bin blank wie immer!"

„Welche Enttäuschung für mich. Ich habe in der Hoffnung auf deinen neuen Reichtum bereits frischen Hummer für uns beide bestellt!"

„Mein Gott, hättest du damit nicht ein paar Tage warten können? Ich will dich ja gerne zu einem bombastischen Hummeressen einladen, aber wie gesagt, ich bin noch nicht so flüssig, daß mir die Taschen vor Geld überlaufen."

Stelios ernste Miene verzog sich zu einem Grinsen.

„Nein, nein, mein Junge, mach dir keine Sorgen! Ich habe dich doch noch nie hängen lassen. Wir werden jetzt zwar tatsächlich Hummer essen, aber den habe ich selbst mitgebracht. Eines meiner Boote war heute nacht sehr erfolgreich. Ich muß nur für die Zubereitung und die Getränke zahlen. Du hast also noch eine Galgenfrist bis zu dem Tag, an dem du mich einladen darfst. Doch der Tag wird kommen ..."

Ich war erleichtert. Die 25.000 Drachmen in meiner Tasche wollte ich schließlich als Startkapital für meine Ermittlungen verwenden, so gerne ich sie auch mit Stelios auf den Kopf gehauen hätte.

„Du bist ein wahrer Freund. Und wenn die Dame erst mal mit dem vereinbarten Honorar rüberkommt, tja, Handwerk hat eben goldenen Boden!"

Ich wollte nicht zugeben, daß sie mich kräftig heruntergehandelt hatte. Ich wußte, daß Stelios mich für einen guten Detektiven hielt, auch wenn ich den Beweis dafür mangels Gelegenheit noch schuldig geblieben war. Sollte er mich ruhig auch für einen guten Geschäftsmann halten!

„Dann erzähl mal, was sie von dir wollte."

Ich berichtete sehr ausführlich von meinem neuen Fall und was ich bisher darüber wußte. Als ich geendet hatte, schaute mich Stelios nachdenklich an.

„Weißt du, Jak, das Ganze ist dein Job, nicht meiner. Aber wenn ich es richtig sehe, hast du da einen Fall mit gleich drei oder mehr Verdächtigen."

„Wie meinst du das?"

„Nun, alle drei Söhne hätten doch einen vernünftigen Grund gehabt, das Ableben des alten Froschs ein wenig zu beschleunigen. Geld ist immer ein Grund."

„Schon, aber für mich stellt sich nicht zwingend dar, daß sie alle drei dringend Geld brauchen. Der Ex-Tankerkapitän hat es bestimmt nicht nötig, durch einen Mord an Knete zu kommen, und auch bei dem Ehemann meiner Klientin sehe ich die Dringlichkeit nicht. Sie verdient doch mit, und wenn die beiden sogar in der Lage sind, mich zu engagieren ..."

„Immerhin ist er spurlos verschwunden, und sogar seine Frau vermutet, dass er sich irgendwelche Probleme eingebrockt hat. Und Geld löst die meisten Probleme nur, wenn genug davon da ist. Dann haben wir noch Serafis, den dritten Sprößling vom Frosch. Daß der knapp bei Kasse ist, ist ja bekannt."

Bevor ich antworten konnte, brachte der Kellner eine große Platte, auf der appetitlich zwei Hummer dampften. Mir lief augenblicklich das Wasser im Munde zusammen; so etwas bekam ich schließlich nicht jeden Tag zu sehen, geschweige denn zu essen. Der Koch hatte die schmackhaften Tierchen liebevoll mit Backkartoffeln und ein wenig Gemüse garniert. Ein schöner Anblick. Stelios freute sich über meine offenkundige Begeisterung.

„Nicht schlecht, was? Wie sagt man? Such dir deine Freunde gut aus; und Fischer und Metzger sind immer besser als Schreiner und Maurer."

„Das stimmt sicher, aber auch Schreiner und Maurer können nützlich sein."

„Zugegeben, aber was nützen dir Haus, Bett und Tisch, wenn nichts drin oder drauf ist?"

„Na, zumindest für den Inhalt des Bettes kann ich selbst sorgen."

„Das weiß ich, doch ich glaube, du fändest es sicher besser, wenn sich Marika regelmäßiger in deinem Bett aufhalten würde. Ich finde, dein Schatz ist einfach zu oft beschäftigt."

„Wir sind eben auch Doppelverdiener!"

„Womit du sagen willst, daß es außer mir noch jemanden gibt, der dir deinen Müßiggang finanziert?"

„Stelios, der Tag wird kommen, an dem ich so viel Geld habe, daß ich dir dein Hotel und deine Boote abkaufen werde und du jeden Tag auf meine Kosten zu Abend essen kannst."

„Hey, du klaust mir meine Sprüche. Aber dein Wort in Gottes Ohr. Apropos Essen, fang an, der Hummer wird kalt."

Ich ließ mich nicht zweimal bitten. Eine ganze Weile knackten wir schweigend die Hummerschalen und spülten das leckere Meeresgetier mit reichlich Wein hinunter, den Stelios dazu bestellt hatte. Endlich schoben wir die Teller beiseite, lehnten uns entspannt zurück und begannen zu rauchen.

„Das war hervorragend! Das Richtige nach einem harten Arbeitstag."

„Nun mach mal halblang. Wir wissen doch beide nicht so genau, was das ist. Aber zurück zum Thema: Was hast du denn jetzt vor?"

„Ich denke, morgen fahre ich nach Mires und nehme mir den Herrn Serafis mal vor. Bis jetzt ist er mein Hauptverdächtiger."

„Das sehe ich ähnlich, aber es wäre schon leicht verdientes Geld, wenn der erste Hauptverdächtige gleich ein Volltreffer wäre. Brauchst du mein Moped oder willst du den Jeep?"

„Ich finde es geradezu reizend, daß du deine 750er immer als ‚Moped' bezeichnest. Aber wenn du mich so fragst, der Jeep wäre natürlich komfortabler. Brauchst du ihn morgen nicht?"

Stelios' Jeep war eigentlich ein schwerer allradgetriebener Nissan-Pick-up mit Doppelkabine und riesigen Reifen. Normalerweise benutzten ihn die Fischer, die für Stelios arbeiteten, deswegen wunderte mich die Frage ein wenig.

„Die Jungs haben morgen frei. Was sie heute nacht gefangen haben, war so erfreulich, daß sie sich das verdient haben. Also, du kannst den Jeep gerne haben."

„Dankend angenommen. Trinken wir noch was?"

„Was denkst du denn, der Abend hat doch gerade erst angefangen. Aber da du morgen arbeiten mußt, trinken wir lieber etwas schneller!"

Mir fiel etwas ein.

„Ach, Stelios, weil du gerade vom ‚Arbeiten' sprichst; ich würde meiner Klientin gerne von Zeit zu Zeit belegen, daß ich wirklich was tue. Du hast doch noch diese Sofortbildkamera?"

„Du meinst das alte Ding, daß ich letztes Jahr dem Touristen abgekauft habe. Ja, die kannst du gerne haben. Du mußt nur einen Film kaufen."

„Dafür reicht mein Geld gerade noch."

„Dann hol sie dir morgen früh ab. Ansonsten, auf unsere Gesundheit und auf deine Arbeit!"

Er hob das Glas mit Raki, das der Kellner neu gebracht hatte, und leerte es in einem Zug. Es sollten noch etliche an diesem Abend folgen. Ich schlief der Einfachheit halber mal wieder in meinem Büro.

6

Am nächsten Morgen war ich früh auf den Beinen und relativ einsatzbereit.

Ich ging rauf zu Stelios' Hotel und holte mir die Wagenschlüssel und die Sofortbildkamera. Als der Jeep die enge Gasse hinunterrollte, schaute Stelios mir nach und winkte mit erhobenem Daumen. Ein wenig Glück konnte ich gebrauchen.

Plötzlich fiel mir ein, daß ich nicht den geringsten Schimmer hatte, wie dieser Serafis aussah. Sollte ich mich in Mires zu ihm durchfragen oder konnte ich unauffälliger vorgehen? Ein blaues Kostüm am Straßenrand unterbrach meine Gedanken. Ich bremste den Jeep ab und kurbelte die Scheibe herunter.

„Hallo, Despina, Sie kommen mir wie gerufen."

Sie beugte sich zu mir hinunter. Ihre abweisende Miene hellte sich etwas auf, als sie mich erkannte.

„Oh, hallo, Jak. Einen schönen Wagen haben Sie da!"

„Danke, danke, die Geschäfte gehen nicht schlecht. Womit wir schon beim Thema sind. Ich bin gerade für Sie unterwegs und hätte da eine Frage. Steigen Sie ein."

Sie öffnete die Beifahrertür und setzte sich neben mich. Wohlgefällig betrachtete ich ihre Beine, die durch den hochgerutschten Rock so gut wie gar nicht verdeckt wurden. Sie versuchte den blauen Stoff über die Oberschenkel zu ziehen, doch wo wenig ist, kann man nicht viel ziehen. Also ließ sie es sein und schaute mich an.

„Also, Herr Detektiv, wenn Sie Ihre Inspektion beendet haben, bin ich für Ihre Frage ganz Ohr. Was kann ich für Sie tun?"

„Ich bin auf dem Weg nach Mires, weiß aber nicht, wie Ihr Schwager Serafis aussieht. Können Sie ihn mir beschreiben oder wissen Sie seine Adresse?"

„Seine Adresse kenne ich nicht, aber beschreiben kann ich ihn. Er ist relativ groß gewachsen und hat einen athletischen Körper. Das kommt wohl von der Feldarbeit. Er ist blond, was ungewöhnlich ist für einen Griechen, auch sein Schnurrbart. Aber da fällt mir ein, wie Sie es einfacher haben können. Mein Schwiegervater hatte ja nicht sehr viel Familiensinn, aber meines Wissens sind ein paar Familienfotos in seinem Haus. Es müsste auch ein Bild von Serafis dabei sein. Das können Sie sich gerne ausleihen."

„Das ist eine gute Idee. Im Ausleihen bin ich Meister."

„Wie meinen Sie das?"

Ich überhörte die Frage, legte den ersten Gang ein und ließ den schweren Motor aufheulen. Dann ging es ein Stück die Hauptstraße hinauf und vor der scharfen Rechtskurve nach links, und dann bog ich in die abgelegene Seitengasse ab, in der das Haus des alten Rousakis lag. Ich stellte den Motor ab, stieg aus, ging um den Wagen herum und öffnete Despina die Tür, ganz Gentleman der alten Schule. Beim Aussteigen achtete sie in keinster Weise auf ihren kurzen Rock. Ich folgte ihr zum Haus und starrte dabei wie gebannt auf ihre äußerst attraktive Erscheinung. Verdammt noch mal, Stelios hatte recht, ich war in dieser Hinsicht nicht ausgelastet. Wie hatte er gesagt? „Ein wenig mehr Regelmäßigkeit würde dir gut tun"? Oder so ähnlich.

Die Bleibe des Froschs lag ein paar Meter zurück und war wohl das einzige Haus in Agia Galini, in dem im Sommer kein Zimmer vermietet wurde. Der Frosch hatte sich nie für Besucher interessiert, nicht einmal für zahlende, und entsprechend unansehnlich wirkte das Gebäude auch.

Despina sperrte die Haustür auf und unterbrach meine Gedanken.

„Treten Sie ein und fühlen Sie sich wie zu Hause. Ich darf doch wohl vorgehen."

„Aber sicher, Schönheit geht vor Alter."

Sie lächelte und trat ins Haus. Ich folgte ihr. Es gab keinen Hausflur, wir standen ohne Übergang mitten im Wohnschlafzimmer von Aristidis Rousakis. Durch das einzige kleine Fenster schien die Sonne herein und tauchte den Raum in ein gnädiges Dämmerlicht, das die Unordnung etwas verbarg. In einer Ecke führte eine Öffnung ohne Tür in die einfache Küche. In der Mitte des Raumes stand ein eckiger Tisch mit einer blauweißen Plastiktischdecke und einer leeren Obstschale, um den sich vier alte griechische Holzstühle gruppierten. Gegenüber der Küche standen auf der anderen Seite des Raumes ein großer Schrank und eine kleinere Kommode, ganz hinten an der Seitenwand ein ungemachtes Bett.

„Na, wie gefällt es Ihnen?" Despina drehte sich zu mir um und wies mit einer Handbewegung auf den Raum.

„Es sieht ganz so aus, als sei hier ein begnadeter Innenarchitekt tätig gewesen."

Sie lachte.

„Sieht man das? Ja, mir gefällt es auch ausnehmend!"

„Darf ich mich ein wenig umsehen?" Ich wartete ihre Antwort nicht ab, durchquerte den Raum, bückte mich und drückte mit der Faust prüfend ein paar Mal die Matratze des Bettes hinunter. Als ich mich wieder umdrehte hatte, bemerkte ich ihren leicht befremdeten Blick.

„Äh ... rein berufliches Interesse!"

„Na, das will ich hoffen!"

Um sie und mich abzulenken, öffnete ich den Schrank. Er war ziemlich voll mit Kleidungsstücken, die eindeutig dem Frosch gehört hatten. Als ich die oberste Schublade der Kommode aufzog, bemerkte Despina spitz:

„Falls Sie meine Unterwäsche suchen, muß ich Sie enttäuschen. Die ist noch im Koffer. Ich muß hier erst ein wenig aufräumen, bevor ich auspacken kann."

Ich schob die Schublade wieder zu und drehte mich um.

„Entschuldigen Sie bitte, aber es ist mir einfach in Fleisch und Blut übergegangen, mich überall dort, wo es für mich und meinen Fall von Bedeutung sein könnte, genauer umzusehen. Allerdings fehlt mir jetzt die Zeit für eine gründliche Untersuchung. Könnten Sie das Aufräumen vielleicht bis auf heute Abend verschieben, bis ich hier alles im Originalzustand gesichtet habe? Danach können Sie sich von mir aus gerne häuslich einrichten."

„Jak, nun seien Sie nicht gleich eingeschnappt. Also gut, schauen wir nach, ob wir die Fotos finden, und dann kommen Sie heute abend für Ihre ‚gründliche Untersuchung‘ wieder. Ich helfe Ihnen gerne dabei ... und vielleicht finden wir dann auch meine Unterwäsche."

„Wenn das zur Klärung des Falles beiträgt ..."

„Wer weiß!" Sie hob die Tischdecke hoch.

„Ich wußte doch, daß hier eine Schublade ist."

Sie zog die Schublade auf und wühlte ein wenig darin herum.

„Bingo. Hier sind sie!"

Triumphierend hob sie einen Stapel Fotografien hoch.

„Na, dann lassen Sie mal sehen, ob etwas Brauchbares dabei ist."

Wir traten zusammen ans Fenster und sahen sie durch.

„Da, das ist ein neueres von uns. Da waren wir im Urlaub auf Rhodos."

Das Foto zeigte sie in kurzen Shorts und einem engen Oberteil. Dieser Anblick nahm mich so in Anspruch, daß ich erst eine gute Weile später den Mann neben ihr bemerkte. Er war ein wenig größer als sie, relativ schlank, aber nicht dünn. Sein Haar war brünett und voll, er trug keinen Bart.

Den positiven Gesamteindruck störte ein kleines Bäuchlein, das durch ein zu kurzes T-Shirt noch betont wurde.

„Das ist also Ihr Mann?"

„Ja, das ist Mathaeos."

„Sieht recht gut aus!"

„Inzwischen sogar noch ein bißchen besser, er hat sich die Wampe ziemlich abtrainiert!"

Ich verkniff mir die Frage nach der Trainingsmethode und legte das Bild auf die Kommode. Das nächste Bild zeigte eine Gruppe junger Männer, die um einen Kneipentisch herumsaßen und dem Fotografen fröhlich zuzuprosten schienen. Auf dem Tisch stand eine ganze Batterie leerer Bierflaschen.

„Ach, da haben wir ihn!" Despina tippte auf das Bild. „Der da, der Blonde, das ist Serafis!"

Ihre vorherige Beschreibung war ihrem Schwager nur unzulänglich gerecht geworden. Denn Serafis war nicht nur recht attraktiv, wie ich vermutet hatte, er war geradezu ein Bild von einem Mann. Sein weißes Hemd stand bis zum Nabel offen, so daß ein muskulöser und behaarter Brustkorb zu sehen war. Das mittellange Haar war ebenso blond wie der buschige Schnurrbart. Sein Lachen zeigte ebenmäßige Zähne, und die blauen Augen blitzten unternehmungslustig.

„Ich muß schon sagen, gut sieht er aus, Ihr Herr Schwager. Aber er wirkt wirklich nicht ausgesprochen griechisch!"

„Ja, das stimmt. In Agia Galini, so erzählt Mathaeos, mein Mann, munkelte man schon sehr früh, daß meine selige Schwiegermutter wohl als einzige genau wisse, wer für die blonden Haare und die blauen Augen von Serafis verantwortlich ist. Bereits nach seiner Geburt zerrissen sich die Leute das Maul und besonders später, als er seinem Vater und seinen Brüdern immer unähnlicher wurde. Aber wer weiß, vielleicht waren sie nur neidisch auf seine Schönheit, die sie meinem Schwiegervater nicht zugetraut hatten. Serafis ist wirklich unbestritten der Adonis in der Familie!"

„Jedenfalls ist er wohl kaum zu verwechseln, wenn ich ihn in Mires zu sehen bekomme. Und wenn wir schon mal dabei sind: gibt es vielleicht auch ein Bild von ihrem anderen Schwager?"

„Mal sehen. Ich weiß fast nicht mehr, wie der aussieht, ich habe Achilleas nämlich nur selten gesehen. Aber wenn er dabei ist, werde ich ihn schon finden." Sie blätterte einige Fotos weiter, dann hielt sie inne.

„Hier, das ist er! Und das ist seine Frau."

Das Bild zeigte einen knapp vierzigjährigen, nicht sehr großen Mann im Kreise einer offensichtlich gut situierten und entsprechend vornehm gekleideten Familie. Er trug einen grauen Anzug, weißes Hemd und blaue Krawatte. Das dunkle Kopfhaar war sorgfältig und mit viel Pomade frisiert. Sein bartloses Gesicht wirkte ebenso unscheinbar wie das der neben ihm sitzenden Frau, die ihr Haar zu einem strengen Knoten hochgesteckt hatte. Rechts von den beiden stand ein älterer Herr mit einem eisgrauen Bart und streng gescheiteltem schütterem Haar und links eine Dame, die exakt die ältere Ausgabe der sitzenden Frau darstellte; offensichtlich Mutter und Tochter. Auch sie trug ein hochgeschlossenes Kleid, das ebenso unattraktiv wie teuer aussah. Außerdem waren noch zwei jüngere Leute abgelichtet, die in ihrer Erscheinung perfekt zu den anderen paßten.

„Das sind die Verwandten seiner Frau. Wie Sie sehen, eine gutbürgerliche Athener Familie mit einer ganzen Menge Geld. Na ja, Achilleas hat sie bestimmt nicht wegen ihrer schönen Augen geheiratet."

„Nein, da war ihr Mathaeos schon konsequenter."

„Danke für die Blumen."

„Nichts zu danken, das war kein Kompliment, sondern eine reine Feststellung. Kann ich die drei Fotos eine Weile behalten?"

„Nur zu. Ich brauche sie nicht. Und mein Schwiegervater auch nicht mehr."

„Gut, dann werde ich mal aufbrechen. Vielleicht weiß ich heute abend schon etwas mehr. Und vielleicht helfe ich Ihnen dann beim Auspacken."

„Es wäre mir ein Vergnügen. Ich habe schließlich eine ganze Menge auszupacken."

„Davon bin ich überzeugt. Also, bis heute abend."

Sie begleitete mich zur Tür. Als ich losfuhr, sah ich im Rückspiegel, daß sie mir nachschaute. Vielleicht sollte ich vorsorglich herausbekommen, ob Marika heute abend wieder „beschäftigt" war. Was sie konnte, konnte ich doch wohl schon lange.

Jak, erst die Arbeit, dann das Vergnügen! Nach diesem innerlichen Appell konzentrierte ich mich darauf, mit dem schweren Wagen Slalom um ein paar Touristen zu fahren, die mit Badetasche in der Hand fast in der Straßenmitte entlang schlenderten. Bei dieser Gelegenheit stellte ich fest, daß die Hupe genauso beeindruckend war wie der ganze Wagen. Die Leute sprangen sofort zur Seite.

7

Ich verließ Agia Galini durch einige enge Kurven und erreichte die besser ausgebaute Landstraße, wo ich den Wagen hinter der schmalen Brücke über dem ausgetrockneten Fluß beschleunigte. Der Sechszylinder schnurrte die kurvenreiche Steigung mühelos hinauf. Oben angekommen, genoß ich einmal mehr den herrlichen Ausblick auf das Meer und die vorgelagerten Inselchen. Bei dem Lokal an der Abzweigung der alten Straße nach Rethymnon erreichte ich den höchsten Punkt der Strecke. Bald passierte ich die Kaserne, die in der glühenden Sonne wie ausgestorben wirkte und ließ den Wagen sanft durch die engen Kurven in die Messara hinunter rollen. In der fruchtbaren Ebene führte die verbreiterte Straße fast schnurgerade zwischen Gewächshäusern hindurch, deren zerfetzte Plastikplanen im Wind flatterten. Schnell hatte ich Timbaki erreicht. Hinter dem geschäftigen Landstädtchen drückte ich wieder auf das Gaspedal, und der Wagen flog förmlich zwischen den Olivenhainen und Feldern hindurch. Nichts hielt mich auf.

Zehn Minuten später war ich in Mires. Ärgerlich stellte ich fest, daß das Zentrum der Stadt wegen des wöchentlichen Marktes für den Durchgangsverkehr gesperrt war. Kein optimaler Zeitpunkt, um Serafis zu finden, denn der Ort würde geradezu vor Leuten wimmeln. Andererseits war es eine günstige Gelegenheit: denn wo kann man einen Bauern eher finden, als auf dem Markt, wo er seine Erzeugnisse verkauft. Seufzend stellte ich den Wagen am Straßenrand ab und pilgerte zu Fuß weiter.

Tatsächlich war die Hauptstraße von Mires schwarz vor Menschen. Ich bummelte sie einmal hinauf und einmal hinunter, nicht ohne einige Male verstohlen das Foto von Serafis anzuschauen, um mir sein Gesicht einzuprägen. Auf dem Rückweg ging ich zu dem großen Platz südlich der Straße, wo die Bauern mit ihren Obst- und Gemüseangeboten standen. Auf Anhieb konnte ich den Gesuchten nirgendwo entdecken. Dafür traf ich aber einen flüchtigen Bekannten, von dem ich wußte, daß er in Mires ein sehr schlecht gehendes Juweliergeschäft betrieb, in dem er unter anderem eine große Auswahl an teuren Uhren feilbot. Da seine Uhren kaum jemand haben wollte, geschweige denn bezahlen konnte, saß er gewöhnlich fast den ganzen Tag im Lokal gegenüber und beobachtete das Treiben auf der belebten Straße. Daher kam er mir jetzt wie gerufen. Sein vom täglichen Alkoholgenuß leicht aufgeschwemmtes Gesicht strahlte vor Freude.

„Jak, alter Freund, was machst du in Mires? Brauchst du mal wieder eine Uhr?"

Ich erinnerte mich, daß er mir vor über einem Jahr tatsächlich eine Uhr aus seinem kleinen Billigpreisangebot verkauft hatte, die allerdings nur drei Tage funktionierte. Meine daraufhin ergangene Reklamation blieb jedoch vollkommen erfolglos, da ich mir seiner Meinung nach sowieso besser eine seiner teuren Uhren hätte kaufen sollen.

„Da ist Garantie drauf. Bei den billigen Dingern trägst du auch selbst das Risiko, mein Freund!"

Seit jenem Tag empfand ich keine Freundschaft mehr für ihn, was ihn aber nicht weiter berührte. Wer einmal etwas bei ihm gekauft hatte, blieb für alle Zeiten sein Freund, völlig egal, ob das auf Gegenseitigkeit beruhte. So war er eben.

„Hallo, Petros. Lange nicht gesehen. Nein, eine Uhr brauche ich heute nicht. Dem Glücklichen schlägt keine Stunde. Aber eine Auskunft käme mir sehr gelegen, du kennst hier doch alle und jeden."

„Wenn du einen ausgibst, stehe ich zu deiner vollen Verfügung."

Ich entschloß mich, den ersten Schein meines Vorschusses zu investieren. Ich würde ja auch das auf die Spesenrechnung setzen können. Wir gingen zurück zur Hauptstraße und fanden tatsächlich einen Platz in einer der belebten Tavernen. Nachdem der Wirt zwei eiskalte Flaschen Bier vor uns hingestellt hatte, kam ich zur Sache.

„Petros, ich suche jemanden."

„Und den kenne ich?"

„Wer, wenn nicht du? Er heißt Serafis Rousakis und wohnt hier in Mires. Meines Wissens ist er Bauer."

„Du brauchst nicht weiter zu sprechen, mein Freund. Natürlich kenne ich Serafis. Er ist der größte Zocker von Mires; er hat immer verdammt viel Glück beim Spiel. Und Glück bei den Frauen hat er auch noch. Na ja, er sieht aber auch gut aus!"

Ich zeigte ihm das Foto.

„Ist er das?"

„Du lieber Himmel, wo hast du denn das Bild her. Schau mal genau hin, da bin ich auch drauf! Da ganz links am Rand."

„Nein, tatsächlich? Ich habe dich nicht erkannt."

„Ich weiß sogar noch, wann das Bild gemacht worden ist. Serafis hatte gerade mal wieder viel Geld gewonnen, und das haben wir gefeiert."

„Ja, das sieht ganz so aus. Also, Geldsorgen hat Serafis keine?"

„Nicht, daß ich wüßte. Ich sage doch, er hat Glück im Spiel. Egal, wieviel er riskiert, am Ende ist er immer der Gewinner."

„Geht das immer mit rechten Dingen zu?"

„Manche haben schon mal das Gegenteil vermutet. Aber erstens konnten sie nie etwas beweisen und zweitens legt sich keiner gern mit ihm an. Er ist nämlich nicht gerade schwächlich, der gute Serafis. Das macht die Feldarbeit, die kräftigt. Nur vom Spiel kann und will er wohl auch nicht leben. Ihn reizt die Arbeit an der frischen Luft, sagt er immer."

„Ich sehe schon, ich habe den Richtigen gefragt. Nun erzähl mir noch, wo ich ihn finde."

„Um diese Zeit ist er vermutlich auf dem Markt."

„Das habe ich auch angenommen, deswegen hast du mich dort ja getroffen. Aber ich habe ihn nicht entdecken können."

„Ja dann ..." Er unterbrach sich und schaute an mir vorbei auf die Straße.

„Wenn man vom Teufel spricht! Da drüben geht er, dein Serafis."

Ich drehte mich um und sah das Objekt meiner Suche sofort. In natura wirkte Serafis noch attraktiver als auf dem Foto. Er war mindestens einen Meter neunzig groß und hatte einen stolzen Gang. Er flanierte zusammen mit zwei Männern die Straße entlang, die beide nicht wie Einheimische aussahen. Der eine war noch blonder als Serafis, fast so groß wie dieser, wenn auch nicht annähernd so athletisch gebaut. Das stoppelkurze Haar betonte sein kantiges, fast hageres

Gesicht, das von der Sonne gebräunt war. Er trug einen hellen Khaki-Anzug, dessen zahlreiche Taschen ausgebeult waren. Der andere war etwa einen Kopf kleiner und ein südländischer Typ. Besonders auffällig war seine ausgeprägte Hakennase, mit der er in einem Geiernest wohl nicht sonderlich aufgefallen wäre. Seine langen schwarzen Haare hatte er im Nacken zu einem Pferdeschwanz zusammengebunden. Sein Gang war wiegend, wie der einer Raubkatze. Der Mann sah einfach gefährlich aus.

Dennoch war Serafis eindeutig der auffälligste der drei. Er trug ein weißes „muscle-shirt", das seine Muskelpartien vortrefflich zur Geltung brachte, eine enge Jeans und – welcher Stilbruch – ein paar hellbraune Plastiksandalen an den nackten Füßen. Der Blonde sagte gerade etwas zu Serafis, und die drei lachten. Während ich sie beobachtete, bogen sie von der Straße ab und verschwanden schräg gegenüber in einem Haus.

„Er hängt mal wieder mit den Typen von der O.E.T.S.K. zusammen", knurrte Petros. „Die beiden sind mir unheimlich."

„Verrätst du mir, wer sich hinter dieser hübschen Abkürzung verbirgt, die du da eben genannt hast?"

„Die O.E.T.S.K. ist die ‚Organisation zur Erschließung des Tourismus im südlichen Kreta'. Hast du noch nie was von denen gehört?"

„Nein. Was erschließen die denn?"

„Na, den Tourismus. Nein, im Ernst: Das ist eine Gesellschaft, die Bungalowanlagen und Appartements für Touristen baut. Das hiesige Büro ist hauptsächlich damit beschäftigt, geeignete Grundstücke zu finden und zu ‚erschließen'."

„Wieso betonst du das erschließen so bedeutungsschwanger?"

„Weil sie versuchen, alles aufzukaufen, was ihnen dafür geeignet erscheint. Und wie du weißt, verkaufen manche allzu gerne, wenn die Kohle stimmt ..."

„... so wie du deine Uhren!"

„So wie ich meine Uhren. Apropos, brauchst du nicht mal eine neue?"

„Das hast du vorhin schon gefragt, und ich habe schon einmal abgelehnt. Ein Bier kannst du aber noch haben, wenn du willst."

„Da sag ich nicht nein!"

Ich winkte dem Wirt, der zügig zwei neue Flaschen brachte. Wir nahmen einen kräftigen Schluck, dann kehrte ich zu meinem Anliegen zurück.

„Also, wie war das mit dieser Organisation?"

„Wie ich schon andeutete: manche verkaufen gern, manche aber nicht! Du kennst doch diese starrsinnigen Bauern; kein Stück von ihrem Grund und Boden geben sie her! Lieber würden sie sterben."

„Du hast den Nagel auf den Kopf getroffen, Petros. Deswegen bin ich hier. Einer von diesen starrsinnigen Bauern ist nämlich gestorben."

„Und was hat das mit Serafis zu tun."

„Nun, der Tote war sein Vater."

„Der alte Frosch ist tot? Erzähl mal mehr!"

„Du wirst es schon aus der Zeitung erfahren. Erzähl du mir lieber mehr über diese Leute."

„Also, wie ich gehört habe, sollen sie manchmal ganz heftig Druck ausüben. Natürlich immer diskret. Und die Leute, die diesen Druck ausüben, das sind die beiden, die da eben mit Serafis vorbeigekommen sind. Das sind natürlich nur Gerüchte; ich habe sie noch nicht näher kennen gelernt, aber ich habe auch kein Grundstück am Meer."

Das fand ich nun ausgesprochen interessant. Vor allem, daß Serafis mit diesen Typen zusammen war, und sie sich offensichtlich gut verstanden. Und es paßte auch gut dazu, daß er angeblich mit seinem Vater Probleme gehabt hatte, weil der ihm nicht vorzeitig einige Grundstücke hatte abgeben wollen. Ging es dabei vielleicht um ganz bestimmte

Grundstücke, die am Meer lagen und die Serafis an diese Typen verkaufen wollte und jetzt, nach dem Ableben seines Vaters, vermutlich auch verkaufen konnte? Wenn das nicht ein Motiv war, ein perfektes Motiv sogar? Dem mußte ich nachgehen.

„Okay, Petros, ich danke dir für die Informationen. Du hast mir durchaus weitergeholfen. Verrat mir nur noch zum Schluß, wo Serafis wohnt."

„Der wohnt hier ganz in der Nähe. Wenn du die nächste Straße rechts rein gehst, ist es das fünfte oder sechste Haus auf der rechten Seite. Du kannst es eigentlich nicht verfehlen, es hat ein grün gestrichenes Eisentor."

„Danke, mehr brauche ich nicht zu wissen. Bis demnächst mal."

„Und du brauchst wirklich keine Uhr?"

„Nein, ich brauche wirklich keine! Notfalls frage ich jemand auf der Straße, wie spät es ist."

Ich warf zwei Scheine auf den Tisch und stand auf.

„Da kriegst du noch Wechselgeld raus."

„Das kannst du behalten, als Anzahlung, falls ich doch mal eine Uhr brauche."

Ich nickte ihm zu und überquerte die Straße. Tatsächlich, neben der Tür, in der die drei verschwunden waren, hing ein Metallschild, das auf die von Petros genannte Organisation hinwies. Ich notierte mir in Gedanken die Telefonnummer und folgte dem beschriebenen Weg zu Serafis' Haus. Ich fand es ohne Mühe, stellte aber fest, daß das besagte Eisentor verschlossen war. Da Serafis nicht zu Hause war, wunderte mich das nicht weiter. Also ging ich wieder zurück. Als ich um die Ecke bog, prallte ich fast mit Serafis zusammen, der nun alleine war. Ich fing mich schneller als er.

„Oh, hallo, wenn das nicht der Herr Trabakoulas ist."

Er blickte mich verständnislos an.

„Jannis, kennst du mich nicht mehr?"

Er sagte noch immer nichts.

„Ich bin's doch, der alte Jak."

„Ich weiß nicht ..."

Es war offensichtlich, dass seine Intelligenz nicht annähernd so ausgebildet war wie sein Körper. Natürlich war ich ihm völlig unbekannt, aber jemand, der schneller von Begriff gewesen wäre als er, hätte meinen „Irrtum" wohl längst aufgeklärt. Also trieb ich das Spiel noch ein bißchen weiter.

„Jannis, du weißt doch, damals in Kalamata beim Militär; wir waren in der selben Kompanie. Erinnerst du dich wirklich nicht an mich?"

„Kalamata?"

„Ja, wir waren zusammen im 1. Zug, 2. Manipel, 3. Kohorte."

„Wo, bitte? In Kalamata?"

Er war nicht nur begriffsstutzig, er hatte auch noch nie Asterix gelesen! Ich tat, als würde ich plötzlich unsicher.

„Das kann doch nicht sein, daß du mich nicht mehr kennst. Du mußt mich doch noch kennen. Oder, jetzt mal ehrlich, du bist doch der Jannis, mit dem ich beim Militär war?"

„Militär? Ich? Nee, da war ich überhaupt nicht. Und Jannis heiße ich auch nicht."

„Wieso heißt du nicht Jannis? Bist du nicht Jannis, Jannis Trabakoulas!"

„Nein, so heiße ich nicht. Ich heiße Serafis."

„Serafis? Wieso denn Serafis? Und nicht mehr Trabakoulas?"

Ich fand mich langsam selber albern, aber er schnallte es einfach nicht.

„Nein, ich heiße Serafis. Serafis Rousakis."

„Warte mal. Rousakis? Rousakis? Vielleicht verwechsele ich dich. Ich kannte mal einen Rousakis, aber der hieß Aristidis. Und der war älter als du."

Er fing sich nach und nach.

„Meinst du Aristidis Rousakis aus Agia Galini. Aber der war nie in Kalamata beim Militär."

„Na klar, der in Kalamata beim Militär hieß ja auch Jannis. Und du bist wirklich nicht Jannis?"

„Nein, sag ich doch. Ich heiße Serafis Rousakis, und der Aristidis aus Agia Galini war mein Vater."

„Nein, so ein Zufall! Du bist echt der Sohn vom alten Aristidis. Du siehst ihm aber überhaupt nicht ähnlich."

„Das sagen alle."

„Verrückt, wie das Leben manchmal so spielt. Darauf sollten wir einen trinken. Kommst du mit?"

Serafis' Miene hellte sich etwas auf. Er war zwar noch immer reichlich verwirrt, aber Lust zu trinken hatte er. So gingen wir schweigend zum nächsten Lokal, wo ich Bier für uns bestellte. Es gab sogar welches vom Faß.

Als wir den ersten Schluck zu uns genommen hatten, nahm ich die „Unterhaltung" wieder auf.

„Also, du bist Serafis Rousakis? Entschuldige bitte die Verwechslung, aber so habe ich dich wenigstens kennengelernt. Na so etwas! Der Sohn vom alten Aristidis! Wie geht's ihm denn so?"

„Er ist tot, wußtest du das nicht?"

„Tot, wieso?"

„Er ist gestern erschossen worden."

„Wie, erschossen? Er ist tot? Das ist ja schrecklich!"
Ich zögerte einen Moment.

„Na ja, viel vom Leben hatte er nicht mehr, der alte Mann. Gejammert hat er immer, daß sich seine Söhne kaum noch um ihn kümmern würden. Nur wenn sie was von ihm wollten, seien sie dagewesen. Erst neulich noch hat er sich bei mir beklagt, sogar sein nächster Sohn in Mires, und das ist ja du, wie ich nun weiß, wolle ihm schon zu Lebzeiten die besten Stücke Land abschwatzen; aber da sei er eisern, nichts würden sie kriegen, solange ..."

„Das hat er zu dir gesagt? Ach hör bloß auf! Ich habe ihm oft geholfen, aber meine Brüder, die haben sich tatsächlich nicht um ihn gekümmert. Zu denen würde es auch passen, daß sie versucht haben, ihm was abzuluchsen. Vor allen Dingen Mathaeos kann den Hals nicht voll kriegen. Aber ich habe ihn nie wegen Land angesprochen."

„Ich sag ja nur, was dein Vater erzählt hat. Und Mathaeos ist einer deiner Brüder?"

„Ja, das ist mein Bruder aus Iraklion. Aber lassen wir den mal außen vor. Ich habe jedenfalls nie Probleme mit meinem Vater gehabt, das kannst du mir glauben."

„Ist ja schon gut. Und wo warst du vorgestern?"

Er wurde mißtrauisch.

„Was interessiert dich das denn?"

„Ach, nur so. Es geht mich ja eigentlich nichts an."

„Das meine ich auch. Erst sprichst du mich auf der Straße an, dann stellst du auch noch dumme Fragen. Ich weiß wirklich nicht, was das soll."

„Was heißt hier dumme Fragen? Ich wollte mich nur ein wenig mit dir unterhalten."

„Jedenfalls finde ich deine Fragerei merkwürdig! Du kennst meinen Vater angeblich so gut und weißt noch nicht mal, daß er tot ist. Wo kommst du eigentlich her?"

„Im Moment oder überhaupt?"

„Überhaupt."

Kurzerhand entschloß ich mich, ihm reinen Wein einzuschenken.

„Ich wohne in Agia Galini?"

„Und dann weißt du nicht, daß dort ein Mord passiert ist. Das glaube ich dir nicht."

„Du hast recht, aber es ist auch ein bißchen anders, als du denkst. Ich bin eigentlich hier um dich kennenzulernen."

„Ach ja? Eben hast du noch gesagt, du hättest mich für jemand anderes gehalten."

Er war doch nicht ganz so dämlich, wie ich gedacht hatte. Bevor ich mir eine neue Gesprächstaktik zurechtgelegt hatte, stand er auf.

„Ich habe keine Lust mehr, mich mit dir zu unterhalten, geschweige denn, dich näher kennenzulernen. Und ich werde schon noch rauskriegen, was du eigentlich von mir willst und wer du bist. Ich bin nämlich nicht dämlich, verstehst du? Und Freunde habe ich auch genug."

Ich machte noch einen Versuch.

„Ich habe doch nicht gesagt, daß du dämlich bist."

„Nein, gesagt hast du das nicht. Aber du wolltest mich für dumm verkaufen. Das habe ich nicht gern. Ich gehe jetzt, und mein Bier bezahle ich selber."

Grußlos stand er auf und ging geradewegs über die Straße in das Haus schräg gegenüber. Das war schief gegangen. Nachdem ich ihn zunächst zum Sprechen gebracht hatte, reagierte er auf die Frage, wo er am Mordtag gewesen sei, überaus heftig. Wenn er nichts zu verbergen hatte, war das zumindest seltsam.

Als ich wieder zu dem Haus hinüber blickte, glaubte ich, an einem der Fenster im ersten Stock eine Bewegung zu erkennen. Entweder war das ein Zufall, oder Serafis beobachtete mich. Aber vielleicht hatte ich mich auch geirrt.

Ich hinterließ auch hier einen Schein auf dem Tisch und ging.

Auf dem Weg zurück zum Wagen dachte ich darüber nach, was mit dem angebrochenen Tag weiter anzufangen sei. Nach Iraklion konnte ich auch morgen fahren. Wenn Stelios den Jeep brauchen sollte, würde er mir vielleicht seinen anderen Wagen leihen, oder ich müßte den Bus nehmen. Vielleicht war es geschickt, das mit einem Trip nach Athen zu verbinden. Hoffentlich kannte Despina die Adresse ihres ältesten Schwagers.

Dann entschloß ich mich, zum Baden nach Kalamaki zu fahren. Dort gab es in Zacharias' Taverne „Delfinia" guten Raki; ich konnte ein bißchen im Meer schwimmen und anschließend die Süßwasserduschen am Strand benutzen. Vielleicht war ein wenig Körperhygiene nicht verkehrt, für den

Fall, daß ich abends beim Aufräumen Despinas Unterwäsche finden sollte.

8

Erfrischt von Bad und Dusche kehrte ich am späten Nachmittag nach Agia Galini zurück. Ich parkte den Wagen in der Hauptstraße und ging die letzten Meter zu meinem Büro zu Fuß. Stefanos' Kafenio war leer, bis auf Tassos, der dösend in einer Ecke saß. Als ich die Tür meines Büros aufschließen wollte, bemerkte ich, daß sie einen Spalt breit offen stand. Dabei war ich sicher, daß ich sie am Morgen ordentlich verschlossen hatte.

Vorsichtig schob ich die Tür auf und schaute in das Halbdunkel des Raumes. Auf den ersten Blick konnte ich nichts Ungewöhnliches erkennen. Langsam ging ich hinein und lehnte mich neben der Tür an die Wand, jederzeit darauf gefaßt, jemanden anzutreffen, der mir Böses wollte. Es war aber niemand da. Als ich am Schreibtisch vorbei zum Fenster lief, um es zu öffnen, trat ich auf den Rand einer auf dem Fußboden liegenden Schreibtischschublade, die mir schmerzhaft gegen das Schienenbein schlug. Ich hüpfte auf einem Bein zum Fenster, öffnete den Laden und drehte mich um. Da sah ich die Bescherung. Alle Schubladen des Schreibtischs waren herausgerissen und lagen verstreut im Zimmer, auch mein kleiner Aktenschrank stand offen. Da alles mehr oder weniger leer gewesen war, hielt sich der Schaden in Grenzen. Was auch immer mein Besucher gesucht hatte, zum Finden war nichts da gewesen.

Trotzdem war ich ärgerlich und beunruhigt zugleich. Ich ging zur Tür und untersuchte das Schloß. Es war unversehrt, aber am Türrahmen wiesen Spuren darauf hin, daß die Tür gewaltsam aufgehebelt worden war. Ich überquerte die Gasse und packte Tassos an der Schulter und rüttelte ihn wach.

Zunächst war er einen Moment ungehalten wegen dieser unliebsamen Störung, erkannte mich dann aber.

„Jak, du bist wieder da?"

„Wie du siehst. Und ich durfte eben feststellen, daß während meiner Abwesenheit ungebetener Besuch bei mir war. Hast du vielleicht irgend eine verdächtige Person gesehen?"

„Wen soll ich gesehen haben? War jemand in deinem Büro?"

„Offensichtlich! Und jetzt ist auch noch mein letztes bißchen Ordnung hinüber. Wenn ich bloß einen Schimmer hätte, wer es war. Und was er gesucht hat."

„Ich habe jedenfalls keine Ahnung."

„Aber mir kommt gerade eine ... warte hier."

Ich lief zum Jeep zurück und holte die Sofortbildkamera aus dem Handschuhfach. Verdammt, ich hatte völlig vergessen, mir einen Film zu kaufen. Ich ging zu Tassos und drückte ihm die Kamera in die Hand.

„Paß auf, du gehst jetzt rüber in den Laden von Stamatis und besorgst einen Film für diesen Apparat. Er kann ihn dir auch gleich richtig einlegen."

„Und was ist, wenn er geschlossen hat?"

„Er macht nachmittags seinen Laden nicht zu, er verkauft doch Sachen für Touristen. Wenn der Film in der Kamera ist, setzt du dich wieder hier hin und paßt auf. Taucht dann nochmal jemand auf, der sich für mein Büro interessiert, dann fotografierst du ihn unauffällig. Laß dich aber nicht dabei erwischen!"

„Und wie funktioniert das Ding?"

„Ganz einfach! Du schaust da rein und drückst hier vorne auf diesen Knopf. Das ist der Auslöser. Du mußt nur aufpassen, daß deine Hand nicht vor das Objektiv kommt, das ist das runde Ding hier vorne. Und du mußt den Auslöser festhalten, bis die fotografierte Person weg ist. Oder du gehst vorher ins Kafenio rein. Wenn du nämlich den Auslöser losläßt, kommt vorne das Bild raus, und das macht einen Höllenlärm. Hast du das kapiert?"

„Es klingt zwar alles ein bißchen kompliziert, aber ich bin schließlich nicht doof. Das schaffe ich schon. Und wenn keiner kommt?"

„Dann brauchst du auch nicht zu fotografieren."

„Jak, du bist sehr witzig."

Dann stand er folgsam auf und machte sich auf den Weg.

Ich hingegen setzte mich auf einen der Stühle vor dem Kafenio und dachte nach. Wer konnte hinter dem Einbruch in mein Büro stecken und was versprach er sich davon? Ich konnte nicht ahnen, wie schnell diese Fragen beantwortet werden sollten.

Drinnen bei Stefanos klingelte das Telefon. Ich hörte ihn vor sich hin fluchen, dann tapste er zum Telefon, brummte etwas Unverständliches und kam zur Tür. Als er mich sah, winkte er mich zu sich.

„Es ist für dich."

„Für mich? Woher weiß der Anrufer, daß ich hier bin?"

„Ich habe keine Ahnung. Jedenfalls ist es eine Frechheit, mich zu wecken. Geh schon dran, damit ich meine Ruhe habe." Er setzte sich an den Nachbartisch, gähnte, legte den Kopf und die Arme auf die Tischplatte und schlief augenblicklich ein.

Ich ging hinein und nahm den Telefonhörer von der Theke. „Ja?"

„Sind sie der Mann, der heute in Mires so dumm rumgefragt hat?"

„Ich weiß nicht, wieso Sie mein Fragen als ‚dumm' abqualifizieren. Aber wenn Sie wissen wollen, ob ich in Mires war, antworte ich mit einem freundlichen Ja! Und darf ich jetzt vielleicht erfahren, mit wem ich das Vergnügen habe?"

„Das ist im Augenblick nicht wichtig. Ich habe eine Nachricht für Sie."

53

„Eine Nachricht? Das ist immer gut. Von wem ist sie und worum handelt es sich?"

„Ich habe eine Nachricht von Herrn Rousakis."

„Von Serafis Rousakis?"

„Nein, von seinem Vater."

„Von Aristidis? Das ist ja wohl nicht möglich. Oder will er mir posthum etwas mitteilen?"

„So ist es. Er läßt Ihnen ausrichten, es gehe ihm sehr gut da, wo er jetzt ist. Ob Sie nicht kommen und ihm Gesellschaft leisten wollen."

Langsam wurde es mir zu dumm. Auf den Arm nehmen konnte ich mich wirklich selber.

„Hören Sie, was soll der Quatsch? Wer spricht da?"

„Ich meine es nur gut mit Ihnen. Eigentlich sollten Sie den Sinn der Nachricht gut verstanden haben."

„Nein, mir kommt Ihr Gerede eher sinnlos vor. Sagen Sie mir endlich, wer da spricht, oder ich lege auf."

„Legen Sie ruhig auf, aber legen Sie auch Ihren sogenannten Fall zu Ihren sogenannten Akten. Sie haben genug Platz dazu in Ihrem Schreibtisch, es ist ja kaum was drin."

„Ich verstehe. Sie sind also mein freundlicher Besucher. Hätten Sie nicht wenigstens wieder aufräumen können?"

„Ihnen ist wohl immer noch zum Scherzen zumute. Ich warne Sie hiermit zum letzten Mal im Guten. Hören Sie auf, herumzulaufen und Leute zu belästigen, oder wir sorgen dafür, daß Sie das nicht mehr tun können. Ich hoffe für Sie, das war deutlich genug."

Es klickte in der Leitung.

Ich legte den Hörer auf die Gabel. Da wollte jemand nicht, daß ich meine Arbeit tue. Und dieser jemand hatte einen lausigen Akzent. Ich selbst hielt mir zugute, daß ich inzwischen fast so gut wie ein Grieche mit der hiesigen Sprache umgehen konnte, meinem Gesprächspartner jedoch hörte man den ausländischen Akzent deutlich an, mir war nur noch nicht klar, ob es ein französischer oder ein anderer war.

Als ich wieder auf die Gasse trat, sah ich Tassos eilig näher kommen.

„Jak, ich habe den Film. Stamatis hat ihn mir eingelegt. Ich hätte das nie geschafft. Und ich habe zur Übung schon mal ein Foto gemacht."

„So verschwendest du mein sauer verdientes Geld? Zeig mal her."

„Es ist noch in der Kamera. Ich habe den Finger auf dem Knopf gelassen, so wie du es gesagt hast."

„Dann nimm ihn in Gottes Namen jetzt runter. Was hast du denn überhaupt fotografiert. Irgendein Auto?"

„Nein, ich habe zwei fremde Männer fotografiert. Die standen da zufällig herum."

Als Tassos den Auslöser freigab, surrte die Kamera laut und schob ein Foto heraus. Er legte es auf den Tisch, und wir schauten gespannt zu, wie sich allmählich die Konturen herausschälten.

„Siehst du, das ist das öffentliche Telefon vorne an der Hauptstraße. Der eine Mann telefoniert gerade und der andere steht daneben. Ist das Foto nicht klasse geworden?"

Ich konnte noch nicht sehr viel erkennen. Erst Tassos' Beschreibung und die fortschreitende Entwicklung machten mir das Bild immer klarer. Und dann stellte ich fest, daß ich die beiden Männer kannte.

„Das ist das öffentliche Telefon vorne an der Straße?"

„Ja, sag ich doch."

Ich spurtete sofort los. Gerade als ich um die Ecke bog, fuhr an der Hauptstraße ein Wagen vorbei. Es war ein heller Kombi, auf dessen Beifahrertür einige große Buchstaben aufgemalt waren: O.E.T.S.K. Ich sah noch, daß der Beifahrer dunkle, zu einem Pferdeschwanz zusammengebundene Haare hatte. Es war nicht schwer zu erraten, daß der Fahrer kurze blonde Haare hatte und einen Khaki-Anzug trug. Und jetzt wunderte ich mich auch nicht mehr über den ausländischen Akzent meines Anrufers. Die beiden hatten wirklich schnell reagiert. Wie sie allerdings so schnell herausgefunden hatten, wer ich bin und wo ich mein Büro habe, war mir schleierhaft. Aber das würde ich schon noch herauskriegen und dann würden es die beiden Burschen zu spüren bekommen, daß ich ungern „gewarnt" wurde.

9

„Stelios, hast du irgend jemandem erzählt, daß du mir dein Auto geliehen hast?"

„Wieso fragst du? Warte mal, ja doch. Jorgos hat sich danach erkundigt."

„Der Bulle?"

„Eben der."

„Und wieso wollte er das wissen?"

„Er hat das Auto wegfahren sehen und wußte, daß meine Jungs frei haben. Und als er mich dann sah, hat er sich gewundert, wer mit meinem Auto unterwegs ist."

„Seit wann ist er denn so eifrig?"

„Auch die Polizei hat ihre lichten Momente."

„Aber bei unserer ist das eher selten. Kann ich mal telefonieren?"

„Fühl dich wie zu Hause."

Ich hatte Stelios ausführlich von dem Einbruch in mein Büro berichtet. Wir saßen bei ihm im Hotel an der Rezeption. Ich war nach einiger Überlegung darauf gekommen, daß sie mich nur über das Auto gefunden haben konnten. Sie waren mir wahrscheinlich in Mires gefolgt. Ich vermutete, daß Serafis ihnen gesagt hatte, daß ich aus Agia Galini komme. Durch meinen Abstecher zum Baden hatten sie dann Zeit genug gehabt, mich aufzuspüren. Und dennoch, sie waren sehr zielbewußt und schnell vorgegangen.

„Polizeistation Agia Galini. Was kann ich für Sie tun?"

„Jorgos, bist du es? Hier ist Jak. Hör mal, waren vorhin zwei Leute bei dir, die nach mir gefragt haben?"

„Es war nur einer. Und er hat nicht nach dir gefragt, sondern nach dem Auto von Stelios. Aber ich wußte ja, daß du ..."

„Ja, ich weiß schon, Euer Gnaden haben sich als Detektiv betätigt. Wie sah der Typ aus?"

„Blond, ganz kurze Haare, kein Bart."

„Hast du ihm gesagt, wo mein Büro ist?"

„Ja, ich dachte, er sei vielleicht ein potentieller Kunde für dich, und da fiel mir sofort deine Provision ein. Apropos Provision, warum hast du die Flasche wieder mitgenommen? Das war nicht besonders nett von dir."

„Euer Inspektor hat mich doch so eindringlich darum gebeten, und da wollte ich ihm die Freude machen."

„Und, wie ist es? Ist noch eine Flasche für den neuen Kunden drin?"

„Dieser ‚neue Kunde' ist mir höchstens eine Tracht Prügel wert, und ganz bestimmt keine Provision."

„Was du nicht sagst. Hat er dich nicht gefunden?"

„Mich nicht, aber dafür hat er sich ohne meine Erlaubnis in meinem Büro umgesehen. Wenn ich nicht wüßte, wer es gewesen ist, wäre das ein Fall für eure genialen Spurensicherer. Was haben die übrigens herausgefunden, oben an der Straße?"

„Nichts, was dir nicht schon bekannt wäre. Der alte Frosch wurde vermutlich an Ort und Stelle ins Jenseits befördert. Aber Patronenhülsen waren nicht da."

„Na ja, die kann man aufsammeln oder gar nicht erst aus dem Gewehr nehmen. So weit also nichts Neues. Das wäre auch zu schön gewesen. Und bei der Gelegenheit, Jorgos: Erzähl in Zukunft bitte nicht jedem gleich, wo ich wohne. Nicht alle wollen nur mein Bestes. Also bis dann."

Ich legte auf. Meine Vermutung war also richtig gewesen. Ich mußte den Leuten von der O.E.T.S.K. dringend einen Besuch abstatten. Aber das hatte noch Zeit bis morgen. Und vielleicht sollte ich ...

„Stelios, hast du morgen Zeit, mit mir nach Mires zu fahren?"

„Eigentlich habe ich zu tun, aber du kannst mich ja überreden. Willst du mich vielleicht zum Essen einladen?"

„Meinetwegen auch das. Aber in erster Linie will ich jemanden besuchen, bei dem mir deine stattliche Erscheinung als Rückendeckung sehr nützlich sein könnte."

„Willst du in den Krieg ziehen? Soll ich meine Pistole mitnehmen?"

„Den Krieg will ich gerade verhindern. Aber falls du eine hast, könntest du sie mir leihen. Ich würde mich damit sicherer fühlen. Apropos sicherer: Hast du Marika heute schon gesehen?"

„Ich habe, aber ich verrate dir vermutlich kein Geheimnis, wenn ich dir sage, daß sie nicht alleine war."

„Das habe ich mir fast gedacht. Leider wird ihr das zur lieben Gewohnheit. Aber was soll ich machen? Und heute abend habe ich sowieso etwas anderes vor."

„Ach, erzähl mal. Willst du etwa noch arbeiten?"

„Und ob. Ich werde mich im Haus des alten Rousakis umsehen. Du brauchst nicht mit dem Essen auf mich zu warten."

„Aha! Eine Hausbesichtigung mit Arbeitsessen?"

„Ja, so ungefähr."

„Na dann wünsche ich viel Vergnügen, du alter Gauner."

10

Ich wanderte zu Fuß die Straße hinauf. Die Dämmerung hatte schon eingesetzt. Im Hause des Froschs brannte Licht, die Vorhänge waren zugezogen. Ich schaute mich um, ob ich irgendwo einen hellen Kombi sehe, doch die Luft war so rein wie der auffrischende Wind vom Meer. Ich klopfte an die Tür.

Von drinnen waren leichte Schritte zu hören. Despina öffnete.

„Oh, der Herr Anatolis."

„Wie angekündigt."

„Schön, ich habe Sie bereits erwartet."

Sie trug ähnliche Shorts wie auf dem Foto in meiner Tasche und eine rote Bluse, deren obere Knöpfe offen standen. Es war nicht schwer zu erraten, daß ihre Unterwäsche darunter garantiert nicht zu finden sein würde.

„Kommen Sie herein."

Ich folgte ihr. Auf dem Tisch stand ein Teller mit brennenden Kerzen.

„Sie haben es aber hübsch romantisch."

„Ja, ich habe es uns etwas gemütlich gemacht."

„Nur wird es mir bei dieser ebenso stimmungsvollen wie düsteren Beleuchtung vermutlich schwerfallen, irgend etwas Auffälliges oder Verdächtiges zu entdecken."

„Wenn es um die Sachen meines Schwiegervaters geht, brauchen Sie nicht lange zu suchen. Ich habe mich gründlich umgeschaut. Und wenn Sie etwas anderes suchen und nicht finden sollten, kann ich ja rufen, und sie gehen einfach dem Geräusch nach."

Schüchternheit war offensichtlich nicht ihre vornehmste Tugend.

„Wenn Sie mir die Arbeit bereits abgenommen haben ..., haben Sie etwas Interessantes gefunden?"

„Außer ein paar Briefen nichts. Aber die können Sie später beim Essen lesen. Auch Sie haben sich eine Arbeitspause verdient."

„Gehe ich recht in der Annahme, daß Sie mich dafür nicht bezahlen?"

„Stimmt, dafür bezahle ich Sie nicht, aber ich prüfe auch nicht nach, wann Sie arbeiten und wann nicht. Betrachten Sie mich doch einfach mal für eine Weile nicht als Arbeitgeberin."

Sie bot mir einen Stuhl an. Dann ging sie in den hinteren Teil des Wohnschlafzimmers. Da der Schein der wenigen Kerzen nicht bis dorthin reichte, konnte ich nur mehr ahnen als sehen, was sie dort tat.

„Hatten Sie denn einen schönen Tag?"

„Oh ja, er war richtig interessant. Ich habe einige Leute kennengelernt. Darunter auch solche, auf deren Bekanntschaft ich hätte verzichten können. Dennoch werde ich morgen diese Bekanntschaft noch vertiefen müssen."

„Warum schreien Sie eigentlich so, Jak?"

„Sie sitzen so weit weg. Ich weiß nicht, ob Sie mich überhaupt hören geschweige denn verstehen."

„Dem kann man abhelfen. Kommen Sie doch herüber, Jak, dann können Sie leiser reden. Das ist auch besser, falls jemand an der Tür lauschen sollte."

„Erwarten Sie denn noch jemanden?"

„Nein, außer Ihnen niemand."

„Na, dann."

Ich stand auf und ging zu ihr hinüber. Sie saß auf dem Bett. Als ich aus dem dämmrigen Kerzenlicht auf sie zuging, warf mein Körper einen dunklen Schatten auf sie. Um sie besser sehen zu können, wollte ich mich neben sie setzen, doch sie flüsterte mir zu:

„Vorsicht, setzen Sie sich bitte nicht auf meine Bluse."

Artig räumte ich ihre Bluse beiseite und setzte mich auf das Bett. Dann wurde mir schlagartig bewusst, daß Despina höchstwahrscheinlich kaum noch etwas anhatte. Wie zur Bestätigung meines Gedankens spürte ich auch schon ihren weichen Oberkörper an meinem Arm, und bevor ich noch die Konversation fortsetzen konnte, küsste sie mich leidenschaftlich.

„Ach Jak", flüsterte sie mir ins Ohr, „könntest du mir bitte den Rest auch noch ausziehen?"

Sie stand auf, stellte sich vor mich und nahm meine Hände, um mit ihrer Hilfe die Knöpfe ihrer Shorts zu öffnen.

„Sollte ich bei dir vielleicht doch noch etwas Unterwäsche finden?", fragte ich heiser.

Nachdem ich mich vom rhetorischen Charakter meiner Frage überzeugt hatte, verloren wir keine Zeit. Ihr im Kerzenlicht schimmernder Körper drückte mich fest auf das Bett. Unsere Bewegungen wurden immer schneller und heftiger. Kurz bevor ich mich einer erlösenden orgiastischen Umnachtung hingab, hörte ich noch ihren gestöhnten und vorerst letzten Sprechakt.

„Verdammt noch mal, Jak, warte auf mich! Ja, mein Gott, jetzt! Ja ich komme, jetzt, ich sterbe!"

Eine ganze Weile war es still. Dann hob sie Kopf und Oberkörper ein wenig hoch und schaute mir in die Augen.

„Mein lieber Mann, als Vorspeise war das schon sehr gut. Nun laß uns zum zweiten Gang übergehen."

Das Menü des Abends wurde mehr als reichhaltig, und obwohl sie bei jedem Gang mindestens einmal „starb", erwachte ihr Appetit jedes Mal schnell von Neuem. Da auch ich aus bekannten Gründen schon eine ganze Zeit lang nicht mehr anständig „gegessen" hatte, verlief unsere Begegnung mehr als befriedigend.

11

„Jak, sag mir doch mal bitte, was wir jetzt eigentlich in Mires genau vorhaben."

Es war kurz nach neun Uhr. Wir hatten gerade Agia Galini hinter uns gelassen. Stelios saß am Steuer seines Wagens, ich hatte ihm großmütig den Vortritt gelassen; zum einen war es schließlich seiner, zum anderen fühlte ich mich nach der vergangenen Nacht alles andere als frisch. Es war draußen schon hell geworden, als Despina und ich endlich dazu kamen, die Briefe zu sichten, die sie im Haus ihres Schwiegervaters gefunden hatte. Einen, der den Firmenkopf der O.E.T.S.K. trug, hatte ich eingesteckt. Eine Antwort des Froschs hatten wir aber nicht gefunden.

„Kennst du eine Firma namens O.E.T.S.K.?"

„Keine Ahnung; was soll das sein?"

„Das ist die ,Organisation zur Entwicklung des Tourismus im südlichen Kreta'. Aber mach dir nichts draus, ich kenne den Laden auch erst seit gestern und auch nur aus der Ferne. Wie der Name schon sagt, die O.E.T.S.K. kauft an der Südküste Grundstücke auf, um entweder selbst Hotels darauf zu bauen oder um sie an andere zu verkaufen, die dann ihrerseits Hotels darauf bauen. So entwickelt man eben den Tourismus."

„Und was hast du mit den Leuten zu tun?"

„Ich vermute sehr, daß sie etwas mit meinem Fall zu tun haben. Meine beiden Besucher von gestern arbeiten für diese Firma. Und man hat mir sehr deutlich mitgeteilt, besser die Finger von allem zu lassen, was mit der Ermordung des Froschs zusammenhängen könnte."

„Und jetzt willst du ihnen mitteilen, daß du nicht daran denkst, ihren Wünschen Folge zu leisten? Und mich willst du als Argumentationshilfe dabei haben?"

„Der Herr geruhen äußerst scharfsinnige Schlüsse zu ziehen. Genau so ist es."

„Na ja, du bist nicht schwer zu durchschauen. Wenn dir einer auf die Füße tritt, trittst du ein bißchen heftiger zurück!"

„Und zu diesem Zweck haben wir beide uns auf den Weg gemacht. Hinterher bekommst du auch eine Riesenportion Schnitzel, mehr als auf einen Teller paßt."

„Einigen wir uns doch auf zwei Portionen. Treten macht hungrig, und außerdem habe ich noch nicht gefrühstückt. Und du zahlst?"

„Wenn du mir dein Portemonnaie leihst."

„Ach Jak, du hast schlechte Angewohnheiten!"

Den Rest der Fahrt schwiegen wir. Stelios Pistole, die er mir vor Antritt der Fahrt gegeben hatte, steckte jetzt unter der Jacke in meinem Hosenbund und drückte mich ein wenig. Aus seiner ausgebeulten Hosentasche schloß ich, daß er seine Zweitartillerie dabei hatte. Ich sann über dies und jenes nach. Da ich noch ziemlich müde war, ließ Stelios mich etwas regenerieren und lenkte den Wagen leise pfeifend mit zwei Fingern.

Die Hauptstraße von Mires war an diesem Morgen nur mäßig belebt. Stelios folgte meinen Hinweisen und fand einen Parkplatz direkt vor dem Haus der O.E.T.S.K.

„Da wären wir. Gehen wir rein?"

„Das ist der Grund unseres Kommens."

„Und wenn noch keiner da ist?"

„Gehen wir trotzdem rein!"

Stelios schloß den Wagen nicht ab und folgte mir zur Tür.

„Treten wir sie ein?"

„Nein, wir klingeln und treten sie dann ein."

So weit mussten wir allerdings nicht gehen. Die Tür ging auf, und ein kleiner bebrillter Mann stand vor uns. Sein Gesicht war ein einziges Fragezeichen.

„Mein Name ist Jak Anatolis. Ich komme im Auftrag von Herrn Rousakis."

„Von Serafis?"

„Nein, von seinem Vater Aristidis. Sie hatten ihm vor kurzer Zeit einen Brief geschrieben, in dem Sie sich freundlicherweise anboten, einige Grundstücke am Meer in der Nähe von Agia Galini von ihm zu erwerben."

„Ja, daran erinnere ich mich. Ich habe den Brief selbst unterschrieben. Ich leite die hiesige Niederlassung der O.E.T.S.K.. Aber Herr Rousakis hat meines Wissens niemals auf unser Schreiben reagiert."

„Deshalb sind wir jetzt hier."

Er schaute erst Stelios an, dann mich.

„Sind Sie ganz sicher, daß Sie im Auftrag von Herrn Rousakis kommen? Ich meine gehört zu haben, daß er tot ist."

„Das ist korrekt. Der Frosch hat eine Schrotkur hinter sich, die er nicht überlebt hat. Deshalb bin ich auf der Suche nach dem Arzt, der sie ihm verordnet hat. Und diese Suche führte mich nun zu Ihnen."

„Ich verstehe nicht ..."

„Sie werden vermutlich gleich verstehen. Aber wollen Sie uns nicht lieber hereinlassen? Oder legen Sie Wert darauf, unser Anliegen auf der Straße abzuhandeln?"

„Ich glaube nicht, daß ich Ihnen entscheidend weiterhelfen kann, vor allen Dingen deshalb, weil ich nicht verstehe, was Sie eigentlich von mir wollen. Aber meinetwegen, niemand soll mir nachsagen können, ich hätte es nicht zumindest versucht."

Er öffnete die Tür ganz und winkte uns herein.

„Gehen Sie doch vor, Sie kennen sich hier aus."

Er zuckte die Achseln und ging vor uns in den angrenzenden Raum. Links und rechts standen mehrere deckenhohe Regale mit Aktenordnern. Vor der hinteren Wand, an der eine große Karte von der Region hing, auf der diverse rot schraffierte Felder zu sehen waren, befand sich ein großer Schreibtisch, in dem ich meinen eigenen locker zweimal hätte unterbringen können. Alles sah nach Geld und Arbeit aus.

„Sie haben es aber nett. Und diese niedliche Karte, was zeigt die?"

„Ich glaube, Sie werden selbst feststellen, daß es sich um eine Karte der hiesigen Gegend handelt."

„Und was bedeuten die roten Felder darauf?"

„Das sind unsere Projekte."

„Also Grundstücke, die sie gekauft haben."

„Und solche, die wir noch kaufen wollen. Wenn Sie über unsere Gesellschaft Bescheid wissen, wissen Sie vermutlich auch, daß wir große Pläne haben."

„Ja, ja, ich habe davon gehört. Sie wollen das südliche Kreta mit den Segnungen des Tourismus in noch geballterer Form beglücken, als es sie ohnehin schon genießt."

„Wenn Sie es so nennen wollen …"

„Darauf läuft es jedenfalls hinaus. Und was geschieht, wenn irgend jemand etwas gegen ihre Pläne hat?"

„Sie meinen, wenn jemand nicht an uns verkaufen will? Nun, wir machen in der Regel Angebote, die man nicht so leicht ablehnen kann."

„Das habe ich doch schon mal irgendwo gehört! Und was machen Sie, wenn derjenige trotzdem keine Lust hat, mit Ihnen ins Geschäft zu kommen? Schicken Sie dann Ihre Gorillas mit der Schrotflinte?"

„Unsere was?"

„Ihre Gorillas. Ich meine diesen blonden Fremdenlegionär und den dunklen Affen mit dem Pferdeschwanz!"

„Ihre Beschreibung ist nicht sehr schmeichelhaft, aber ich könnte mit etwas gutem Willen die Herren Jerome und Marco daraus erkennen. Hatten Sie bereits das Vergnügen?"

„Es war nicht unbedingt ein Vergnügen, da der Ordnungssinn der beiden keineswegs überwältigend ist. Sie können sich gerne das Chaos in meinem Büro in Agia Galini ansehen."

„Vielen Dank, kein Interesse. Aber nun klären Sie mich endlich auf, was Sie eigentlich wollen. Sie überfallen mich in aller Herrgottsfrühe und lassen mir nicht einmal Zeit, Ihnen etwas zu trinken anzubieten …"

„… und fragen dumm rum, das wollten Sie doch sagen, oder?"

„Nein, so wollte ich es nicht formulieren."

„So haben es aber Ihre beiden ‚Herren' formuliert. Womit ich beim Thema bin. Sie sehen, wir kommen doch voran. Also, die zwei haben gestern mein Büro durchwühlt, und, bevor ich mich noch damit habe abfinden können, mir telefonisch empfohlen, mich von dem Mordfall Rousakis und Ihrer Gesellschaft fernzuhalten. Was ich natürlich zum Anlaß nehme, genau das nicht zu tun."

Er wurde ungeduldig.

„Schön und gut, aber was wollen Sie von mir?"

„Ich will wissen, was Ihre Firma mit der Mordsache zu tun hat."

„Das ist sehr leicht zu beantworten. Nichts! Rein gar nichts!"

„Und was wollten dann Ihre Mitarbeiter von mir? Kann ich sie vielleicht sprechen?"

„Nein, das können Sie nicht, sie sind nicht hier."

Ich gab es auf.

„Nun, wie Sie wollen. Sie haben also nichts damit zu tun und sind natürlich völlig ahnungslos. Sie sind sich ja wohl im klaren darüber, daß ich Ihnen kein Wort glaube. Und ich schwöre Ihnen, ich kriege heraus, was ich wissen will. Daran werden Sie mich nicht hindern und ihre beiden Handlanger schon gar nicht."

„Tun Sie, was Sie nicht lassen können. Nur vergessen Sie nicht, daß das Klima in Südkreta manchmal durchaus ungesund sein kann. Laufen Sie also nicht so viel nachts herum, sonst könnten Sie sich womöglich erkälten."

„Ich weiß mich durchaus zu schützen."

„Das kann ich mir denken. Der schweigsame Herr neben Ihnen wirkt sicher nur zufällig so gemütlich ... Und wenn Sie mich jetzt bitte entschuldigen wollen. Ich kann wirklich nichts für Sie tun. Das haben Sie doch hoffentlich verstanden."

Er ging zur Tür und öffnete sie einladend.

„Okay, da Sie so nett darum bitten, werden wir jetzt gehen. Sobald ich aber herausfinde, daß und was Sie oder Ihre Leute mit dem Mord zu tun haben, komme ich wieder. Und dann werden Sie mitkommen, ob Sie wollen oder nicht."

„Mein lieber Herr, verschwenden Sie nur nicht Ihre Zeit. Guten Tag!"

Ich zog die Tür heftig hinter mir zu und folgte Stelios zum Wagen.

„Wohin?"

„Du wolltest doch was essen."

„Eigentlich ist mir der Appetit vergangen. Aber dieses scheinheilige Arschloch soll nicht auch noch daran schuld sein, daß ich vom Fleisch falle. Auf geht's!"

Drei Portionen Brisoles und sechs Flaschen Bier später sah die Welt wieder fröhlicher aus. Ich lehnte mich auf meinem Stuhl zurück.

„Außer Spesen nichts gewesen."

„Ja, was hast du denn erwartet? Daß der Mann gleich ein Geständnis ablegt und du die ganze Bagage nur einzupacken und deinem netten Inspektor in die Hand zu drücken brauchst? Jak, seit wann bist du denn so naiv?"

„Ich bin nicht naiv. Ich bin nur sauer. Und weil du von ‚Bagage' sprichst: morgen werde ich nach Iraklion fahren und abends nach Athen, um den Rest dieser netten Familie kennenzulernen. Vergiß nicht, daß alle drei Söhne vom Tod des Frosch profitieren. Ich werde herausfinden, ob einer oder alle Geld brauchten und deshalb schneller an ihr Erbe gelangen wollten."

„Bisher habe ich von dir nur gehört, daß die beiden anderen in gutsituierten Verhältnissen leben. Und auch Serafis scheint mir deiner Beschreibung nach nicht gerade bedürftig zu sein. Was ist also, wenn sie alle drei nichts mit der Sache zu tun haben?"

„Das werden wir dann ja sehen. Aber erst einmal werde ich ein bißchen rumfragen und möglichst viel über diesen Mathaeos und seinen Bruder Achilleas herausfinden. Wenn ich mehr weiß, frage ich dich wieder nach deiner Meinung."

„Bist du jetzt eingeschnappt? Ich weiß, der Detektiv bist du."

„Das hat gestern schon mal jemand zu mir gesagt. Und gestern habe ich alles herausgefunden, was ich wollte. Also, hab ein wenig Vertrauen zu mir. Wenn es schief geht, dann darfst du auch deinen Senf wieder dazugeben."

Ich selbst hatte in diesem Moment sehr wenig Vertrauen in mich. Ich stocherte im dunklen und konnte nur hoffen, auf etwas zu stoßen, von dem ich nicht im geringsten ahnte, was es sein würde. Aber für heute hatte ich genug, morgen war auch noch ein Tag. Ich sehnte mich nach meiner Behausung in Melambes, mochte sie auch noch so erbärmlich sein, und nach meinem Bett.

„Laß uns nach Hause fahren, Stelios."

„Gut, und wer bezahlt die Rechnung?"

„Na, ich dachte deine Wenigkeit?"

„Hast du denn noch keinen Vorschuß bekommen?"

„Doch, aber nur in Naturalien", flunkerte ich, denn ich brauchte das Geld für meine weiteren Unternehmungen.

„Na, dann zahle eben ich – wie üblich."

12

Das starke Motorrad röhrte die kurvenreiche Straße nach Melambes hinauf. Es war schon dunkel. Ich hatte in Agia Galini bewußt die Nähe der unersättlichen Despina gemieden, und auch um Marikas Laden hatte ich einen großen Bogen gemacht. Mir stand der Sinn nur nach Schlafen, nachdem Stelios und ich noch stundenlang diskutiert, uns aber nur im Kreis gedreht hatten und keinen Schritt weitergekommen waren. Ich würde mir Stelios' Vorschlag, bei ihm ein Zimmer zu mieten, doch noch überlegen. Vielleicht machte er mir einen guten Preis. Außerdem war ich bereits den dritten Tag für Despina tätig, mein Honorar war also schon deutlich größer als der gezahlte Vorschuß. Morgen würde ich sie darauf ansprechen, schon weil ich für Iraklion und Athen etwas flüssiger sein mußte.

Irgendwo hier oben war der Frosch gefunden worden. Wenn ich in den vergangenen Tagen nach Hause gefahren wäre, statt in meinem Büro zu kampieren, wäre vielleicht ich es gewesen, der über ihn drüber gefahren wäre. Im Gegensatz zu Manolis hätte ich mir dabei vermutlich weh getan. Auf zwei Rädern fällt es sich einfach leichter.

Kaum hatte ich diesen Gedanken zu Ende gedacht, da passierte mir genau das. Ich hatte einen Moment nicht aufgepaßt und etwas Dunkles auf der Straße übersehen, das nur kurz im Scheinwerferlicht aufgetaucht war. Und schon war ich dagegen bzw. darüber gefahren. Dabei verriß der Lenker, das Vorderrad stellte sich quer, und mein verzweifelter Versuch, gegenzulenken und die Balance zu halten, schlug fehl. Die Maschine schlitterte über die Straße und legte sich auf die Seite. Mir blieb nichts anderes übrig, als abzuspringen, um nicht unter ihrem Gewicht begraben zu werden und mir alle Rippen zu brechen. Aber das gelang mir nur unzureichend. Ich prallte mit der Schulter gegen einen Olivenbaum am Straßenrand, mein Körper wurde herumgerissen und ich überschlug mich zweimal. Ich hörte noch, wie die Maschine irgendwo dagegenknallte und der Motor erstarb. Zuerst ging mir nur der mögliche Schaden am Motorrad durch den Kopf, bevor ich an meine Gesundheit dachte, aber schließlich gehörte es Stelios, und bestimmt war er sauer, wenn ich es kaputtgemacht hatte. Wie vergleichsweise unwichtig meine Gedanken in diesem Moment waren, merkte ich erst, als ich Schritte neben mir hörte und mich jemand brutal in die schmerzenden Rippen trat.

„Jawohl, mach den Schnüffler fertig!"

Ein weiterer Tritt sorgte dafür, daß mir schwarz vor Augen wurde.

13

Stöhnend kam ich zu mir. Ich öffnete die Augen, schloß sie aber sofort wieder, denn das Licht eines Scheinwerferpaares stach mir schmerzhaft in die Augen. Ich hörte einen Automotor im Leerlauf. Mein Kopf war ein einziges Hornissennest, meine Schulter schien nicht mehr vorhanden. Der Versuch, sie zu bewegen, tat höllisch weh. Ich wollte etwas sagen, brachte aber nur ein Krächzen zustande.

„Der arme Teufel ist verletzt. Er ist mit dem Motorrad gestürzt, da drüben liegt es. Fahr am besten zurück nach Agia Galini und hol den Arzt. Ich warte hier."

Eine Frauenstimme erwiderte etwas, das wie eine Bestätigung klang, eine Wagentür schlug zu. Dann heulte der Motor auf, die Frau wendete den Wagen und fuhr los. Der Mann neben mir fluchte leise.

„Die blöde Kuh lernt es nie. Sei doch mal ein bißchen vorsichtiger mit der Kupplung!" Den zweiten Satz brüllte er zornig hinter ihr her, aber sie hatte ihn garantiert nicht gehört. Wieder versuchte ich die Augen zu öffnen, und diesmal ging es schon etwas besser. Ringsum war es immer noch stockdunkel, der Mann war nur als Silhouette vor dem hellen Sternenhimmel zu erkennen. Ich bewegte mich etwas und stöhnte laut auf.

„Bleiben Sie ruhig liegen, Sie haben einen Unfall gehabt. Ich weiß nicht, wie schwer Sie verletzt sind, also bleiben Sie um Himmels Willen ruhig liegen. Der Arzt wird gleich da sein."

Es dauerte eine Ewigkeit – jedenfalls kam es mir so vor – bis wieder Scheinwerferlichter und Motorengeräusche näher kamen. Diesmal waren es drei Wagen, soviel konnte ich erkennen. Auch den Mann, der mit mir gewartet und immer wieder beruhigend auf mich eingeredet hatte, konnte ich im Licht der Scheinwerfer jetzt besser sehen. Er lief auf die Autos zu und winkte.

„Hierher, hier liegt er. Kommt schnell!"

Die Wagen hielten, wieder klappten Autotüren, Schritte kamen näher, ein Mann beugte sich über mich.

„Bleiben Sie ganz ruhig, ich bin Arzt!"

„Ich rege mich doch gar nicht auf, Mann."

Ich hatte diese Worte zwar nur undeutlich geächzt, aber er hatte mich verstanden.

„Zumindest dein Humor ist noch heil geblieben, Jak."

Er war einer von den beiden Ärzten, die abwechselnd im Gesundheitszentrum in Agia Galini Dienst taten. Ich hatte schon mit ihm Karten gespielt und Raki getrunken.

„Das ist aber auch das einzige. Ich fühle mich, als wäre alles andere im Eimer."

„Das kriegen wir schon wieder hin."

Er tastete mich ab. Es tat höllisch weh.

„Auf den ersten Blick würde ich sagen, du hast nichts gebrochen. Zumindest nichts Ernsthaftes. Was mich wundert, denn es hat dich ganz schön auf die Fresse gehauen."

„Das kann man wohl sagen."

„Paß auf, wir bringen dich jetzt vorsichtig nach Agia Galini und packen dich dort in ein Bett. Meinst du, du hältst das durch?"

„Ich bin hart wie Kruppstahl."

„Davon bin ich überzeugt; eigentlich müßtest du tot sein. Aber du hast offensichtlich einen sehr aufmerksamen Schutzengel."

„Das braucht man in meinem ... au, du tust mir weh ... Beruf."

„Ist gleich vorbei. Wir legen dich in meinen Wagen. In Deutschland würde man dich so wahrscheinlich nicht transportieren, aber was soll ich machen? Los, faßt mal mit an!"

Obwohl sie sich alle Mühe gaben, vorsichtig zu sein, schrie und fluchte ich vor Schmerzen, bis sie mich endlich im Wagen verstaut hatten.

„So, das wär's. Du wirst sehen, bis Weihnachten ist alles wieder gut."

„Es muß aber morgen wieder gut sein. Ich habe was zu erledigen."

„Jetzt spiel hier nicht den starken Mann, mein Lieber, Geduld, Geduld!"

Er fuhr zwar vorsichtig, aber bei jeder Erschütterung des Wagens – und es gab eine Menge Schlaglöcher auf dieser Strecke – durchfuhren mich wieder höllische Schmerzen. Bis ich im Krankenbett lag, war es noch einmal ein Martyrium. Erst als der Arzt mir eine Spritze verpaßt hatte, ließen die Qualen nach, und ich schlief augenblicklich ein.

14

Als ich erwachte, wußte ich nicht, wo ich war. Erst nach und nach erinnerte ich mich an die vergangene Nacht. Wie konnte mir so etwas passieren? Ich war ein sicherer Motorradfahrer. Ich und stürzen, das war geradezu lachhaft. Und doch war es passiert. War ich etwa am Lenker eingeschlafen, übermüdet genug war ich ja gewesen? Nein, jetzt erinnerte ich mich wieder daran, daß ein dunkles Bündel auf der Straße gelegen und mich zu Fall gebracht hatte. Was war das bloß gewesen? Gab es eine zweite Leiche dort oben? Und man hatte mich noch getreten und als „dreckigen Schnüffler" bezeichnet. Da ich der einzige Schnüffler in diesen Breiten war, lag sicherlich keine Verwechslung vor; man hatte gezielt mich mit den Fußtritten gemeint. Es waren zwei gewesen, also lag es nahe, an meine lieben Bekannten von der O.E.T.S.K. zu denken. Immerhin arbeiteten meine grauen Zellen wieder fehlerfrei. Aber über was war ich gestürzt?

Der Arzt betrat das Zimmer.

„Oh, der Patient ist wach."

„Wach und ausgeschlafen! Und außerdem tut ihm noch immer alles weh."

„Das ist normal. So wie das Motorrad aussieht."

„Wie sieht es denn aus?"

„Schlecht. Stelios hat es heute morgen mit seinem Pickup abgeholt und war ausgesprochen schlechter Laune. Ich weiß nicht, ob er dabei an dich oder an seine Maschine gedacht hat."

„Bestimmt an seine Maschine. Sie war doch sein Augenstern."

„Na ja, das kann sein. Aber draußen wartet jemand, der bestimmt nur an dich denkt."

„Das wäre?"

„Erstens Marika. Und zweitens eine junge Dame, die ich nicht kenne. Sie ist nicht von hier. Wie fühlt man sich denn so als Pascha?"

„Der Pascha ist krank. Das hat sich ja schnell rumgesprochen."

„Du weißt doch, die Herren von der Polizei wohnen gleich nebenan. Und verschwiegen waren Jorgos und Thanassis noch nie."

„Ja, die beiden Süßen quatschen immer zu viel."

„Wie meinst du das? Meinst du, Jorgos und Thanassis sind schwul? Den Eindruck hatte ich auch schon mal, war mir aber nicht ganz sicher."

„Bin ich mir auch nicht. Aber laß sie ruhig quatschen. Es bricht mir kein Zacken aus der Krone, wenn alle wissen, daß sich der große Jak auf die Schnauze gelegt hat."

„Dem großen Jak geht es aber augenscheinlich schon wieder ganz gut. Jedenfalls seiner großen Klappe. Soll ich dann die Damen mal hereinlassen? Einzeln oder im Doppelpack?"

„Das ist mir egal. Aber beantworte mir kurz noch eine Frage: Habt ihr oder hat Stelios am Unfallort noch irgendwas anderes gefunden außer mir und dem kaputten Motorrad?"

„Was sollen wir gefunden haben? Es war es stockdunkel und ich hatte genug damit zu tun, deine Reste hier her zu bringen. Stelios hat auch nichts erwähnt. An was hast du denn gedacht?"

„Lag nicht ein dunkles Bündel auf der Straße?"

„Außer dir und deinem Motorrad lag da nichts, auch kein dunkles Bündel."

„Sehr seltsam!"

„Wieso?"

„Ach, nur so. Laß die Frauen rein. Es gelüstet mich nach netter Gesellschaft."

„Jak, dafür bist du im Moment wirklich nicht fit genug."

„Ach, halt die Klappe. Es reicht schon, wenn ich reden und mich ein bißchen bemitleiden lassen kann."

Dann standen die beiden Frauen neben meinem Bett, Marika links, Despina rechts. Sie sahen beide besorgt und betrübt aus, Despina fast noch mehr als Marika. Wahrscheinlich kannte die mich schon lange genug, um zu wissen, daß Unkraut nicht vergeht.

„Jak, was ist denn passiert?"

„Das wißt ihr doch schon. Ich bin mit der Maschine von Stelios auf die Schnauze geflogen."

„Das wissen wir", mischte sich Despina ein. „Aber warum sind Sie gestürzt?"

„Da lag was auf der Straße, das da nicht hätte liegen sollen. Ich habe es zu spät gesehen und bums. So einfach!"

„Und wie geht es dir?" Das war wieder Marika.

„Es geht mir schlecht, aber das hilft nichts. Ich muß heute nach Iraklion. Die Pflicht ruft."

„Bist du verrückt?"

„Nein, der Arzt meint, ich hätte nichts gebrochen. Also kann ich auch aufstehen."

„Sie sind wirklich verrückt. Jetzt werden Sie erst mal wieder gesund."

„Vielleicht hast du innere Verletzungen."

„Auf einen oder auf ein paar Tage kommt es doch nicht an. Wegen Ihrer Ermittlungen, meine ich."

„Was für Ermittlungen?"

„Ich habe einen Fall, an dem ich arbeiten muß."

„Und was hat die da damit zu tun?" Marika wies auf Despina.

„,Die da' ist meine Auftraggeberin. Ohne sie und den toten Rousakis hätte ich keinen Fall und würde kein Geld verdienen. Darf ich vorstellen? Despina, das ist Marika! Marika, das ist Despina!"

„Sehr angenehm!", sagten beide wie aus einem Mund. Es war jedoch kaum zu überhören, daß beide logen. Warum merkt man Frauen immer sofort an, wenn sie sich nicht leiden können? Wir Männer sind da viel zurückhaltender. Wir treten uns zwar schon mal gegenseitig in die Rippen, aber wir lassen uns unsere Abneigung nicht so leicht anmerken. Oder doch? Wenn ich die beiden O.E.T.S.K.-Typen das nächste Mal zu Gesicht bekam, würde ich es mir allerdings ganz deutlich anmerken lassen! Diese Scheißkerle. Offensichtlich hatten sie in dem Wissen, daß ich mit dem Motorrad kommen würde, irgend etwas auf die Straße gelegt und mich zu Fall gebracht. Sie schienen mich wirklich nicht leiden zu können. Aber spätestens seit heute Nacht beruhte das auf Gegenseitigkeit. Ich würde sie kriegen!

„Jak, bist du noch wach?"

„Jak, kann ich Ihnen irgendwie helfen?"

„Jak, wenn du etwas brauchst ..."

„Ich brauche meine Ruhe, damit ich nachdenken und genesen kann. Ich muß nach Iraklion und nach Athen."

„Jak, du bist krank und gehörst ins Bett!"

„Mein Schwiegervater hat es bestimmt nicht mehr eilig."

„Ich dafür um so mehr! Könnt Ihr mich einfach eine Weile allein lassen? Ich werde heute noch im Bett bleiben und hoffen, daß der Schmerz nachläßt. Aber morgen bin ich weg. Ach, und wenn ihr geht, schickt doch bitte noch mal den Arzt herein."

Sie waren beide tödlich beleidigt, aber wenigstens gingen sie. Marika drückte mir einen vorsichtigen Kuß auf die Stirn, Despina hielt sich zum Glück zurück und blinzelte mir nur aufmunternd zu. Dann kam der Arzt.

„Du wolltest noch was?"

„Ja, tu mir den Gefallen und sag Jorgos und Thanassis Bescheid, sie sollen ein wachsames Auge auf dein Etablissement haben. Ich bin mir nämlich sicher, daß es bestimmte Leute auf mich abgesehen haben, und zu einer ernsthaften Gegenwehr bin ich heute leider nicht in der Lage. Wo hast du übrigens meine Pistole hingetan? Oder ist sie verlorengegangen?"

„Sie ist in der Nachttischschublade. Aber wozu brauchst du eine Pistole?"

„Das Leben ist eine einzige Gefahr. Besonders in meinem Beruf. Ich sagte dir doch, mein Unfall war kein Zufall. Vermutlich sollte ich dabei draufgehen."

„Wie kommst du darauf?"

„Die Einzelheiten erspare ich dir! Aber sag den beiden Politessen Bescheid, daß sie bitte aufpassen sollen."

„Soll ich vielleicht noch die Nationalgarde herbitten?"

„Ach, laß mich in Ruhe und mach daß du rauskommst."

„Wie der Herr wünschen."

Er schloß die Tür. Und endlich konnte ich nachdenken. Welche Verbindung gab es zwischen den eifrigen Herren von der O.E.T.S.K und dem Frosch? Bisher hatte ich nur einen Brief dieser Firma in der Hand, auf den der alte Rousakis vermutlich nie geantwortet hatte. Vertrat die Firma vielleicht die Interessen eines Hintermannes, dem ich zu nahe gekommen war? Da kam auf Anhieb nur Serafis in Frage. Aber konnte der nicht warten, bis sein Vater eines natürlichen Todes gestorben war? Ich würde ihn noch einmal intensiv befragen müssen, sobald ich wieder laufen konnte. Als ich gerade versuchte, mich aus dem Bett zu rollen, um ein paar Kniebeugen als Teil meines umfangreichen Genesungs- und Aufbautrainings zu versuchen, klopfte es an der Tür.

„Herein, wenn es niemand mit einer Schrotflinte ist."

Der Besucher war der sympathische Inspektor Andreadis.

„Ach, Sie sind noch im Lande?"

„Natürlich, ich versuche nämlich einen Mordfall aufzuklären."

„Dann haben wir ja etwas gemeinsam."

„Nur daß ich im Auftrag des Staates handle."

„Und ich im Auftrag meiner Klientin. Ich werde dafür genau so bezahlt wie Sie. Und wahrscheinlich sogar besser."

„Na, ihre große Klappe hat durch den Unfall offensichtlich wenig gelitten. Aber zur Sache: Ich habe gehört, daß Sie sich bedroht fühlen."

„Wer hat Ihnen denn das geflüstert?"

„Der Arzt war eben nebenan in der Polizeiwache und hat Ihre Wünsche ausgerichtet. Zufällig war ich auch da. Also, stimmt das, Sie fühlen sich bedroht? Wenn ja, werden Sie mir doch sicher sagen, von wem und warum."

Es konnte eigentlich nichts schaden, also erzählte ich ihm genau, was in der vergangenen Nacht passiert war, verschwieg aber, daß ich ziemlich sicher zu wissen glaubte, wer die Bösewichte waren, die mir nach der Gesundheit trachteten. Ich verschwieg auch die O.E.T.S.K.

„Sie verstehen wohl, warum ich mich bedroht fühle. Leider weiß ich nicht, von wem und warum."

„Aber Sie sehen doch einen Zusammenhang mit Ihrem Fall'?"

„Ja schon, allerdings nur insoweit, als ich offensichtlich an etwas gekratzt habe, an dem ich nicht hätte kratzen dürfen. Fragen Sie mich bitte nicht, was das war und wer sich dadurch gestört gefühlt haben könnte."

„Ich habe den Eindruck, daß Sie mir etwas verschweigen."

„Ach was, Herr Inspektor, wie kommen Sie nur darauf?"

„Sei es wie es sei, wir werden jedenfalls auf Sie aufpassen. Und das sollten Sie besser auch tun. Das Leben ist eine einzige Gefahr!"

„Sie zitieren mich."

„Wie bitte?"

„Ach, nichts."

„Na gut, wenn Ihnen noch etwas einfällt, was mich interessieren könnte, sagen Sie mir bitte sofort Bescheid."

„Ehrensache, Herr Inspektor."

„Wovon reden Sie? Ein sogenannter Privatdetektiv und Ehre. Da kann ich nur lachen. Wir sehen uns noch."

Er ging zur Tür.

„Das befürchte ich auch!"

15

Nach zwei Stunden Fahrt rollte der Bus endlich im Busbahnhof an der Chanioporta in Iraklion aus. Ich hatte keine Lust gehabt, Stelios nach dem Wagen zu fragen, da mein Gewissen wegen des Motorrads noch zu sehr belastet war. Außerdem hätte ich ihn sowieso in Iraklion stehen lassen müssen, weil ich mich in meinem rekonvaleszenten Zustand auf keinen Fall durch den Athener Stadtverkehr quälen wollte. So war der Bus die bequemere Lösung gewesen.

Der Unfall lag nun drei Tage zurück, mein Arzt hatte mich trotz des ganzen Theaters, das ich in dieser Zeit aufführte, nicht früher aus dem Bett entlassen. Jetzt trug ich einen festen Stützverband um die Schulter und den Brustkorb. Den linken Arm konnte ich nur unter Schmerzen bewegen, aber solange ich nicht lachte, ging es einigermaßen. Allerdings wirkte ich dank der diversen Abschürfungen im Gesicht und eines dicken blauen Auges noch sehr unansehnlich, was meiner Eitelkeit alles andere als schmeichelte. Aber dafür waren meine „inneren Werte" aufgebessert worden, da Despina ohne große Widerrede eine größere Abschlagszahlung ausgespuckt hatte. Ich vermutete, daß ihr schlechtes Gewissen wegen meines jämmerlichen Zustandes daran nicht ganz unbeteiligt war.

Notgedrungen langsam und gemächlich bummelte ich die belebte Straße des 25. August hinunter, um für den Abend einen Fahrschein zu kaufen. Hier reihte sich Reisebüro an

Souvenirladen, Autovermietung an Fast-Food-Imbiß. Als ich auch an dem Geschäft, in dem laut Despinas Auskunft ihr Mann beschäftigt war, ein Schild „ANEK-Tickets" entdeckte, beschloß ich, gleich alles in einem Aufwasch zu erledigen. Dadurch ersparte ich mir einige Meter zu Fuß, von denen mir zur Zeit noch jeder einzelne Mühe bereitete.

Ich trat durch die offenstehende Glastür ein und näherte mich dem vorderen Schreibtisch. Die junge Frau, die dort saß, unterbrach nur widerwillig ihre Lektüre und schaute hoch.

„Bitte?"

„Ich hätte gern zweierlei: Zum einen ein Ticket für die Fähre nach Piräus heute abend."

Sie griff zu einem Block und begann das Formular auszufüllen.

„Brauchen Sie auch ein Ticket für ihr Auto?"

„Nein, dann hätte ich ja dreierlei gesagt. Ich bin ohne Wagen. Nur das Ticket für mich."

Sie ignorierte meine dialektische Ausschweifung und fuhr fort, den Fahrschein auszufüllen. Perlen vor die Säue ...

„Das macht 9.000 Drachmen."

„Ich wollte nicht Ihr Schiff kaufen. Ist das für die Hin- und Rückfahrt?"

„Nein, nur für eine Strecke. Den Fahrschein für die Rückfahrt können Sie in Piräus kaufen."

„Und wenn ich ihn hier kaufen will?"

„Dann müssen Sie das nur sagen."

„Ich sage es!"

„Dann macht es 18.000 Drachmen."

„Ich dachte, es gibt eine Ermäßigung, wenn man gleich beide kauft."

„Nur für Autos."

„Ich kann doch nicht deswegen extra ein Auto kaufen!"

„Das ist nicht mein Problem."

„Sagen Sie mal, mögen Sie mich nicht?"

„Wieso?"

„Ja, wenn Sie mich mögen würden, wäre das nämlich Ihr Problem."

„Wieso?"

An dieser Dame prallte mein gesamter Vorrat an natürlichem Charme ebenso ab wie jeglicher Sarkasmus.

„Also gut, geben Sie mir einen einfachen Fahrschein nach Piräus."

Sie seufzte vernehmlich, riß den bereits ausgefüllten Schein ab und ließ ihn in den Papierkorb flattern.

„Das sind dann 9.000 Drachmen."

„Mehr nicht? Ich hatte schon befürchtet, zwischenzeitlich hätte die Inflation zugeschlagen."

„Wer?"

Ich gab endgültig auf und blätterte ihr neun Scheine hin. Sie legte das Geld in die Schreibtischschublade, schob mir den Fahrschein über den Tisch und wollte sich wieder ihrer Zeitschrift widmen.

„Das war das eine Anliegen. Kommen wir nun zu dem anderen: Kann ich bitte Herrn Rousakis sprechen?"

Meine Frage zeigte eine erstaunliche Wirkung. Sofort klappte sie die Zeitschrift zu, schob sie in eine Schublade und schaute mich zum ersten Mal richtig an.

„Was ist mit Ihrem Gesicht passiert?"

„Nichts weiter, ich hatte nur eine kleine Auseinandersetzung. Aber Sie sollten den anderen sehen, der liegt im Krankenhaus."

„Du lieber Himmel! Und jetzt wollen Sie Herrn Rousakis sprechen? Warum? Haben Sie eine Beschwerde? Hat er etwa etwas damit zu tun?"

Der gute Mann war also ihr Chef. Jetzt hatte ich einen Trumpf im Ärmel.

„Nein, er hat überhaupt nichts damit zu tun. Und zu einer Beschwerde sehe ich bisher keinen Grund. Außerdem werden Sie doch sicher mithelfen, daß es auch so bleibt."

„Natürlich gerne. Aber es tut mir wirklich leid, Sie können Herrn Rousakis nicht sprechen. Er ist nicht im Hause."

„Wirklich? Und jetzt komme ich extra von so weit her, um meinen alten Freund Mathaeos zu treffen. Wann kommt er denn wieder?"

Auch der ,alte Freund' verfehlte nicht seine Wirkung. Sie wurde noch eine Spur freundlicher.

„Ich würde Ihnen ja gerne helfen, aber ich weiß nicht, wann er wiederkommt. Er ist ... na ja, er ist schon einige Tage nicht mehr hier gewesen."

„Wieso? Ist er krank?"

„Nein, er ist einfach nicht da. Und wir wissen nicht, wo er ist. Niemand weiß es."

„Auch seine Frau nicht?"

„Auch seine Frau nicht. Sie scheint auch nicht zu Hause zu sein, denn seit Tagen geht niemand ans Telefon."

Das wunderte mich wenig. Ich wußte schließlich, wo die Dame sich befand.

„Das ist aber seltsam. Wo wohnt denn Mathaeos? Ich habe seine Adresse verlegt."

„Er wohnt in der Agiou-Titou-Straße. Ganz in der Nähe. Wenn Sie die Straße ein Stück hoch gehen, sehen Sie links die große Kirche, die etwas zurück auf dem großen Platz liegt. Das ist die Kirche des Heiligen Titos, und dort geht die Agiou-Titou-Straße links ab."

„Und welche Hausnummer?"

„Moment mal. Lassen Sie mich nachdenken. Sechsunddreißig, glaube ich, oder achtunddreißig."

„Na also, das war doch schon viel besser. Sie haben mir sehr geholfen."

„Das freut mich sehr, aber Sie werden Herrn Rousakis nicht zu Hause antreffen ..."

„Das ist nicht Ihr Problem."

„Wie meinen Sie ...?"

„Das ist nicht Ihr Problem, denn ich mag Sie nämlich. Einen schönen Tag noch."

Ihr Mund stand noch offen, als ich schon wieder auf der Straße war.

Ich folgte ihrer Beschreibung und fand endlich am Haus mit der Nummer 46 ein Schildchen mit dem Namen Rousakis. Die Tür war verschlossen, und auch mein Klopfen brachte kein Ergebnis. Ich trat in eine kleine Einfahrt neben dem Haus und begutachtete es von der rückwärtigen Seite. Die Hintertür zum winzigen Garten war ebenfalls zu, aber durch die Glasscheiben konnte ich erkennen, daß der Schlüssel von innen steckte. Glückliches vertrauensseliges Kreta, wo Einbrecher unbekannt zu sein schienen, wenn man mal von meinem Büro in Agia Galini absah. Da ich bis jetzt von den Nachbarn unbeachtet geblieben war, entschloß ich mich schnell. Ich umwickelte meine rechte Hand mit einem Taschentuch und schlug eine Glasscheibe ein. Hineingreifen, den Schlüssel umdrehen und im Haus verschwinden war eine Sache von drei Sekunden. Drinnen blieb ich eine Weile hinter der Tür stehen, um mich an das Halbdunkel zu gewöhnen. Ich war im Wohnzimmer. Mathaeos und seine Frau hatten bei der Auswahl ihrer Möbel nicht unbedingt Geschmack bewiesen. Der Raum war mit Polstersesseln und einem unförmigen Tisch völlig überladen. An einer Wand erkannte ich mehrere kitschige Gemälde mit Hafenansichten, gegenüber stand ein großer Wohnzimmerschrank. Neben der Tür entdeckte ich einen geschlossenen Sekretär. Ich beschloß, ihn genauer unter die Lupe zu nehmen, nachdem ich den Rest des Erdgeschosses untersucht hatte. Ich fand nichts Interessantes, außer daß das Haus so wirkte, als ob schon einige Tage niemand mehr da gewesen sei. Deshalb ersparte ich mir die Inspektion der oberen Stockwerke und kehrte ins Wohnzimmer zurück. An dem Sekretär steckte kein Schlüssel, aber schon mit dem Eindringen durch die Hintertür hatte ich sämtliche Skrupel fallen lassen. So holte ich mir aus der Küche ein kräftiges Messer und brach die Klappe des Sekretärs auf.

Er war voller Papiere. Ich schaute auf die Uhr. Es war zehn Minuten nach eins. Also hatte ich mehr als genug Zeit, bis ich mich zur Fähre aufmachen mußte. Es würde leicht reichen, um alles zu sichten. Ich holte mir eine Flasche Kognak und ein passendes Glas aus dem Wohnzimmerschrank. Dann zog ich mir einen Stuhl heran und machte es mir so bequem wie möglich.

Die erste Schublade enthielt ausschließlich private Briefe und Ansichtskarten, vornehmlich an Despina, zum Teil von ihrer Schwester Eva und anderen Frauen. Es waren die üblichen Urlaubsgrüße und was sich Frauen sonst so schreiben. Die zweite Schublade enthielt einige Briefe, die mit dem Reisebüro zu tun hatten, u. a. eine Gehaltsabrechnung von Mathaeos Rousakis – er verdiente weniger als ich angenommen hatte – und einen Brief mit dem mir wohlbekannten Briefkopf der O.E.T.S.K. Darin wurde angefragt, wie die Sache denn vorankomme, man sei unvermindert interessiert und erbäte eine Rückäußerung. Welche Sache? Was hatte Mathaeos mit der O.E.T.S.K. zu tun? Hatte auch er schon die Grundstücke zu Lebzeiten seines Vaters veräußern wollen? Ebenso wie sein Bruder Serafis war er ein Nutznießer des vorzeitigen Todes des Froschs. Nur konnte er doch „keiner Fliege was zuleide tun" und zweitens war er indirekt mein Auftraggeber. Ich steckte den Brief ein und wandte mich der dritten Schublade zu. Sie enthielt einen ganzen Packen Computerausdrucke mit Zahlenkolonnen. Ich versuchte, im schlechten Licht zu erkennen, um was es sich handelte. Alle Blätter begannen in der Kopfzeile mit dem Motto „Enjoy the Night", darunter eine Adresse: Malikouti 22, Iraklion. Die Zahlenkolonnen wiesen Bezeichnungen auf wie „Getränke", „Unterhaltung", „Spielprovision", „Diverses" und so fort. Die Blätter waren anscheinend Abrechnungen. Der Aufdruck ließ mich vermuten, daß es sich bei „Enjoy the

Night" eigentlich nur um ein Etablissement für ebenso zweifelhafte wie kostspielige Vergnügungen handeln konnte.

Ich blätterte weiter, bis ich auf eine Unterschrift stieß, die auf keinen Fall „Rousakis" bedeutete. Der erste Buchstabe war ein K, dann folgte etwas wie ein „ol", der Rest war nur noch ein flotter Strich. „Kol...."? Als ich nach etwa fünf Minuten die Lösung fand, war ich über meine Begriffsstutzigkeit so erbost, daß ich am liebsten in meine Lizenz gebissen hätte. Natürlich, hier hatte meine liebreizende Klientin Despina Kolyvaki unterschrieben! Als ich so weit war, reimte sich mir auch der Rest fast von selbst zusammen. War mir nicht bei unserer ersten Begegnung vor meinem Büro aufgefallen, daß Despina eine ungewöhnlich blasse Gesichtsfarbe hatte? Und daß mir ihre ganze Erscheinung irgendwie billig vorgekommen war? Natürlich, sie mußte in diesem Etablissement auf Provisionsbasis beschäftigt sein, deshalb die Abrechnungen. Sie hatte erwähnt, daß sie über ein eigenes Einkommen verfügte, ohne das sie sich mein Honorar nicht leisten könnte. So wie es aussah, schaffte sie in diesem Schuppen an und verdiente dabei wesentlich besser als ihr Mann, wenn ich die Buchungen richtig zusammenzählte. Na warte, du kleines Miststück, das wirst du mir erklären müssen, wenn ich übermorgen wieder in Agia Galini bin.

Ich schaute die Abrechnungszettel noch einmal genau durch. Es waren jeden Abend sehr ähnliche Zahlen, mal ein bißchen mehr, mal ein bißchen weniger, nur ein Posten erregte meine Aufmerksamkeit. Vor gut zwei Wochen wies die „Spielprovision" zwei Stellen mehr auf als sonst. Da mußte jemand, der mit ihrer „Unterstützung" am Spieltisch gezockt hatte, ein mittleres Vermögen verloren haben. Wenn ich diesen Jemand finden würde? Ich verwarf den Gedanken, im „Enjoy the Night" nachzufragen. Dort war man sicherlich nicht so blöd, über höchstwahrscheinlich illegale Geschäfte Auskunft zu geben, zudem würde ich die kommende Nacht auf dem Meer zwischen Kreta und Piräus sein. Daher beschloß ich, meinen Besuch zu verschieben, bis ich eine zündende Idee hatte, wie ich den Manager des Ladens zum Reden bringen konnte.

Ich nahm mir vor, die Namen des Clubbesitzers und des bedauernswerten Verlierers herauszufinden. Despina würde sie ja beide kennen.

Ich schaute auf die Uhr. Die Zeit war wie im Flug vergangen. Ich trank noch einen Kognak mit ein bißchen Kaffee, um meine Schmerzen zu lindern, die mich nach dem langen Sitzen auf dem harten Stuhl erneut quälten. Dann verließ ich vorsichtig das Haus, humpelte zum Hafen und ging an Bord der „Lato".

16

Ich erwachte vom dumpfen Tuten der Schiffssirene. Meine Mitreisenden waren bereits mit der Morgentoilette beschäftigt, so gut das eben in dieser Enge ging. Ich blieb liegen, bis die anderen sich und ihr Gepäck entfernt hatten. Dann wuchtete ich meine immer noch schmerzenden Knochen aus dem Bett und schaute in den Spiegel.

„Guten Morgen, Jak. Rasieren?"

Runderneuerung wäre besser gewesen! Ich sah reichlich zerknittert aus, denn ich hatte so gut wie nicht geschlafen. Ich putzte mir nur die Zähne und ging in die Bordkantine, um die Müdigkeit mit einem großen Kaffee zu vertreiben. Durch die Fenster sah ich bereits die Hafenanlagen von Piräus. Die Fähre war schon beim Anlegemanöver. In der Kantine war nicht mehr viel zu tun, die Passagiere drängten sich durch die Flure zum Ausgang. Alle hatten es eilig auszusteigen, doch auf mich wartete keiner, also ließ ich mir Zeit. Eine halbe Stunde später ging ich gemütlich von Bord, als bereits die ersten Putzkolonnen ihre Arbeit aufgenommen hatten.

Auf dem Platz, wo die Büros der Schiffsgesellschaften sind, fand ich nun mühelos ein Taxi, gab dem Fahrer die Adresse in Kolonaki an, die mir Despina gegeben hatte, und ließ mich ins Athener Verkehrschaos entführen. Die Rushhour schien hier vierundzwanzig Stunden zu dauern. Wir fuhren gemächlich von Stau zu Stau ins Zentrum. Währenddessen erzählte mir der Fahrer ohne Pause die neuesten Nachrichten aus dem Athener Alltagsleben. Ich hörte ihm kaum zu und warf nur ab und zu ein zustimmendes oder ablehnendes Grunzen ein. Wir passierten den Syntagma-Platz, wo mir der Verkehrsstau reichlich Zeit gab, die rührend wirkenden Exerzierübungen der Evzonen-Wachsoldaten vor dem Parlamentsgebäude zu beobachten. Ich beschloß bei dieser Gelegenheit, mir ein paar Hausschuhe mit großen roten Troddelbällen zuzulegen.

Nachdem das Taxi die Hauptverkehrsadern verlassen hatte, kamen wir besser voran und kurz darauf hielt der Wagen vor einem alten Bürgerhaus.

„Da sind wir."

„Ehrlich? Ich dachte schon, wir kämen nicht mehr an."

„Das ist der Athener Verkehr ... Ich kann nichts dafür."

„Das ist mir schon klar."

Ich zahlte und stieg aus. Das Taxi rauschte davon.

An der Tür des Hauses entdeckte ich zwar eine Klingel, aber kein Namensschild. Da die Hausnummer stimmte, drückte ich auf den Knopf und harrte der Dinge, die da kommen sollten. Sie kamen in Form einer jungen Dame in einem schwarzen Kleid, dem zu allem Überfluß eine weiße Schürze vorgebunden war.

„Guten Tag, gnädige Frau."

„Ich bin nicht die Gnädige. Ich bin das Mädchen."

„Nun denn, mein Mädchen. Dürfte ich vielleicht den Herrn des Hauses sprechen."

„Sie meinen Herrn Kolokotronis?"

„Nein, Herrn Rousakis."

Sie kicherte, wobei sie anmutig die Hand vor den Mund hielt.

„Ja, der Herr Rousakis, der wohnt zwar auch hier, aber der Herr des Hauses ist er wirklich nicht. Wen wollen sie nun sprechen?"

„Also, dann doch lieber Herrn Rousakis."

„Tja, da haben Sie Pech, Herr Rousakis ist im Büro. Und er kommt erst zum Mittagessen zurück, wie jeden Tag."

„Was machen wir da bloß? Wie kann ich ihn denn vorher erreichen?"

„Ich könnte Ihnen die Adresse des Büros geben, aber eigentlich täte ich das lieber nicht ohne Genehmigung. Wollen Sie vielleicht mit seiner Frau sprechen?"

„Mit Frau Rousaki?"

„Nein, Frau Kolokotroni."

„Ist das die ‚gnädige Frau'?"

„Nein, die gnädige Frau ist ihre Mutter, aber die heißt natürlich ebenfalls Kolokotroni."

„Mann o Mann, die Verhältnisse in diesem Haus scheinen kompliziert zu sein."

„Wie man es nimmt. Möchten Sie Frau Kolokotroni sprechen oder wollen Sie lieber gehen."

„Wenn ich die Wahl habe, wähle ich Frau Kolokotroni. Aber die junge!"

„Das habe ich schon verstanden. Treten Sie ein."

„Danke verbindlichst!"

Ich merkte sofort, daß ich mich bei besseren Leuten befand. Sie führte mich in die Eingangshalle, die diesen Namen tatsächlich verdiente und öffnete eine Tür zu meiner Rechten.

„Wenn Sie bitte hier warten wollen, ich hole Frau Kolokotroni. Die junge natürlich!"

Sie hatten in diesem Haus tatsächlich ein Empfangszimmer. Es war zwar nicht gerade üppig, aber immerhin wesentlich gemütlicher als das Wartezimmer eines Zahnarztes.

Ich machte es mir gerade in einem Sessel bequem, als sich die Tür auch schon wieder öffnete. Herein kam die jüngere Dame, die ich vom Foto in meiner Tasche kannte. In Natura wirkte sie noch farbloser, als ich erwartet hatte. Auf dem Foto waren auch die vielen grauen Strähnen in ihren straff gescheitelten Haaren nicht zu sehen. Es wunderte mich wenig, daß Achilleas' Ehe kinderlos geblieben war. Ich konnte mir diese Frau einfach nicht in der Umarmung eines Mannes vorstellen. Allerdings war auch Achilleas nicht unbedingt ein Herzensbrecher. Was für ein wunderbarer Hafen musste diese Ehe sein!

„Ich bin Margarita Kolokotroni. Stamatia hat mir gesagt, es sei Besuch für mich da. Aber ich habe Ihren Namen nicht verstanden."

Ich erhob mich, immer noch mit ziemlicher Mühe.

„Das verstehe ich vollkommen, gnädige Frau, da mich das Mädchen gar nicht nach meinem Namen gefragt hat."

„Und sie hat Sie einfach so hereingelassen?"

„Oh, ich möchte nicht, daß sie meinetwegen Schwierigkeiten bekommt. Vielleicht war sie durch meinen Anblick zu verwirrt, um sich an die Regeln des Hauses zu erinnern."

Sie überhörte den ironischen Unterton geflissentlich.

„Apropos Anblick, was ist mit Ihrem Gesicht?"

„Das Gesicht ist nicht das Schlimmste. Sie sollten erst einmal den Rest sehen."

Nun lächelte sie doch für einen Moment, wenn auch sehr flüchtig.

„Deshalb sind Sie ja wohl nicht hergekommen, oder?"

„Nein, natürlich nicht. Eigentlich wollte ich Ihren Mann sprechen. Aber man sagte mir, er sei nicht da."

„Nein, um diese Zeit ist er wie jeder anständige Mann bei der Arbeit."

„Falls das eine Anspielung sein sollte, ich bin keineswegs aus reinem Vergnügen hier." Zum Vergnügen hätte ich mir wirklich eine andere Gesellschaft ausgesucht!

„Das wollte ich damit nicht sagen. Was also führt Sie her."

„Ich bin Privatdetektiv und ermittle in einem Todesfall."

„In welchem Todesfall?"

„Im Todesfall Ihres Herrn Schwiegervaters."

„Ja, ich habe davon gehört. Aber was haben wir damit zu tun? Sind Sie von der Polizei?"

„Nein, ich sagte doch schon, daß ich Privatdetektiv bin. Das bedeutet, ich bin privat beauftragt, wie die Berufsbezeichnung schon aussagt."

„Wer hat Sie denn beauftragt?"

„Ihre Schwägerin."

„Sie meinen ... wie hieß sie noch ... Despina?"

„Ja."

„Kann ich mal Ihren Ausweis sehen?"

Ich kramte meine Lizenz zum Töten hervor und gab sie ihr. Nachdem sie den Ausweis gründlich studiert hatte, reichte sie ihn mir hoheitsvoll und mit einem – wenn ich es richtig interpretierte – leicht angewiderten Gesichtsausdruck zurück.

„Nun gut. Das wäre geklärt, Herr Anatolis. Was kann mein Mann also für Sie tun?"

„Nichts so sehr Konkretes. Ich wollte mich nur einmal mit ihm über seine Familie im allgemeinen und über sein Verhältnis zu seinem Vater im besonderen unterhalten."

„Mir ist nicht bekannt, daß Achilleas das Verhältnis zu seinem Vater in irgendeiner Form gepflegt hat. Warum sollte er auch? Er hat hier seine Familie. Was soll er auf Kreta?"

„Er war in der letzten Zeit nicht dort?"

„Nein. Er ist zwar des öfteren auf Geschäftsreise, aber nicht auf Kreta. Soweit ich weiß, pflegt seine Firma dort keine Geschäftsbeziehungen. Und private Reisen unternimmt mein Mann nie! Schon gar nicht nach Kreta. Er hat praktisch keinen Kontakt zu seinem Vater."

„Da sind Sie sicher?"

„Natürlich. Ich bin über jeden Schritt meines Mannes informiert."

Ich überlegte, ob sie ihn vielleicht beschatten ließ. Sie wäre ansonsten die erste Frau der Welt, die das behaupten konnte.

In diesem Moment öffnete sich wieder die Tür. Die ältere Ausgabe der farblosen Margarita stand im Rahmen.

„Ach, hier bist du. Du hast Besuch?"

Margarita Rousaki drehte sich um.

„Ja, Mutter. Das ist Herr Jakovos Anatolis."

Margaritas Mutter beachtete mich nicht.

„Und was will Herr Anatolis von dir?"

„Er ist hier wegen des Todes von Achilleas Vater. Ich habe dir doch davon erzählt."

„Wieso? Ist er von der Polizei?"

„Nein, ich bin sozusagen ein privater Schnüffler!"

Immer noch sprach sie mich nicht direkt an.

„Margarita, würdest du mir das bitte übersetzen."

Zum zweiten Mal umspielte ein kleines Lächeln die Lippen der Tochter.

„Herr Anatolis ist Privatdetektiv, Mutter.

„Und was will dieser Herr?"

„Ich sagte es doch schon, er will mit Achilleas über seinen Vater sprechen."

„Ja ja, aber wieso geht er dann nicht zu Achilleas ins Büro? Ich hasse fremde Leute in meinem Haus. Und außerdem", sie bedachte mich erstmalig mit einem kritischen Blick, „riecht er streng!" Das ging jetzt aber zu weit!

„Gnädige Frau, ich bedaure es außerordentlich, wenn meine Anwesenheit Ihre Augen und sonstige empfindliche Sinnesorgane beleidigt. Glauben Sie mir, auch ich bin nicht gerade freiwillig oder zu meinem Privatvergnügen hier. Und wenn eine der Damen die Güte hätte, mir die Büroadresse von Herrn Rousakis mitzuteilen, bin ich umgehend verschwunden. Hier fällt mir das Atmen nämlich schwerer als draußen inmitten der Wohlgerüche des Athener Straßenverkehrs."

„Eine Ausdrucksweise hat der Mensch. Margarita, gib ihm die Adresse, damit er verschwindet. Je eher, desto besser."

Sie machte auf hohem Absatz kehrt und schloß die Tür hinter sich. Ihre Tochter wandte sich wieder mir zu.

„Sie müssen meine Mutter entschuldigen, Herr Anatolis. Sie hat nicht gerne unangemeldeten Besuch im Hause. Ich werde Ihnen die Adresse aufschreiben." Sie ging zu einem zierlichen Regal, auf dem ein Block und ein Stift lagen, kritzelte etwas auf das oberste Blatt, riß es ab und gab es mir.

„Odos Karaindrou 34. Evzon-Oil. Fragen Sie dort nach ihm. Aber Sie können ganz sicher sein, er kann Ihnen nicht helfen. Ich gebe Ihnen die Adresse nur, weil wir keine Schwierigkeiten haben wollen."

„Sehe ich so aus, als wollte ich Ihnen Schwierigkeiten machen?"

„Das kann ich nicht beurteilen. Ich habe mich bisher von Menschen wie Ihnen nach Möglichkeit ferngehalten."

„Ich danke für die Blumen und die Adresse. Und damit sind Sie mich schon los! Guten Tag."

Draußen auf der Straße mußte ich das Erlebte erst einmal verdauen. Ich war nicht besonders empfindlich. Mich störte auch nicht, daß mein Besuch in diesem Haus keine Begeisterungsstürme hervorgerufen hatte, aber mußten die Leute unbedingt die Nase knapp unter Himmelsniveau tragen? Wer waren die überhaupt? Wie hielt es ein vermutlich normaler Mensch wie Achilleas bloß in diesem goldenen Käfig aus?

Ich fragte den nächsten Passanten nach der Karaindroustraße und erfuhr, daß sie nur einige Blocks weiter war. Also machte ich mich zu Fuß auf den Weg.

Die angegebene Adresse war nicht schwer zu finden. Schon aus einiger Entfernung konnte ich den Glaspalast erkennen, in dem Achilleas sein Büro hatte. Das Haus wurde immer imposanter, je näher man kam. Ich betrat es durch eine der beiden gläsernen Drehtüren. Auch die Halle sah aus, als sei sie nur dafür gebaut, Besuchern zu imponieren. Die dazugehörige Empfangsdame hingegen enttäuschte mich ein wenig. Ich hatte eigentlich bei diesem Ambiente mindestens ein ehemaliges bekanntes Fotomodell hinter dem Tresen erwartet, oder wenigstens Claudia Cardinales Tochter. Stattdessen stand dort eine kleine dunkelhäutige Asiatin, die allerdings hinreißend lächelte, was mich ein wenig versöhnte.

„Was kann ich für Sie tun?"

„Mein Name ist Jak Anatolis. Ich hätte gerne Herrn Achilleas Rousakis gesprochen."

„Dienstlich oder privat?"

„Was mich betrifft, dienstlich und dringend."

„Einen Moment." Sie griff nach dem Telefon.

„Herr Rousakis? Hier ist ein Herr für Sie. Ein Herr ... wie war noch Ihr Name? Jak Anatolis. Nein, er sagt dienstlich und dringend. Ja, das hat er gesagt. Soll ich ihn raufschicken oder kommen Sie herunter. Ist gut, ich sage es ihm." Sie legte den Hörer auf und strahlte mich erneut an.

„Herr Rousakis steht gleich zu Ihrer Verfügung. Wenn Sie bitte so lange dort drüben Platz nehmen wollen." Sie wies auf eine bunte Sitzgruppe zwischen mehreren meterhohen Palmen, die in große Tonkübel gepflanzt waren.

„Vielen Dank."

Ich ging hinüber und setzte mich. Auf dem niedrigen Tisch lagen einige Zeitungen. Ich versuchte gerade die Schlagzeilen der obersten zu entziffern, was nicht ganz einfach war, da sie für mich auf dem Kopf standen, als sich Schritte näherten.

Achilleas Rousakis wirkte in natura noch kleiner als auf dem Foto, das ich kannte. Auf jeden Fall war er kleiner als seine Frau. Außerdem sah er wesentlich älter aus als sie, und ich fand meine Vermutung bestätigt, daß er zum Frisieren Pomade benutzte.

„Herr Anatolis?"

„In Person. Ihre Empfangsdame hat mich Ihnen ja schon gemeldet."

Er setzte sich neben mich. In der Tat, warum sollten wir uns nicht hier unterhalten. In der weitläufigen Halle waren wir ungestört.

„Nicht nur das, Herr Anatolis. Ich wußte bereits vorher, daß Sie auf dem Weg zu mir waren. Meine Frau hat mich sofort angerufen und Ihr Kommen angekündigt, nachdem Sie unser Haus verlassen haben."

„Ihr Haus?"

„Na ja, das Haus meiner Schwiegereltern. Hat man Ihnen das zu verstehen gegeben?"

„Ja, deutlich."

„So sind sie eben. Eine großbürgerliche und zudem noch sehr reiche Familie. Da kann man nichts machen."

„Vermutlich haben Sie recht. Ich für meinen Teil habe es zum Glück nicht nötig, dieses Haus noch einmal zu betreten. Was man von Ihnen nicht sagen kann."

„Ja, da haben Sie es ..., aber bitte, Sie kommen wegen meines Vaters?"

„Genauer gesagt, komme ich wegen der Ermordung Ihres Vaters. Sind Ihnen die Einzelheiten bekannt?"

„So ziemlich. Ich weiß, daß er mit einer Schrotflinte erschossen und anschließend von einem Auto überfahren wurde."

„Am Auto hat sein Ableben sicher nicht gelegen. Und der Briefträger war ebenso wenig schuld wie der Gärtner."

„Welcher Briefträger und welcher Gärtner?"

„Ersterer war der Fahrer des fraglichen Wagens, letzterer nur eine Redensart."

„Ach so, ich verstehe."

Er verstand natürlich überhaupt nichts, wie auch?

„Jedenfalls wurde ich von Ihrer Schwägerin, Frau Despina Kolyvaki, beauftragt, den Mörder Ihres Vaters zu finden."

„Diese scheinheilige Ziege. Sie freut sich doch am meisten über seinen Tod."

„Ach, das ist interessant. Wieso das denn?"

„Sie konnte meinen Vater nie leiden, weil er der Meinung war, Mathaeos hätte weit unter Stand geheiratet."

„Was er von Ihnen nie behaupten konnte, nicht wahr?"

„Nein, mit meiner Ehe war er hochzufrieden."

„Kannte er Ihre Schwiegereltern?"

„Nein, und sie ihn zum Glück ebenso wenig. Dann wäre ich nämlich in diesem Hause endgültig auf verlorenem Posten gewesen."

„Wie man sich bettet, so liegt man. Ich darf annehmen, daß es nicht gerade die Fleischeslust war, die sie zur Ehe bewogen hat."

„Nein. Eigentlich geht Sie das nichts an, aber warum soll ich es Ihnen nicht erzählen? Bevor ich meine Frau kennen lernte, war ich als Kapitän eines Tankers dieser Gesellschaft leider vom Pech verfolgt."

„Das heißt?"

„Ich war für eine Havarie vor Afrika verantwortlich. Das Schiff brach in der Mitte auseinander, die Folge war eine Ölpest. Es wurde zwar vertuscht, aber ich musste daraufhin mit heftig gekürzten Bezügen in den Innendienst."

„Da kam diese Heirat ja genau richtig."

„Sie sagen es. Warum soll ich um den heißen Brei herum reden? Ich war finanziell so ziemlich am Ende, meinen vorherigen Lebensstandard konnte ich in keiner Form mehr aufrecht erhalten. So griff ich kurzerhand zu, als Margarita sich unsterblich in mich verliebte und partout keinen anderen wollte. Ich konnte es zwar nicht verstehen ..."

„Wenn ich ehrlich sein darf, ich auch nicht."

„Verbindlichsten Dank, Herr Anatolis, aber wissen Sie, alle jüngeren und besseren Männer, alle anderen haben fluchtartig das Weite gesucht, als sie meine Schwiegereltern kennenlernten. Margaritas Mutter ist schon schlimm genug, aber ihr Vater ist eine Ausgeburt der Hölle."

„Dann bin ich froh, daß ich nicht das zweifelhafte Vergnügen hatte, ihn kennenzulernen."

„Da können Sie auch froh sein. Wissen Sie, er ist ein gnadenloser Patriarch, der alles und jeden kontrolliert und bestimmt. Als Geschäftsmann ist er genauso, deshalb ist er auch zu so viel Geld gekommen."

„Womit verdient er es denn, wenn ich fragen darf."

„Mit allem und jedem. Ihn interessiert jedes Geschäft, das etwas einbringt, und er hat eine gute Nase dafür. Öl, Aktien, Immobilien, Termingeschäfte, er macht aus allem Geld. Und als Mensch ist er noch unerträglicher als seine Frau. Wegen der beiden hatte Margarita panische Angst, als alte Jungfer zu enden. Ich wäre auch beinahe wieder geflüchtet, aber dann habe ich mich für das kleinere Übel entschieden. Heute überlege ich oft, ob es wirklich das kleinere war. Geld allein macht nicht glücklich."

„Aber man braucht es."

„Ja, man braucht es!"

„Wann waren Sie das letzte Mal zu Hause."

„Schon Jahre nicht mehr. Was sollte ich da auch. Meinem Vater konnte ich schließlich nicht vorjammern, daß ich unzufrieden war. Der dachte, ich hätte das große Los gezogen. Und abgesehen davon, Geld hätte er für mich nie übrig gehabt, schon gar nicht für eine Scheidung ... also, was hätte ich bei ihm sollen?"

„Ich habe nur gefragt, schon wegen Ihres Alibis. Sie müssen verstehen, für mich ist jeder verdächtig, der aus dem Tod Ihres Vaters einen Nutzen hätte ziehen können. Und Sie gehören dazu, da Sie einen Teil seines nicht unbeträchtlichen Vermögens erben werden. Sie sind durch dieses Erbe vermutlich finanziell so unabhängig geworden, daß Sie damit dem Geisterhaus der Familie Kolokotronis für immer den Rücken kehren könnten."

„Das mag vielleicht sein, aber einen Mord wäre mir das nicht wert. Ich habe zum Glück Möglichkeiten, mir anderswo das zu holen, was ich bei Margarita nicht bekomme."

„Sie meinen Sex?"

„Zum Beispiel."

Sein Grinsen war mir ausgesprochen unsympathisch. Ich konnte mir lebhaft vorstellen, wie er so seine Freizeit gestaltete.

„Nun, ihr außereheliches Liebesleben geht mich nur bedingt etwas an. Wie ist das nun aber mit Ihrem Alibi?"

„Natürlich habe ich keines, denn ich hatte keine Ahnung, daß ich eines brauchen würde. Ich weiß nicht einmal, wo ich in der fraglichen Nacht war. Jedenfalls nicht auf Kreta, wie ich schon sagte."

„Also, ich fasse zusammen: Sie haben mit der Sache nichts zu tun, obwohl Sie das Geld gut gebrauchen könnten, das vermutlich auf Sie zukommen wird."

„Wieso Geld? Mein Vater besaß nur Grundstücke."

„Für die es aber Kaufinteressenten gibt, die eine Menge Bares dafür bezahlen wollen, wenn ich richtig informiert bin. Ist man an Sie noch nicht wegen des Verkaufs herangetreten?"

„An mich? Nein, natürlich nicht."

„Das wird noch kommen. Wenn Ihnen dann oder vorher noch etwas einfällt, was ich wissen sollte, rufen Sie mich bitte an."

Ich gab ihm die Telefonnummer von Stefanos' Kafenio.

„Man weiß dort im Zweifelsfall, wo ich zu finden bin."

„Wenn ich etwas für Sie habe, werde ich mich bei Ihnen melden."

„Gut. Das wär's dann für heute. Ich darf mich verabschieden, die Heimat ruft."

Wir erhoben uns. Er gab mir seine weiche Hand, die sich in der meinen etwas feucht anfühlte. Wenn Nervosität der Grund dafür gewesen war, hatte er sich recht gut im Griff gehabt und sich dabei kooperativ gezeigt. Trotzdem war ich nicht viel weiter als zuvor.

17

Es dämmerte schon. Den ganzen Vormittag hatte ich nach meiner Rückkehr in Iraklion in den Büros von Anek- und Minoan-Lines und Olympic Airways am Freiheitsplatz nach Passagierlisten gefragt, um herauszubekommen, ob Achilleas nicht vielleicht doch zur Tatzeit auf Kreta war. Das Motiv für den Mord an seinem Vater – eine zukünftige finanzielle Unabhängigkeit –, war für mich seit dem Besuch im Hause Kolokotronis mehr als plausibel. Und er war mir zu lässig mit meiner Frage nach seinem Alibi umgegangen. Offensichtlich fühlte er sich sicher. Anscheinend mit Recht, denn niemand konnte oder wollte mir mit Auskünften über Passagiere helfen. Angeblich gab es solche Listen nicht. Das bezweifelte ich zumindest bei der Olympic, aber was hätte mir andererseits auch eine Liste genützt, auf der sich Achilleas unter falschem Namen eingetragen gehabt hätte. Also Fehlanzeige und entsprechender Frust.

Auch das „Enjoy the Night" war nicht sehr ergiebig gewesen. Ich hatte es zwar an der angegebenen Adresse gefunden, aber es war um diese Tageszeit natürlich geschlossen.

Mittags hatte ich dann den Bus nach Agia Galini genommen. Nun saß ich wieder bei Stelios im Hotel und erzählte ihm von den mageren Ergebnissen meines Ausflugs.

„Achilleas hätte wirklich Grund genug, sich aus Athen und von seiner Schwiegerfamilie abzuseilen. Aber auch Serafis ist noch lange nicht außen vor. Ich sollte ihn morgen noch einmal besuchen."

„Was versprichst du dir davon?"

„Er muß doch etwas zu verbergen haben. Warum sonst dieses Attentat auf mich? Ich meine, es tut mir ja leid um dein Motorrad, aber die Leute hatten es ja auf mich abgesehen."

„Das glaube ich dir gerne, das Motorrad hat schließlich niemandem etwas getan. Aber ich werde es mir ernsthaft überlegen müssen, ob ich dir so bald nochmal etwas leihe. Das kommt mich nämlich auf die Dauer echt zu teuer."

„Ach Stelios, und dabei brauche ich gerade morgen wieder deinen Wagen."

„Hast du denn nicht schon genug kaputt gemacht?"

„Hör mal, das war nicht meine Schuld. Ich habe doch nichts auf die Straße gelegt, damit ich mir beinahe den Hals breche!"

„Und wenn man das nächste Mal auf dich schießt? Möglicherweise genau dann, wenn du in meinem Jeep sitzt. Und der dann auch hin ist?"

„Wer soll schon auf mich schießen?"

„Dein Wort in Gottes Ohr. Aber meinetwegen, nimm den Wagen. Ich bin einfach zu gut für diese Welt."

„Du bist ein edler Mensch. Irgendwann kann ich mich bestimmt revanchieren."

„Der Tag kommt schneller als du denkst. Morgen gebe ich dir die Reparaturrechnung für das Motorrad. Aber erst morgen, damit du heute noch gut schlafen kannst."

„Ich kann es kaum fassen, was für ein guter Freund du bist!"

Wir lachten, denn wir wußten beide, daß ich natürlich niemals die Rechnung für die Reparatur des Motorrades zu sehen bekommen würde. Wenn ich den Fall gelöst hatte, würde ich Stelios zum Essen einladen, aber das wusste nur ich.

Er gab mir den Wagenschlüssel, und ich verließ ihn pfeifend. Marikas Laden war schon wieder geschlossen. Ich bekam die Krise, wenn ich mir zu lebhaft vorstellte, wo und womit sie sich gerade die Zeit vertrieb. Also verdrängte ich jeden Gedanken an sie, da ich sowieso auf dem Weg zu Despina war. Ich konnte mich wieder fast schmerzfrei bewegen und wollte endlich erfahren, was es mit dem „ Enjoy the Night" auf sich hatte.

Despina war nicht zu Hause. Da die Tür unverschlossen war, ging ich trotzdem hinein. Das Zimmer war kaum wiederzuerkennen; Despina hatte wirklich gründlich sauber gemacht und aufgeräumt. Dennoch nutzte ich die Gelegenheit, noch einmal in alle vorhandenen Schubladen zu schauen. Die Kleidungsstücke des Toten waren nun sauber gefaltet, es waren auch einige legere Freizeithemden und Hosen in einer der Schubladen, die mir bei meinem letzten Besuch nicht aufgefallen waren. Sie paßten irgendwie nicht zu ihm. Meine Untersuchung vor ein paar Tagen war allerdings auch nicht sehr gründlich gewesen, da mich Despina so charmant abgelenkt hatte. Plötzlich hörte ich draußen eilige Schritte. Schnell schob ich die Schublade zu und setzte mich an den Tisch. Ein Schlüssel knirschte im Schloß, dann öffnete sich die Tür und Despina trat ein.

„Nanu, ich habe wohl vergessen, abzuschließen. Und schon ist unerwarteter Besuch da."

„Ich dachte, Sie würden mich erwarten, um zu erfahren, ob es etwas Neues gibt."

„Natürlich ..., gibt es denn etwas Neues?"

„Ich war wie angekündigt in Athen. Ich habe dort Ihren Schwager und seine interessante Familie kennengelernt. Es war ein Genuß."

„Ja, Mathaeos erzählte mir davon, daß Achilleas es finanziell gut getroffen hat. Aber die Familie muß ziemlich schrecklich sein."

„Ich sagte doch, es war ein Genuß. Aber ich habe noch jemand anderem einen Besuch abgestattet."

„Und wem?"

„Ihnen!"

„Mir? Wie soll ich das verstehen?"

„Um es zu präzisieren: ich habe mich in Ihrem Haus und in Ihrem Sekretär umgesehen."

„Wie bitte? Was soll das heißen?"

„Sie sind erstaunlich langsam von Begriff. Im Klartext: Ich bin in Ihr Haus eingebrochen und habe Ihre Korrespondenz gelesen."

Sie schnappte nach Luft und lief rot an.

„Was fällt Ihnen ein? Und Sie haben das ganze Haus durchsucht?"

„Nein, was ich suchte, habe ich schon im Erdgeschoß gefunden."

Sie entspannte sich wieder ein wenig.

„Ist es zu fassen? Das ist eine bodenlose Unverschämtheit! Sie brechen in meine Wohnung ein? Ich will das einfach nicht glauben. Haben Sie ganz vergessen, daß ich es gewesen bin, die Sie mit der Untersuchung des Mordes beauftragt hat?"

„Nein, das habe ich nicht vergessen. Und ich bin auch bereit, mich bei Ihnen zu entschuldigen. Aber ich hoffte etwas zu finden, was mir und Ihnen weiterhilft. Vielleicht etwas, was Sie selbst übersehen haben."

„Und was haben Sie gefunden?"

„Können Sie sich das nicht vorstellen?"

„Nein, weil ich keine Ahnung habe, was in dem Sekretär drin ist! Ich habe keinen Schlüssel dafür, den hat Mathaeos immer bei sich. Sie sagten etwas von ‚meiner Korrespondenz'."

„Nun, er hat dort auch private Post von Ihnen aufbewahrt. Und das ist doch etwas für einen Privatdetektiv!"

„Haben Sie meine Briefe etwa gelesen?"

„Nur oberflächlich, es war ja auch wenig Interessantes dabei. Nur Urlaubsgrüße und solcher Kram. Ich weiß schon gar nicht mehr, was drin stand. Der Brief von der O.E.T.S.K. war allerdings bemerkenswert."

„Was für ein Brief? Und wer ist das überhaupt? O.E. wie ...?"

Entweder war sie eine ausgezeichnete Schauspielerin, oder sie sagte die Wahrheit.

„Die ‚Organisation zur Erschließung des Tourismus im südlichen Kreta'! Noch nie davon gehört?"

„Nein!"

„Ich dachte, ich zumindest hätte Ihnen schon davon erzählt. Ihr Schwager Serafis steht mit diesen Leuten in Verbindung und wollte ihnen vermutlich Grundstücke verkaufen, die noch ihrem Schwiegervater gehörten."

„Ich sagte es ja schon zu Beginn unserer Bekanntschaft, daß er Geld braucht. Und Sie meinen, er hätte deswegen meinen Schwiegervater umgebracht?"

„Es ist so viel im Bereich des Möglichen, daß ich nicht wage, irgend etwas zu ‚meinen'. Jedenfalls kann ich es nicht ausschließen. Es würde zum Beispiel sehr gut zu dem Anschlag auf mich passen, von dem ich fast sicher bin, daß die O.E.T.S.K. dahinter steckt. Aber, und da wird es für mich unübersichtlich, scheint diese Gesellschaft auch irgendwie mit Ihrem Mann in Verbindung zu stehen, oder wie erklären Sie sich diesen Brief?"

Ich gab ihn ihr. Sie las ihn sorgfältig durch und zuckte die Achseln.

„Und diesen Brief haben Sie in Mathaeos' Sekretär gefunden? Ich habe ihn noch nie gesehen, und ich verstehe auch den Zusammenhang nicht!"

„Das finde ich schon sehr merkwürdig. Doch noch merkwürdiger sind diese Papiere, die sich ebenfalls in dem Sekretär befanden. Hier nur ein Beispiel."

Ich reichte ihr eine der Abrechnungen und beobachtete ihre Reaktion. Sie stutzte ein wenig, gab mir dann aber das Blatt mit unbewegtem Gesicht zurück.

„Und was ist das bitte?"

„Das sind meines Erachtens Abrechnungen eines Nachtclubs. Den Namen können Sie oben auf dem Blatt lesen. Ich habe bereits festgestellt, daß es dieses Lokal tatsächlich gibt, konnte aber bisher nichts weiter darüber in Erfahrung bringen."

„Auch das kann ich mir nicht erklären."

„Aber Sie haben die Papiere doch unterschrieben!"

„Ich?" Jetzt wurde sie doch etwas unruhig.

„Jedenfalls halte ich das hier für Ihre Unterschrift! Oder liege ich da etwa falsch?"

Ich hielt ihr das fragliche Blatt unter die Nase. Sie betrachtete es diesmal länger und nickte dann.

„Nein, Sie liegen leider richtig. Aber ich wußte nicht, daß Mathaeos diese Papiere bei uns zu Hause aufbewahrt hat."

„Gut, dann klären Sie mich bitte auf."

„Nun, ich arbeite in diesem Nachtclub. Ich sagte bereits, daß ich eigenes Geld verdiene."

„Und warum haben Sie mir nicht gesagt, wie Sie dieses Geld verdienen?"

Sie dachte eine Weile nach und sagte dann mit ungewohnter Kleinmädchenstimme.

„Es war mir einfach ... peinlich."

„Aber warum. Glauben Sie, mir sei Menschliches fremd? Es ist doch nur ein Nachtclub und kein Bordell."

„Na, ein bißchen ist es beides." Sie straffte ihren Körper und rückte mir ein wenig näher.

„Ich habe allerdings nie ..."

„Lassen wir die Einzelheiten! So genau will ich es gar nicht wissen. Das sind also ihre Provisionsabrechnungen?"

„Ja."

„So viel haben Sie ganz alleine verdient?"

„Ich sagte doch, wir haben keine Geldsorgen."

„Und man wußte im Reisebüro, in dem Ihr Mann arbeitet, nichts davon?"

„Ich glaube nicht. Ich war immer sehr diskret, und die anderen Angestellten verkehren nicht im Club. Nur für Mitglieder, Sie verstehen?"

„Und jetzt wundert man sich im Club nicht, wo Sie geblieben sind?"

„Nein, ich habe offiziell Urlaub genommen und außerdem bin ich nur freie Mitarbeiterin."

Die Botschaft hörte ich wohl und wollte für den Moment sogar daran glauben. Despina war mir im Laufe der Unterhaltung immer dichter auf die Pelle gerückt und beschäftigte sich bereits wieder mit meinen Hemdknöpfen. Ich rutschte ein wenig von ihr weg, sie kam jedoch umgehend hinterher.

„Ich muß das noch nachprüfen."

„Tu das, aber erst morgen."

Ich ärgerte mich über meine erlahmende Gegenwehr, aber ewig lockt das Weib. Und so ließ ich sie gewähren, das heißt, um die Wahrheit zu sagen, ich beteiligte mich eher aktiv am Geschehen. Während sie wieder lautstark mehrere Tode starb, blieben die Papiere aus ihrem ... nein, aus Mathaeos Sekretär unbeachtet auf dem Tisch liegen. Morgen war schließlich auch noch ein Tag!

18

Wir schliefen lange aus. Ich hatte es mir nach dem Streß der vergangenen Tage auch verdient, fand ich. Beim Frühstück erwähnte ich unser Gespräch vom Vorabend nicht mehr. Despina hatte die Papiere weggeräumt, als sie den Tisch deckte, ich fand sie aber in der Schublade wieder, wo auch die übrigen Fotos lagen. Ich steckte sie ein, auch wenn ich kaum Hoffnung hatte, daß man mich im Büro der O.E.T.S.K. wenigstens über den Brief aufklären konnte und wollte. Möglicherweise hatte die Firma sich gleich zwei Eisen ins Feuer gelegt, indem sie sowohl Serafis als auch Mathaeos kontaktierte. Oder vielleicht sogar drei? Achilleas hatte dies zwar bestritten, aber ihm traute ich auch nicht über den Weg.

Despina hatte sich große Mühe mit dem Frühstück gegeben und Eier mit Schinken für mich gebraten. Ich trank außer dem Kaffee noch ein Wasserglas Raki, den ich im Wandschrank gefunden hatte. So hatte mein Magen etwas zu tun, und ich war für den Tag gewappnet. Despinas mißbilligenden Blick übersah ich großzügig.

Der Jeep kannte den Weg inzwischen fast von alleine. So ließ ich ihn gemütlich dahinrollen und genoß den Fahrtwind bei offenen Fenstern. Bei Kokkinos Pyrgos mußte ich die Fenster schließen, da in dieser Gegend wie so oft ein starker Wind Plastikplanenfetzen und vor allem viel Staub vor sich her peitschte. Unter diesen klimatischen Bedingungen war es wirklich schwer, eine florierende Tourismusindustrie aufzubauen, ob man nun O.E.T.S.K hieß oder anders. Hier standen nur die Gewächshäuser gut da, und auch die gingen jedes Jahr wieder von neuem kaputt und mußten im August und September regelmäßig repariert werden, damit sie im Winter wieder bewirtschaftet werden konnten. Wie gesund waren wohl die dort angebauten Tomaten und Gurken für den Verbraucher, wo die Bauern so verschwenderisch mit allen Arten chemischer Gifte umgingen, um auch keiner einzigen Fliege eine Überlebenschance zu lassen? Vielleicht sollte ich mich in einer der hier ansässigen Umweltschutzorganisationen ein wenig engagieren? Doch jetzt mußte ich erst einmal die Probleme und Fragen lösen, für die ich bezahlt wurde, bevor ich mich globaleren Aufgaben zuwende!

Also gab ich Gas und war in knapp zwanzig Minuten in Mires. Ich parkte wieder direkt vor dem Büro der Gesellschaft und klopfte an die Tür, die von dem selben Mann wie das letzte Mal geöffnet wurde. Er sah mich überrascht an und schaute über meine Schulter, bevor er mich wieder fixierte.

„Sie hatte ich eigentlich nicht noch einmal erwartet. Und wo ist Ihr starker Aufpasser heute?"

„Ich komme ganz gut auch ohne ihn aus. Selbst wenn Ihre zwei Taschengangster im Hause sein sollten. Ich habe meinen kleinen ‚Unfall' überlebt, da werde ich auch Ihr Büro wieder lebendig verlassen."

„Davon gehe ich eigentlich aus."

„Darf ich zuerst mal reinkommen? Sonst kann ich nämlich schlecht wieder herauskommen."

„Ihre Logik hat mich schon bei unserem letzten Gespräch beeindruckt. Apropos letztes Gespräch: Ich dachte, ich hätte Sie bereits überzeugt, daß ich Ihnen nicht weiterhelfen kann. Was wollen Sie also noch?"

„Ich bin nun einmal ebenso lästig wie optimistisch. Vielleicht haben Sie nur etwas vergessen, was Sie mir doch eigentlich hatten sagen wollen."

„Mein Gedächtnis funktioniert recht fehlerfrei. Und ich habe wirklich anderes zu tun. Aber ich werde Sie vermutlich nicht im Guten los. Also treten Sie meinetwegen ein, auch wenn Sie Ihre und meine Zeit verschwenden."

„Danke verbindlichst."

Ich ging an ihm vorbei in sein Büro. Seit meinem letzten Besuch hatte sich nichts verändert, mir kam es nur so vor, als seien auf der Karte ein paar rot schraffierte Flächen hinzu gekommen. Vorerst überging ich das und schaute mich suchend um.

„Falls sie mit dem Wort ‚Taschengangster' die Herren Jerome und Marco meinten, ich bin allein."

„Das ist erfreulich, denn ich bin nicht auf eine Schlägerei aus. Nur wenn es unbedingt sein muß."

„Das muß wohl nicht sein, wie ich hoffe. Wollen Sie diesmal Platz nehmen?"

„Mit Vergnügen, Herr ..."

„Oh, ich vergaß ganz, ich habe mich bei Ihrem letzten Besuch überhaupt nicht vorgestellt. Der ähnelte allerdings auch mehr einem Überfall als einem Besuch. Mein Name ist Menelaos Kastritsas. Daß ich der Leiter der hiesigen Niederlassung der O.E.T.S.K. bin, wissen Sie ja bereits."

Währenddessen war er um den Schreibtisch herumgegangen und wir hatten Platz genommen.

„Ja, das sagten Sie schon. Vermutlich haben Sie dann auch diesen Brief unterschrieben?"

Ich zog das Schreiben hervor, daß ich in Mathaeos Sekretär gefunden hatte, und schob es über den Schreibtisch.

Kastritsas studierte es und gab es mir dann mit einem spöttischen Lächeln zurück.

„Nein, wie Sie eigentlich schon selbst festgestellt haben dürften. Dieser Brief ist zum einen überhaupt nicht unterschrieben, zum anderen stammt er nicht aus unserem Büro, sondern vermutlich aus der Zentrale. Oder sehen Sie hier irgendwo unsere Anschrift?"

Ich warf einen Blick auf das Schreiben und tatsächlich hatte ich übersehen, daß der Briefkopf keine Anschrift enthielt. Mühsam versuchte ich meine Wut über diese peinliche Fehlleistung zu kaschieren.

„Wissen Sie denn wenigstens, an wen der Brief gerichtet ist?"

„Es ist kein Adressat drauf!"

„Das ist mir natürlich auch aufgefallen, aber im Gegensatz zu Ihnen weiß ich, wer ihn bekommen hat."

Er schaute mich mit einem wissenden Blick an, sagte jedoch nichts.

„Ich habe den Brief von Herrn Mathaeos Rousakis, dem Bruder Ihres Freundes Serafis."

„Hat er ihn Ihnen gegeben?"

„Das weniger. Er ist mir sozusagen zugeflogen."

„Wie ein kleines Vögelchen ..."

„Sie haben es erfaßt. Ich gehe also davon aus, daß Sie mit Herrn Mathaeos Rousakis in Verbindung stehen."

„Diese Schlußfolgerung ist reichlich verwegen. Ich sagte Ihnen doch schon, daß dieser Brief nicht von hier stammt."

„Das beweist nicht das Gegenteil."

„Das mag sein, es beweist aber erst recht nicht Ihre Behauptung. Ich habe Herrn Rousakis nie in meinem Leben gesehen."

„Und von wem haben Sie die Grundstücke gekauft, die ich auf der Karte hinter Ihnen neu markiert vorfinde?"

„Wo sind da neue Grundstücke markiert?"

Er drehte sich um und betrachtete die Karte.

„Lieber Herr Kastritsas, lassen Sie doch die Show. Sie wissen das genau so gut wie ich."

Er drehte sich wieder mir zu.

„Was ich auch sonst von Ihnen halten mag, ich muß zugeben, Ihre Beobachtungsgabe ist beeindruckend. Es stimmt, wir haben ein paar neue Objekte erworben. Aber nicht von Herrn Mathaeos Rousakis, den ich, wie bereits erwähnt, nie gesehen habe, sondern von seinem Bruder Serafis."

„Konnte der an Sie verkaufen, noch bevor das Erbe aufgeteilt wurde?"

„Er hatte eine Vollmacht von seinen Brüdern. Er hat doch zwei, wenn ich nicht irre."

„Kann ich die Vollmacht und den Kaufvertrag sehen?"

„Das überschreitet meine Befugnisse und vor allem meine Möglichkeiten. Wir schicken alle Unterlagen nach Vertragsabschluß an die Zentrale."

„Und ihre vielen Aktenordner hier sind alle völlig leer?"

„Nein, nein, das sind alles Unterlagen über laufende Verhandlungen."

„Mein Gott, Ihre Gesellschaft ist ja eminent fleißig."

„Man tut was man kann."

„Bei der Gelegenheit: wissen Sie, wo ich Herrn Serafis Rousakis finden kann?"

„Ich bin nicht seine Aufsicht, nur sein Geschäftspartner. Und das auch nur im Auftrag. Haben Sie es mal bei ihm zu Hause probiert?"

„Heute noch nicht, aber ich werde es versuchen. Ich meinte nur, vielleicht ist er auch verschwunden."

„Wieso ‚auch'? Wer ist denn noch verschwunden, wenn ich fragen darf?"

„Sein Bruder Mathaeos. Eben der, von dem ich Ihren Brief habe."

„Es ist nicht mein Brief!"

„Ja, ja, das sagten Sie schon. Muß ich es deswegen auch glauben?"

„Wie sagt man so schön? Der Mensch muß gar nichts. Nur sterben muß er bei Gelegenheit."

„Worauf spielen Sie an?"

„Auf Ihren bedauerlichen Motorradunfall. Ich hörte davon."

„So, so, Sie hörten davon. Ich dachte bis jetzt, Sie hätten ihn in Auftrag gegeben."

„Herr Anatolis, Sie überschätzen mich. Ich bin Kaufmann und kein Mafioso!"

„Das liegt möglicherweise nicht weit auseinander. Aber lassen wir das. Ich fasse unser Gespräch also wie folgt zusammen: Sie kennen Herrn Mathaeos Rousakis nicht, Sie wollen ihn zumindest nie gesehen haben. Sie haben aber gleich nach dem Tode des Vaters von einem Sohn diverse Grundstücke gekauft. Woher wußten Sie überhaupt, daß diese Vollmacht, die Sie erwähnten, echt war?"

„Davon ging ich einfach aus."

„Es war auch praktischer, nicht zu zweifeln."

„Dafür werde ich schließlich nicht bezahlt."

„Aber ich, das ist eben der Unterschied zwischen uns. Und ich zweifele erheblich an Ihrer Geschichte."

„Und was nützt Ihnen das?"

„Nichts. Aber ich werde alles daransetzen, dies so schnell wie möglich zu ändern. Dann habe ich ein Problem weniger und Sie eines mehr."

„Wie Sie meinen. Sie werden damit wenig Glück haben. Ich bin nur ein Angestellter und habe Ihnen jetzt wirklich nichts mehr zu sagen."

Er erhob sich von seinem Stuhl. Ich zuckte die Achseln und stand ebenfalls auf.

„Ich danke Ihnen für das Gespräch, Herr Kastritsas. Wenn es auch nicht sonderlich ergiebig war."

„Was hatten Sie denn erwartet?"

Er brachte mich ohne weitere Umschweife zur Tür und öffnete sie.

„So haben Sie mir dennoch sehr geholfen. Ich möchte sogar sagen, ich bin einen großen Schritt weiter gekommen. Ein kleiner Schritt für die Menschheit, doch ein großer für mich!"

Ich merkte, daß mein Bluff gelungen war. Er dachte angestrengt darüber nach, was ich eventuell meinen könnte und ob er vielleicht etwas Falsches gesagt hatte. Tatsächlich war ich leider wieder einmal keinen einzigen Schritt weitergekommen – und das war langsam bereits schlechte Tradition.

Als er die Tür hinter mir geschlossen hatte, ging ich an Stelios' Wagen vorbei und bog an der nächsten Ecke in die Straße ein, in der Serafis wohnte. Sein Haus wirkte ebenso abweisend wie beim letzten Mal. Probehalber rüttelte ich am Gartentor, aber auch das war zu. Als ich gerade überlegte, über den Zaun zu steigen und mich drinnen etwas umzusehen, bemerkte ich, daß ich beobachtet wurde. Im Haus nebenan lehnte eine ältere Frau am offenen Fenster. Ihr Kopftuch und ihre Bluse waren schwarz. In ihrem von der Sonne gegerbten runzeligen Gesicht blitzten zwei wache und unangenehm aufmerksame Augen.

Ich verneigte mich leicht in ihre Richtung.

„Guten Tag."

„Guten Tag. Suchen Sie Serafis?"

„Sie meinen Serafis Rousakis? Der wohnt doch hier, oder?"

„Ja, der wohnt hier. Wir wohnen schon einige Jahre nebeneinander."

„Sie kennen ihn also gut?"

„Das will ich meinen. Ich bin schließlich seine Nachbarin, ich sehe und höre alles, ob ich will oder nicht."

Dabei lachte sie, als ob sie damit andeuten wollte, daß sie natürlich ‚wollte'. Das Lachen entblößte ihr nur noch sehr unvollständiges Gebiß.

„Ist er ein netter Nachbar?"

„Ja sicher! Er ist immer freundlich und grüßt mich. Meistens ist er auch ziemlich ruhig, außer wenn er Besuch hat."

„Hat er denn viel Besuch?"

„Ziemlich oft, ja. Seine Freunde kommen oft zum Kartenspielen. Dann trinken sie viel und hören laute Musik. Ich höre alles!"

„Kommen immer nur seine Freunde? Kennen Sie die alle?"

„Die meisten kenne ich. Aber manchmal hat er auch ... Damenbesuch. Ich meine, er ist ja schließlich ein attraktiver Mann. Ja, ja, wenn ich ein wenig jünger wäre ... Dann geht es auch immer hoch her, ganz ohne Musik."

„Und sie hören alles?"

„Alles!"

„Auch wenn die Damen da sind."

„Ja natürlich. Er ist wohl nicht nur attraktiv, sondern auch sonst ganz tüchtig." Mit gespielter Zurückhaltung schlug sie sich auf den Mund.

„Also, was ich alles daherrede. Hören Sie besser nicht so genau hin!"

„Aber das interessiert mich. Was hört man denn dann so?"

„Also, das darf ich Ihnen nun wirklich nicht erzählen. Ich kenne Sie doch gar nicht."

Ich beschloß, den gleichen Trick wie vor ein paar Tagen anzuwenden.

„Dem kann ich abhelfen. Ich bin ein alter Freund von Serafis. Wir waren zusammen beim Militär."

„Na, wenn das so ist. Dann wissen Sie ja, wie er ist. Hat er das früher auch schon so gemacht?"

„Was gemacht?"

„Ich meine, die Damen zum Jubeln zu bringen."

„Ich weiß nicht, in unsere Kaserne wurden keine Damen hereingelassen. Aber hier bei sich zu Hause, da bringt er sie zum Jubeln, die Damen?"

„Das kann man wohl sagen. Und wie die jubeln. Besonders die eine, die ihn schon ein paar Mal besucht hat. Die ist so laut, von der höre ich jedes Wort. Die schreit richtig!"

„Kennen Sie die Dame?"

„Nein, sie ist nicht von hier. Sonst würde ich sie kennen. Aber sie hat ihren Spaß mit Serafis, deshalb ist sie schon ein paar Mal wiedergekommen."

„Können Sie sie beschreiben?"

„Also ... beschreiben nicht gerade, aber sie sieht gut aus."

„Wissen Sie, wie sie heißt?"

„Nein, keine Ahnung. Ihren Namen habe ich nie gehört. Außerdem war sie auch nicht die einzige, die zu Besuch kam. Er ist kein Kind von Traurigkeit, der Serafis!"

„Wissen Sie, wo er jetzt ist."

„Wahrscheinlich auf den Feldern oder im Weinberg. Um diese Zeit arbeitet er gewöhnlich."

„Und wo sind seine Felder?"

„Das kann ich nicht sagen. Er hat eine ganze Reihe. Wie soll ich wissen, wo er gerade ist?"

„Kommt er heute abend wieder?"

„Na bestimmt. Heute morgen habe ich ihn jedenfalls weggehen sehen."

„Dann werde ich besser heute abend wieder kommen. Darf ich fragen, wie Sie heißen? Ich meine, Sie sind so freundlich zu mir, da möchte ich Sie doch richtig anreden können."

„Ich heiße Maria. Maria Ravdhouchaki. Und wer sind Sie?"

„Mein Name ist ... Trabakoulas."

Mir fiel auf die Schnelle kein anderer Name ein.

„Und mit Vornamen?"

„Jak."

„Tsak Trabakoulas. Das ist aber ein lustiger Name. Sind Sie selber auch so lustig?"

„Das will ich wohl meinen. Serafis und ich, wir hatten früher viel Spaß miteinander."

„Aber doch nicht ..."

Sie machte eine eindeutige Handbewegung.

„Ich meine, wenn keine Frauen in die Kaserne durften. Man liest so allerhand."

„Aber ich bitte Sie, Kira Maria! Nein, nein, nicht so! Das ist wirklich eine verrückte Idee von Ihnen. Sie sind ja eine ganz Schlimme!"

„Ich meinte nur. Auf jeden Fall hat Serafis jetzt jedenfalls keinen Mangel mehr an Frauen. Also, wenn Sie ihn treffen wollen, dann sollten Sie heute abend wiederkommen. Soll ich ihm ausrichten, daß Sie da waren?"

„Nein, sagen Sie ihm besser nichts, ich will ihn überraschen. Er hat keine Ahnung, daß ich komme. Wir haben uns schon lange nicht mehr gesehen."

„Da wird er sich aber freuen, na ich werde es hören!"

Der arme Serafis! Die Alte war ebenso neugierig wie geschwätzig. So eine Nachbarin wünschte ich selbst meinem Hauptverdächtigen nicht, auch wenn ihre Neugier und ihre Mitteilsamkeit ganz in meinem Sinne waren. Trotzdem würde ich heute abend nicht wieder kommen.

Ich verabschiedete mich höflich von Frau Maria und ging zum Wagen zurück. Serafis war also nicht nur ein hübscher Junge, sondern auch ein heißer Feger. Vielleicht konnte ich sogar noch etwas von ihm lernen. Obwohl, wenn ich so an die letzten Nächte dachte, blieben auch meine Bettgefährtinnen nicht ganz schweigsam.

Ich schloß den Wagen auf und stieg ein. Der Motor sprang sofort schnurrend an. Irgendwie hatte mich das Gespräch animiert, Marika mal wieder einen Besuch abzustatten. Vielleicht hatte sie heute Zeit für mich. Dann würde ich sie schon zum Jubeln bringen!

Während ich mir dies in allen Einzelheiten ausmalte, verließ ich Mires. Die Straße war völlig frei. Ich schaltete das Autoradio ein, die flotten Bousouklänge und die Stimme von Manolis Mitsias ließen mich noch mehr auf die Tube drücken. Ich passierte eine Zementfabrik und ein Ausflugslokal, dessen Terrasse um diese Tageszeit völlig leer war. Auf einem Hügel links der Straße lagen die Ausgrabungen des Palastes von Phaistos. Von der Straße aus konnte man sie nicht sehen, aber ich wußte, daß sie dort oben in der Sonne brüteten. Nur die zahlreichen in den Pinien sitzenden Zikaden und die über die historischen Steine trampelnden Touristen störten dort die Stille des Nachmittags. Wer Kreta besucht, muß die Ausgrabungen von Phaistos gesehen haben. Zwar war diese Palastanlage nicht annähernd so umfangreich restauriert wie die in Knossos, aber gerade das machte sie authentisch und interessant. In Knossos war man sich nie sicher, was echt und was Phantasie ist. Als ich Kreta noch als Tourist bereiste, lang war es her, hatte ich beide Paläste besucht. Nun lebte ich hier und interessierte mich mehr für die Ausgrabung, die ich heute abend gemeinsam mit Marika unternehmen wollte.

Etwa zweihundert Meter hinter der Abzweigung nach Phaistos und Matala beschrieb die Hauptstraße eine scharfe Rechtskurve. Ich nahm das Gas weg und schaltete herunter. In diesem Moment zersplitterte die Frontscheibe und wurde mit einem Schlag undurchsichtig. Instinktiv stieg ich voll auf die Bremse und duckte mich. Dabei verriß ich das Lenkrad nach links, und das in einer Rechtskurve. Bevor ich noch irgendwie reagieren konnte, gab es einen mörderischen Schlag und der Wagen kam ruckartig zum Stehen. Ich war gegen die Mauer der Ruine gefahren. Ich schlug mit Kopf und Oberkörper heftig auf das Lenkrad und wurde dann gegen die linke Tür geschleudert. Sie sprang auf, und ich stürzte seitlich aus dem Wagen. Gleichzeitig hörte ich einen Knall, und etwas pfiff an mir vorbei. Ich rollte mich ab, der Schmerz in meiner Schulter meldete sich schlagartig zurück. Erneut knallte es, und etwa einen halben Meter von meinem Kopf entfernt spritzte die Erde auf. Jemand schoß auf mich. Trotz meiner Schulter wollte ich in den Schutz des Wagens zurückrobben, da ich nicht wußte, wo sich der Schütze versteckt hielt. Ich kam nicht weit. Mit einer ohrenbetäubenden Detonation flog die Haube des Jeeps weg, zum Glück nicht in meine Richtung. Eine Feuersäule schoß aus dem Motor, schwarzer Qualm stieg auf. Die Druckwelle der Explosion preßte mich an den Boden. Vermutlich war bei dem Aufprall eine Leitung gerissen, und das auslaufende Benzin hatte sich an dem heißen Motor entzündet. Schleunigst kroch ich wieder von dem Jeep weg. Es war ein Wunder, daß ich nicht mehr abgekriegt hatte. Zum Glück versuchte der hinterhältige Schütze nicht weiter, mich abzuknallen. Vielleicht glaubte er, die Explosion hätte mich erwischt. In der Nähe heulte ein Motor auf, und ein Wagen schoß davon, ohne daß ich ihn zu Gesicht bekommen hatte. Ich hatte hinter einem dikken Olivenbaum Schutz gesucht und blieb schwer atmend liegen.

Nach und nach stellte ich fest, daß ich nicht wesentlich verletzt war. Nur meine Schulter und mein Arm taten heftig weh. Meine rechte Augenbraue war durch den Aufprall auf das Lenkrad aufgeplatzt, Blut lief mir die Wange herunter, was ich erst bemerkte, als ich mit dem Ärmel über mein Gesicht wischte. Ansonsten hatte ich wieder mal ein Wahnsinnsglück gehabt. Ich dankte meinem Schutzengel und blieb wo ich war. Mein Körper wollte einfach nur hier liegen bleiben, da keine Gefahr mehr zu drohen schien. Der Wagen kokelte leise knisternd vor sich hin. Sollte er in die Luft fliegen, war ich hinter dem dicken Baum relativ gut geschützt. Dann überlegte ich es mir doch anders und kroch ein Stück weg, rappelte mich hoch und humpelte in einem Bogen zur Straße zurück. Dort hatten inzwischen zwei Autos in sicherem Abstand zu dem brennenden Jeep angehalten. Der eine Fahrer lief mir entgegen und stützte mich auf den letzten Metern.

„Sind Sie schwer verletzt?"

„Ich glaube nicht. Aber es ist wohl besser, wenn ich zu einem Arzt gehe."

„Wenn Sie sich auf die Ladefläche legen, bringe ich Sie nach Timbaki."

„Ist schon recht."

Stöhnend kroch ich auf den Wagen. Der Fahrer startete und fuhr in atemberaubenden Tempo Richtung Timbaki. Zum Glück war die Straße hier ganz gut, nur in einer einzelnen Querrinne hob es mich ein paar Zentimeter von der Ladefläche. Ich konnte nur mit Mühe einen Schmerzensschrei unterdrücken.

In Timbaki bremste der Fahrer vor dem Haus des Arztes. Der Mann aus dem anderen Auto hatte ihn bereits alarmiert, und so wartete er vor der Haustür auf uns.

„Bringt ihn rein, ich kümmere mich um ihn."

Zu mir gewandt, fügte er fragend hinzu: „Soll ich irgendwen benachrichtigen?"

„Lassen Sie bitte in Agia Galini anrufen, im Hotel Samaria, fragen Sie nach Stelios. Und verständigen Sie die Polizei, ich muß eine Anzeige machen."

„Haben Sie den anderen Wagen erkannt?"

„Da war kein anderer Wagen."

„Sind Sie zu schnell gefahren?"

„Nein, man hat auf mich geschossen."

„Nikos, ruf sofort die Polizei!"

Der Fahrer des Wagens, der mich hergebracht hatte, nickte und eilte davon. Ich lag inzwischen auf dem Untersuchungstisch. Der Arzt stellte ebenso erstaunt wie sein Kollege vor einigen Tagen fest, daß ich zwar einige Prellungen und Abschürfungen davongetragen hatte, ansonsten aber glimpflich davongekommen war.

„Tja, Herr Doktor, Unkraut vergeht nicht."

„Sie scheinen mir wirklich ein zähes Unkraut zu sein."

„Das will ich hoffen."

Als erstes traf die örtliche Polizei in Gestalt eines müden Beamten ein. Immerhin ließ er sich von mir schildern, was passiert war und teilte mir dann mit, Inspektor Andreadis in Agia Galini sei bereits verständigt und unterwegs, ich solle auf jeden Fall hier auf ihn warten.

„Guter Mann, sehe ich so aus, als würde ich gleich vom Tisch springen und weglaufen?"

Er betrachtete mich mit stoischer Ruhe und gähnte. Das steckte an, ich fühlte mich plötzlich unsäglich müde. Was würde Stelios zu seinem Wagen sagen? Schon wieder ein Totalschaden! War der Fall doch eine Nummer zu groß für mich? Ach, Quatsch! Für Jak Anatolis war überhaupt nichts eine Nummer zu groß. Im Gegenteil, ich lebte noch, sie hatten mich wieder nicht erwischt. Und jetzt würde ich es ihnen erst recht zeigen!

„Herr Doktor, machen Sie mir bitte ein Pflaster aufs Gesicht, damit sich der Inspektor nicht so erschreckt, wenn er mich sieht."

„Sie scheinen schon wieder recht gut gelaunt zu sein, junger Mann."

„Gute Laune tut wenigstens nicht weh!"

Er verpflasterte mich und legte mir um die Schulter einen festen Verband an.

„So, mein Lieber, jetzt dürfen Sie versuchen, sich aufzusetzen."

Es gelang mir, auch wenn es weh tat. Ich humpelte ein paar Schritte durch den Raum und sank auf einem Stuhl nieder, der an der Wand stand.

„So, wenn Inspektor Andreadis kommt, ich lasse bitten."

Der Inspektor kam, und er kam nicht allein. In seinem Gefolge befand sich außer dem schnuckeligen Thanassis auch noch der vor Wut kochende Stelios, der auf mich zueilte, kaum, daß er den Raum betreten hatte.

„Sag, daß das nicht wahr ist, Jak. Jetzt ist auch noch mein Jeep im Eimer?"

„Ach Stelios, mein Freund! So ist es leider. Inzwischen dürfte er restlos ausgebrannt sein. Nur ich bin zum Glück nicht mehr drin. Und das freut dich doch sicherlich, oder?"

„Zum Freuen bin ich noch nicht gekommen, jetzt muß ich mich erst einmal ärgern."

Nach einer Weile entspannte sich sein Gesicht, und er lächelte.

„Ein Glück, daß du noch lebst, Jak."

„Das sehe ich genauso. Nur der Dreckskerl, der auf mich und dein Auto geschossen hat, hätte es wohl lieber anders."

„Du kannst dich darauf verlassen, das Schwein erwischen wir."

„Wieso wir?"

„Weil ich deinen Fall ab sofort zu meinem mache. Ich lasse mir von niemandem erst mein Motorrad und dann meinen Jeep kaputt machen."

Inspektor Andreadis, der bisher schweigend zugehört hatte, mischte sich jetzt ein.

„Nun mal langsam, meine Herren. Ich darf Sie vielleicht darauf hinweisen, daß dieser Fall in erster Linie mein Fall ist. Das ist endgültig Angelegenheit der Polizei. Eigentlich müßten Sie schon längst zu der Überzeugung gekommen sein, daß die Sache bei mir besser aufgehoben ist als bei Ihnen. Und nun mal im Ernst, wer war das und warum?"

„Das weiß ich doch nicht."

„Herr Anatolis, Sie haben mir neulich offensichtlich bewußt verschwiegen, daß Sie irgend jemand empfindlich auf die Füße getreten sind. Wie erklären sich sonst zwei Anschläge auf Sie innerhalb weniger Tage? Was haben Sie mir verschwiegen? Und ich warne Sie, ich will jetzt alles hören, was Sie wissen, und ich meine wirklich alles. Sonst sorge ich dafür, daß Sie ihre Lizenz schneller los sind, als sie wieder laufen können."

„Das schaffen Sie nicht. Ich kann schon wieder laufen."

„Das ist nicht zu übersehen. Warum holen Sie dann nicht schnell ein paar Zigaretten für mich am Kiosk?"

„Ich habe gesagt, daß ich schon wieder laufen kann. Vom Zigarettenschleppen habe ich nicht gesprochen."

Der Inspektor seufzte.

„Ihre große Klappe ist wohl nicht kaputtzukriegen. Benutzen Sie sie doch endlich mal dazu, mir reinen Wein einzuschenken."

„Also gut ...“

Ich klärte ihn über meinen Verdacht auf, daß das Motiv für den Mord am alten Rousakis Habsucht bzw. Geldnot gewesen sein könnte, und daß ich Serafis als Täter in die engere Wahl gezogen hätte. Ich erzählte ihm auch von der O.E.T.S.K. und ihren beiden Mordgesellen, die vermutlich beide Anschläge auf mich verübt hatten. Daß auch Mathaeos in Kontakt mit der Gesellschaft stand, behielt ich für mich. Dieser Sache wollte ich selbst nachgehen, und ich hatte auch schon eine Idee, wie.

Andreadis versprach, sich die O.E.T.S.K vorzunehmen.

„Und wie gehen Ihre Ermittlungen voran?“

„Sie gehen voran, Herr Anatolis, und durch Ihren Bericht habe ich jetzt auch ein Mordmotiv. Wann haben Sie diesen Serafis das letzte Mal gesehen?“

„Vor einigen Tagen, schon bevor ich meinen ersten Unfall hatte. Aber er ist noch im Lande, heute morgen hat ihn seine Nachbarin von zu Hause weggehen sehen.“

Der Inspektor notierte sich meine Wegbeschreibung zu Serafis‘ Haus und zum Büro der Gesellschaft.

„Ich fahre gleich mal hin. Kommen Sie allein nach Hause?“

„Wenn mein Freund Stelios mit dem Wagen da ist? Der Bus wäre jetzt nicht so sehr nach meinem Geschmack.“

„Ja, das geht schon. Ich bringe dich nach Hause.“

„Bring mich lieber zu Marika. Ich brauche ein bißchen Pflege.“

„Bist du dafür nicht zu schwach?“

„Du Armleuchter, ich habe Pflege gesagt.“

„Was du so unter Pflege verstehst.“

Der Inspektor bedachte uns mit einem seltsamen Blick.

Vor der Tür verabschiedeten wir uns von ihm, dann fuhr er mit Thanassis im Streifenwagen davon. Ich humpelte mit Stelios zu einem kleinen weißen japanischen Wagen. Als er die Tür aufschloß, war ich etwas verwundert.

„Wo ist denn dein BMW?"

„Den habe ich lieber zu Hause gelassen. Schließlich geht alles kaputt, wo du drin oder drauf sitzst. Und wenigstens ein heiles Auto will ich behalten. Deshalb habe ich das hier gemietet, so ist es sogar versichert."

„Ich bewundere deinen Weitblick. Und die Sache mit deinem Jeep tut mir ehrlich leid, das habe ich nicht gewollt."

„Das wäre ja auch noch schöner. Aber erinnerst du dich, daß ich gestern zu dir gesagt habe: ‚Und was ist, wenn man auf dich schießt, wenn du in meinem Wagen sitzt?‘ Und du hast geantwortet: ‚Wer soll schon auf mich schießen?‘"

„Kommt Zeit, kommt Tat! So ist dem Leben, oder wie der Franzose sagt: ‚Telaviv‘."

„Ich kann kein Französisch."

„Da wird deine Frau aber traurig sein."

„Arschloch!"

„Selber ..."

„Steig ein, ich bringe dich zu Marika."

„Das ist nett von dir. Sie kann nämlich Französisch."

„Du bist zu beneiden!"

„Leider nicht nur ich ..."

19

Marika erschrak, als Stelios mich bei ihr ablieferte. Sie war alleine zu Hause, was ich erleichtert registrierte. Sofort packte sie mich in ihr breites Bett und brachte mir ein großes Glas Raki.

„Das hilft dir wieder auf die Beine. Was ist denn passiert?"

Ich erzählte ihr, was sie wissen mußte, während ich dankbar jeden Schluck aus meinem Glas genoß. Sie hörte mir aufmerksam zu. Der Schnaps machte mich wohlig müde, und ich spürte nichts davon, wie sie mir das Glas aus der Hand nahm und in die Küche brachte. Ich war eingeschlafen. Ich merkte auch nicht, wie sie das Haus verließ, um ihren Laden für den Abend zu öffnen und wie sie nachts zurück kam und sich zu mir ins Bett legte. Ich schlief wie ein Stein. Die letzten Tage forderten ihren Tribut.

Erst gegen Morgen begann ich von brennenden Autos zu träumen, aus denen ich nicht rechtzeitig herauskam und lebendig geröstet wurde. Marika erwachte davon, daß ich mich stöhnend von einer Seite auf die andere warf und kuschelte sich an meinen Rücken. Das machte mich wach und ich drehte mich um.

„Guten Abend!"

„Guten Morgen! Du hast über fünfzehn Stunden geschlafen. Wie geht es dir?"

„Es tut mir zwar immer noch alles weh, aber ich könnte Bäume ausreißen."

„Wie wäre es statt dessen mit einpflanzen?"

„Wenn ich mich dabei nicht überanstrenge."

„Ach was, laß mich nur machen."

Nun brachte nicht ich Marika zum Jubeln, sondern sie mich. Ich hatte fast vergessen, wie herrlich es war, mit ihr zusammenzusein. Stelios hatte recht, ich war zu beneiden!

Dann lagen wir eng beieinander und sahen den ersten Sonnenstrahlen zu, die durch das Fenster herein brachen.

„Marika, du bist einfach göttlich. Nie mehr will ich eine andere Frau neben dir haben."

„Was heißt nie mehr. Hattest du etwa andere Frauen neben mir? Oder nur vor mir?"

„Wenn ich es ganz genau nehme, weder noch. Vielleicht sollte ich es lieber anstelle und aushilfsweise nennen."

„Was soll das heißen, Jak?"

„Na, ich bin auch nur ein schwacher Mann. Und du vernachlässigst mich ganz erheblich!"

„Und du springst dann gleich ins erste beste Bett?"

„Das erste war es nicht, und das beste ist sowieso deins. Es ist auch egal."

Sie löste sich aus meinen Armen und setzte sich auf. Die Decke rutschte ihr über die Schultern und entblößte den schönsten Busen, den ich je gesehen oder gefühlt hatte.

„Mmmh, hübscher Anblick."

„Jak, verdammt noch mal, du willst ablenken. Mir ist es aber nicht egal, ob du es mit anderen Frauen getrieben hast! Und ich will es jetzt genau wissen!"

„Da war nichts Besonderes, agapi mou! Und außerdem weiß ich nicht, woher du das Recht nimmst, dich aufzuregen. Ich bin schließlich alles andere als der einzige Mann in deinem Bett!"

„Moment! In meinem Bett magst du vielleicht nicht der einzige sein. Aber in meinem Herzen bist du es ganz sicher. Und ich kann das sehr gut unterscheiden. Bei dir bin ich mir da nicht so sicher."

„Ach Marika! Mache ich dir etwa eine Szene, weil du dich fast täglich von anderen Männern vernaschen läßt? Meinst du nicht, daß mich das rasend eifersüchtig macht? Ich kann es kaum ertragen."

„Aber damit verdiene ich das Geld, mein Lieber, das auch du immer wieder zum Leben brauchst. Warum verdienst du nicht mal zur Abwechslung richtig gut, dann höre ich damit lieber heute auf als morgen. Aber du meinst ja, dich in der brotlosen Kunst des Detektivspielens versuchen zu müssen, und ohne mich hättest du nicht einmal trocken Brot zu essen."

„Das stimmt doch nicht. Für mein Essen sorgt Stelios, und für mein Trinken auch."

„Na, vielleicht fragst du ihn mal, ob er nicht auch noch für deine sexuellen Bedürfnisse sorgen will."

„Um Gottes Willen!"

„Siehst du! Also überlaß bitte mir, wie ich unser Geld verdiene. Das ist etwas ganz anderes, als wenn du fremdgehst."

„Und wenn ich damit auch Geld verdienen würde?"

„Jak, mach dich doch nicht lächerlich. Wer soll dich dafür schon bezahlen? Übrigens, mich bezahlt auch niemand, ich erhalte immer nur großzügige Geschenke."

„In bar!"

„Wie denn sonst? Was sollte ich mit all dem Schmuck, den Blumen und den Pralinen oder was euch Männern sonst so einfällt."

„Ja, Marika, um des lieben Friedens willen, laß uns das Thema wechseln."

Sie war einverstanden.

Drei Stunden später war sie endgültig versöhnt und machte uns ein herrliches Frühstück. Auch darin war sie unschlagbar. Zwar gab es keine Eier mit Speck, aber dafür stand bei Marika neben dem Käse immer der Raki auf dem Tisch. Nicht daß sie trank, sie kannte nur meine Gewohnheiten.

Nach einer Weile lehnte sie sich zurück.

„Jak, ich habe noch einmal über alles nachgedacht, was du mir gestern über deinen Fall erzählt hast. Wieso bist du eigentlich so sicher, daß Serafis seinen Vater ermordet hat?"

„Es spricht alles dafür."

„Aber hat er nicht noch zwei Brüder, die genauso am Erbe beteiligt sind und also auch Grund genug gehabt hätten, ihn umzubringen?"

„Ja schon, aber erstens ist der eine Bruder spurlos verschwunden, so daß ich ihn noch nicht befragen konnte, und zweitens würde seine Frau nicht den besten Detektiv von Agia Galini mit der Aufklärung des Mordfalles beauftragen, wenn ihr Mann der Mörder wäre oder gewesen sein könnte."

„Das mit dem besten Detektiv lassen wir besser beiseite. Aber langsam dämmert es mir. Könnte es sein, daß du dieser Despina nur auf die Titten geschaut und dabei das Denken vergessen hast? War sie diejenige welche?"

„Das tut nichts zur Sache, jedenfalls ist sie meine Auftraggeberin. Aber du hast natürlich recht. Wenn ich Mathaeos irgendwann begegnen sollte, werde ich ihn selbstverständlich überprüfen, ob er was mit dem Mord zu tun hat. Und der dritte Bruder lebt in Athen."

„Und war natürlich nicht hier, als der Mord passierte. Hast du ihn danach gefragt?"

„Marikaschatz, willst du mir beibringen, wie ich meine Arbeit mache? Natürlich habe ich ihn gefragt, und er hat ausgesagt, nicht hier gewesen zu sein."

Sie schwieg eine Weile und schien nachzudenken. Dann gab sie sich einen Ruck.

„Und wie sieht der dritte Bruder aus?"

„Das ist ein kleiner rundlicher, ziemlich unscheinbarer Typ."

„Du hast nicht zufällig ein Foto von ihm?"

„Doch, hab' ich, und nicht nur zufällig."

Ich kramte in meiner Jackentasche und zeigte ihr das Bild von Achilleas im Kreise seiner Lieben.

„Verdammt, ich habe es geahnt!"

„Was hast du geahnt?"

„Jak, versprichst du mir, daß du kein Theater machst?"

„Wieso sollte ich Theater machen?"

„Weil ich dir etwas erzählen muß. Nenn es meinetwegen beichten. Also ... ich kenne diesen Mann."

„Das ist nicht möglich!"

„Das ist leider doch möglich."

„Und woher kennst du ihn?"

„Weil er hier war."

„Was heißt hier? In Agia Galini?"

„Nein, ich meine, hier im Haus!"

Ich sprang so heftig auf, daß mein Stuhl nach hinten umkippte.

„Willst du mich auf den Arm nehmen?"

„Nein, Jak, es ist wahr. Dieser Mann war vor einigen Tagen bei mir. Etwa um die Zeit, als der alte Rousakis ermordet wurde."

„Hast du etwa ...?"

„Wenn du es unbedingt wissen willst, ja!"

„Marika, du bist ja völlig ..., das ist die absolute Höhe, ich ..."

„Jak, reg dich wieder ab. Was passiert ist, ist passiert. Und mit wem ich ins Bett gehe, kann dir doch eigentlich egal sein."

„Es ist mir aber nicht egal. Wenn ich daran denke, daß mir dieser Bastard vorgestern erst selbstgefällig und schmierig grinsend erzählt hat, er hätte Mittel und Wege, sich seine Befriedigung außerhalb der Ehe zu verschaffen, und wenn ich gewußt hätte, daß er damit dich meint, dann hätte ich ihm mit Sicherheit ein paar in die Fresse geschlagen."

„Er hat vermutlich auch nicht mich gemeint. Jedenfalls nicht nur mich. Ich hatte nicht den Eindruck, daß es für ihn ein vollkommen neues Erlebnis war ..."

„Verschone mich bitte mit den Einzelheiten! Ich bin ohnehin schon wütend genug. Wann genau war er bei dir? Und wie bist du gerade jetzt darauf gekommen, daß dieser Scheißkerl einer der Rousakis-Brüder ist?"

„Ich kam auf die Idee, als du sagtest, daß er in Athen lebt. Das hat er mir nämlich auch erzählt, und daß seine Familie aus Agia Galini stammt. Aber es ist mehr ein Zufall."

„Wenn ich den erwische, bringe ich ihn um!"

„Meinst du nicht, das wäre etwas übertrieben? Jak, bitte reg dich wieder ab. Es tut mir ja leid, aber wäre es dir lieber gewesen, ich hätte es dir nicht gesagt? Es ist doch wichtig für deinen Fall, oder nicht?"

„Natürlich ist das wichtig! Aber hätte mir nicht irgendeine andere Frau erzählen können, daß der Kerl zur Tatzeit in Agia Galini und mit ihr im Bett war? Mußtest ausgerechnet du das sein?"

„Na, du sagst doch immer, ich sei die beste Frau an der gesamten Südküste."

„Das stimmt ja auch. Aber trotzdem muß ich sowas erst einmal verdauen. Ich gehe jetzt in mein Büro und werde mich vollaufen lassen."

Ich würdigte sie keines Blickes mehr und stürmte zur Tür. Ihre Stimme hielt mich auf.

„Jak?"

„Was ist denn noch?"

„Jak, wenn du möchtest, ich meine, wenn es wichtig für dich ist, dann komm doch heute abend wieder. Du hast ja recht, ich sollte mich mal eine Weile ausschließlich dir widmen."

„Nicht mal eine Weile, du solltest dich immer nur mir widmen. Aber bald, das schwöre ich dir, verdiene ich so viel Geld, daß ich dir verbieten werde, auf diese Art und Weise für unseren Lebensunterhalt zu sorgen. Und dann werden wir heiraten!"

„Das ist sehr lieb von dir, Jak, aber ich fürchte, es wird noch eine Weile dauern, bis wir so weit sind. Aber abgesehen davon, war das ein Antrag?"

„Was für ein Antrag?"

„Das mit dem Heiraten."

„Im Prinzip schon."

„Der Tag wird kommen, an dem ich deinen Antrag annehme!"

„Dein Wort in Gottes Ohr."

„Aber jetzt löse erst mal deinen Fall! Du wolltest doch Geld verdienen!"

Warum mußte sie bloß immer das letzte Wort haben?

20

Auf dem Weg zu meinem Büro traf ich Tassos und beauftragte ihn, zwei Flaschen Raki zu besorgen. Ich war noch immer so wütend, daß ich meine Ankündigung, mich zu betrinken, ohne Gnade in die Tat umsetzen wollte.

Warum mußte Marika ausgerechnet mit diesem Kotzbrocken ihr Geld verdienen? Warum war er gerade an sie geraten? Andererseits kam mir der Gedanke, daß ich eigentlich ganz zufrieden sein könnte, daß es ausgerechnet Marika war und keine andere Frau. Wie sonst hätte sich Achilleas' nicht vorhandenes Alibi so plötzlich in Luft auflösen können? Hatte ich also gar keinen Grund, wütend zu sein und mich zu betrinken?

Na ja, für Raki gab es immer einen Grund. Aber vielleicht sollte ich in meiner Wut auch auf das Wohl des Kollegen Zufall trinken?

Ich schloß gerade die Tür meines Büros auf, als gegenüber Stefanos aus seinem Kafenio trat.

„Hallo, Jak. Gut, daß du dich auch mal wieder sehen läßt. Du hast Besuch gehabt."

„Ach ja? Ich wußte gar nicht, daß ich plötzlich so begehrt bin. Wer war denn da?"

„Zum einen Jorgos, der Bulle. In aller Herrgottsfrühe! Er läßt dir ausrichten, der Inspektor will dich sprechen. Und dann war da noch ein Fremder. Von dem soll ich dir sagen, daß er heute nachmittag wiederkommt."

„Wie sah der aus?"

„Klein und dick, ansonsten ganz normal, was man von dir nicht gerade sagen kann. Hat dich deine Liebste so zugerichtet?"

„Stefanos, du warst schon witziger. Du bist anscheinend der einzige in Agia Galini, der nicht mitbekommen hat, daß der große Jak Anatolis diverse Probleme im Straßenverkehr hatte."

„Ja, ja, ich weiß schon. Du hast ein paar Mal den Asphalt geküsst, und Stelios hat sicherheitshalber seinen BMW weggeschlossen."

„Na, dann weißt du doch schon eine Menge."

„Sicher, Stelios' Leute haben laut genug geschimpft, als ich heute morgen am Hafen bei ihnen Fisch kaufen wollte. Sie müssen jetzt alles zu Fuß erledigen, weil der Jeep platt ist."

„Was Stelios Leute sagen, ist nicht mein Problem. Wenn mich jemand suchen sollte, ich bin bei der Polizei. Falls nötig, kannst du Tassos zu mir schicken. Er wird übrigens gleich etwas für mich zu trinken bringen, stell es doch bitte bei dir in den Kühlschrank."

„Mir wäre es lieber, du würdest deinen Stoff bei mir kaufen."

„Bei deinen Preisen kann ich gleich in die Apotheke gehen. So gut gehen meine Geschäfte auch wieder nicht."

„Was nicht ist, kann ja noch werden."

Ich schlenderte durch die Gassen hinunter zum Hafen. Die Behandlung des Arztes in Timbaki und Marikas Pflege trugen schneller zu meiner Genesung bei, als ich es gestern erwartet hatte. Ich konnte mich wieder fast ohne Einschränkungen bewegen, und der minimal vorhandene Schmerz brachte mich nicht um. Mal sehen, was der Inspektor von mir will. Vielleicht hat er Informationen für mich, um sich zu revanchieren.

Ich stieg die Stufen zur Polizeistation hinauf und trat ohne anzuklopfen ein.

Thanassis saß zeitunglesend an seinem Schreibtisch.

„Hallo Jak, was führt dich in unsere arme Hütte?"

„Der Kugelblitz wollte mich sprechen."

„Vorsicht, er ist nebenan."

„Und er hat es gehört!"

Die massige Gestalt des Inspektors erschien in der Tür zum Nebenraum.

„Herr Anatolis, Ihr seltsamer Humor ist mir nicht mehr unbekannt. Ich weise trotzdem darauf hin, daß ich auf den schönen Namen Andreadis höre. Außerdem werde ich in der Regel mit Herr Inspektor angeredet. Das haben diese beiden Pfeifen, die hier die Polizei verkörpern, inzwischen begriffen, und ich hoffe, auch Sie sind lernfähig."

„Verzeihen Sie, Euer Eminenz, ich werde mich bessern!"

„Das tut auch not. Kommen Sie zu mir herein!"

Ich setzte mich auf den angebotenen Stuhl vor seinem Schreibtisch. Der Inspektor hatte sich im hinteren Büro so eingerichtet, als wolle er für immer hierbleiben. Neben dem Fenster standen ein Fernseher und ein Radio, gegenüber auf einem Tisch etliche Flaschen und Raviolidosen und an der hinteren Wand gab es ein durchgelegenes Sofa mit einer unordentlich zusammengelegten Decke und einem schmuddeligen Kissen.

„Hübsch häßlich haben Sie es hier. Ich bewundere die Bedürfnislosigkeit der Polizei. Aber schließlich muß sie mit dem Bißchen an Steuergeldern auskommen, das unsereins zahlt."

„Wenn Sie Witze reißen wollen, können Sie gleich wieder gehen. Ansonsten würde ich Sie – sozusagen als Revanche – über den Stand meiner Ermittlungen informieren."

„Nur zu, ich lausche gespannt."

„Ich war gestern in Mires bei der O.E.T.S.K.. Der dortige Büroleiter, Herr Menelaos Kastritsas, bestätigte die Verkaufsverhandlungen über diverse Grundstücke des verstorbenen Herrn Rousakis. Dessen Söhne scheinen tatsächlich keine Zeit verlieren zu wollen. Angeblich gibt es bei ihm aber keine Unterlagen über abgeschlossene Verkäufe mehr."

„Das hat er mir auch schon weismachen wollen."

„Wie dem auch sei, ohne Durchsuchungsbefehl kann ich nicht viel machen. Ich habe sicherheitshalber einen in Iraklion angefordert. Vor morgen früh wird damit aber sicherlich nichts. In meiner grenzenlosen Großmut wäre ich damit einverstanden, wenn Sie an der Durchsuchung teilnehmen wollen."

„Euer Extravaganz, es wird mir ein Vergnügen sein! Aber glauben Sie wirklich, wir finden dort etwas, was uns weiterhilft? Dieser Kastritsas ist aalglatt, der hebt belastendes Material bestimmt nicht in seinem Büro auf."

„Da gebe ich Ihnen recht, Aber vielleicht kann er nicht unterscheiden, welches Material ihn belasten könnte."

„Können wir das denn?"

„Das will ich doch hoffen."

„Und was sagt er zu meinen Unfällen?"

„Von dem zweiten hat er angeblich noch nichts gehört. Er läßt Ihnen übrigens sein Mitgefühl angesichts Ihrer Pechsträhne ausrichten. Und er erwähnte noch, daß Kreta bekanntermaßen ein verdammt gefährliches Pflaster für jemanden sein kann, der sich zu weit aus dem Fenster lehnt. Gleichzeitig bestand er vehement darauf, daß seine Gesellschaft absolut nichts mit den Anschlägen auf Sie zu tun hat."

„Auf ein spontanes Geständnis hätte ich auch nicht gewettet. Haben Sie seine beiden Gorillas dort angetroffen?"

„Ja, die waren da, falls sie den blonden Franzosen und den Spanier mit dem Pferdeschwanz meinen. Angeblich sind sie normale Büroangestellte. Aber ich muß Ihnen beipflichten, sie wirken nicht gerade wie Leute, die viel am Schreibtisch sitzen."

„Ich bezweifle sogar, daß die beiden überhaupt schreiben können. Und der Spanier kann vermutlich noch nicht einmal sprechen, sondern nur grunzen."

„Das kann ich nicht beurteilen, denn er hat keinen Ton gesagt."

„Sehen Sie!"

„Jedenfalls ist die O.E.T.S.K. sauber und korrekt wie alle ihre Geschäfte, wenn man Herrn Kastritsas hört. Zudem hat er noch angedeutet, daß Sie, Herr Anatolis, vermutlich unter einem gewissen Verfolgungswahn leiden. Andererseits dürfe sich jemand wie Sie, der nicht gerade feinfühlig durch die Welt laufe, nicht wundern, wenn er sich Feinde mache. Was um Himmels Willen haben Sie mit ihm angestellt?"

„Nichts weiter, ich habe ihm nur klar gemacht, daß ich ihn für einen verdammten Lügner halte. Und ich ließ ihn in dem Glauben, daß ich viel mehr weiß, als es tatsächlich der Fall ist."

„Was das betrifft, bin ich auch nicht sicher, ob Sie mir wirklich alles erzählt haben, was Sie wissen. Wie sind Sie überhaupt auf die O.E.T.S.K. gekommen?"

„Ich sagte es bereits, Herr Inspektor. Ich stellte zufällig fest, daß Serafis mit dieser Firma in Kontakt stand. Konkret habe ich gesehen, wie er sich angeregt mit den beiden Schlägertypen unterhielt, und sie wirkten vertraut wie alte Freunde!"

„Ach übrigens, mit Serafis habe ich auch gesprochen. Er kam gerade von der Feldarbeit, als ich bei ihm zu Hause war. Er bestätigte die Verkäufe, behauptete aber, er habe das mit seinen Brüdern vorher telefonisch abgesprochen."

„Hatte er von ihnen eine schriftliche Vollmacht?"

„Davon hat er nichts gesagt. Warum fragen Sie?"

„Weil Kastritsas das behauptet hat, er will sie sogar nach Iraklion geschickt haben. Ich frage mich jedoch, wie Serafis telefonischen Kontakt mit seinem Bruder Mathaeos aufgenommen haben will, wenn der seit einiger Zeit von der Bildfläche verschwunden ist. Selbst seine Frau hat angeblich keine Ahnung, wo er sich aufhält."

„Seine Frau? Sie meinen Ihre Auftraggeberin?"

„Ja."

„Da ich von seinem Verschwinden nichts wußte, habe ich seinen Bruder natürlich auch nicht danach gefragt. Warum haben Sie mir das verschwiegen?"

„Ich hielt es nicht für wichtig genug. Außerdem glaube ich insgeheim, daß er sich ohne das Wissen seiner Frau ein paar schöne Tage macht und plötzlich genauso wieder da sein wird, wie er verschwunden ist. Solche Geschichten hört man ja öfter."

Jak, mein Junge, du lügst wie gedruckt. Für gewöhnlich bezeichnete ich so etwas nicht als Lüge, sondern als mein taktisches Verhältnis zur Wahrheit! Der Inspektor grinste plötzlich. Ich erwartete schon, daß er mich durchschaut hatte und machte mich auf einen Wutausbruch gefaßt, aber nein, er entpuppte sich als ein praktizierender Ehemann, dem eine solche Möglichkeit völlig plausibel erschien.

„Also warten wir es ab. Mein Problem ist, daß es mehrere Nutznießer des Mordes gibt, und keiner von ihnen hat ein

Alibi. Ich habe gestern den dritten Bruder, Achilleas Rousakis, in Athen angerufen, aber er ist mit unbekanntem Ziel verreist."

„Das macht er gerne, wenn man ihm glauben darf."

„Ach, Sie hatten schon das Vergnügen?"

„Ich arbeite für mein Geld, Herr Inspektor. Aber ein Vergnügen war es keineswegs. In meinen Augen ist dieser Achilleas eine ziemlich miese kleine Ratte. Er hat mir gegenüber damit geprahlt, daß er des öfteren Reisen mit unbekanntem Ziel unternimmt, um sich ein wenig Abwechslung von seiner zugegebenermaßen sehr unattraktiven Ehefrau zu verschaffen."

„Auch nach Kreta?"

„Angeblich nicht, jedenfalls weiß ich nichts anderes."

Ich mußte mich außerordentlich zusammennehmen, um nicht meiner Wut freien Lauf zu lassen und ihm alles zu erzählen, was ich von Marika über Achilleas wußte. Aber diesen Mistkerl wollte ich mir persönlich vornehmen. Es würde mir ein Vergnügen sein, zuerst sein Alibi genüßlich zu zerpflükken, ihm dann ein paar Mal kräftig auf die Fresse zu hauen und ihn schließlich der Polizei zu übergeben. Die würden mit ihren Methoden schon herausbekommen, warum er sich ausgerechnet zur Mordzeit in Agia Galini aufgehalten hatte.

Also versuchte ich, ein völlig unbeteiligtes Gesicht zu machen, so schwer es mir auch fiel.

„Hat Ihnen Herr Achilleas irgend etwas getan? Ich meine, weil Sie ihn als ‚miese kleine Ratte' bezeichnen?"

„Nein, nein. Ich habe nur etwas gegen Männer, die ihre Frauen hintergehen."

Er fixierte mich irritiert.

„Ach ja? So kenne ich Sie gar nicht!"

„Das mag schon sein, manchmal kenne ich mich selbst nicht richtig."

„Wie dem auch sei. Ich empfehle Ihnen jedenfalls, mit Ihren Unternehmungen etwas vorsichtiger zu sein. Ich glaube inzwischen auch, daß hinter Ihren sogenannten Unfällen System steckt. So viele Zufälle auf einmal sind höchst unwahrscheinlich. Und außerdem haben wir wirklich in dem Wagen und an der Unfallstelle deformierte Gewehrkugeln gefunden."

„Was Sie nicht sagen?"

„Ja, unsere Spurensicherung funktioniert dann und wann sehr zufriedenstellend. Sie sollten mich zukünftig auf dem laufenden halten, wenn sich etwas Neues tut. Vielleicht können wir dann ein wenig besser auf Sie aufpassen. Sie wissen ja, aller schlechten Dinge sind drei!"

„Meinen Sie, die versuchen es nochmal?"

„Das kann ich erst ausschließen, wenn ich den Fall geklärt habe und die Schuldigen hinter Gittern sitzen."

„Wieso Sie, Herr Inspektor. Ich werde den Fall aufklären. Es reicht, wenn Sie die Schuldigen dann ins Gefängnis stekken."

„Hat Ihnen schon mal jemand gesagt, daß Sie eine elende Nervensäge sind. Die Audienz ist beendet, hauen Sie ab! Und nicht vergessen: keine Alleingänge mehr, ich habe ein Auge auf Sie!"

„Ich passe schon selbst auf mich auf."

„Ihr Schutzengel ist nicht allmächtig."

„Meine bösen Feinde aber auch nicht."

Unsere Konversation war damit beendet. Also folgte ich seinem Wunsch, verabschiedete mich und kehrte ohne Eile zu meinem Büro zurück.

Schon von weitem sah ich den kleinen Tassos neben der Tür zum Kafenio sitzen. Er hatte seinen Stuhl gegen die Wand gekippt und beobachtete die Straße. Als er mich kommen sah, winkte er mir verstohlen zu und zeigte auf einen Mann im grauen Anzug, der mit dem Rücken zu ihm an einem der Tische saß. Dann zeigte er nacheinander auf mich und auf seinen Mund, was wohl bedeuten sollte, daß der Besucher mich sprechen wollte. Schon wieder Kundschaft? Das Geschäft florierte! Um nicht den Eindruck zu erwecken, ich hätte es nötig, ging ich an dem Mann vorbei zu meiner Bürotür, ohne ihn überhaupt anzuschauen. Als ich aufschließen wollte, hörte ich Schritte hinter mir.

„Guten Tag, Herr Anatolis."

Ich verharrte unbeweglich, den Schlüssel wenige Zentimeter vor dem Schloß. Das war doch wohl nicht möglich! Langsam drehte ich mich um. Er war es tatsächlich!

„Herr Rousakis? Was machen Sie in Agia Galini? Wollen Sie zu mir?"

Achilleas Rousakis trat von einem Bein auf das andere, als plage ihn ein dringendes Bedürfnis.

„Ja, ich muß dringend mit Ihnen sprechen."

„Das beruht absolut auf Gegenseitigkeit. Kommen Sie herein. Tassos, bring mir meine Flaschen und zwei Gläser." Tassos sprang auf und eilte ins Kafenio. Noch bevor mein Besucher und ich im Büro platzgenommen hatten, brachte er das Gewünschte.

„Ich habe es notiert!"

„Gut, und ich möchte nicht gestört werden."

„Ist in Ordnung, Jak."

Er schloß die Tür meines Büros von draußen.

Nun wandte ich meine ganze Aufmerksamkeit Achilleas Rousakis zu. Er schwitzte heftig. Mein Büro war im Gegensatz zur Eingangshalle der Evzon-Oil in Athen auch nicht klimatisiert. Außerdem war er hier auf meinem Terrain, und das spürte er wohl. Ich betrachtete ihn eine ganze Weile schweigend, dann goß ich die beiden Gläser randvoll, stürzte meins in einem Zug hinunter und goß nach. Er rührte sich nicht.

„Warum trinken Sie nicht?"

„Es ist noch zu früh für mich."

„Es ist selten zu früh ... und nie zu spät."

Er schaute mich unsicher an, dann nahm er sein Glas und nippte daran.

„Ein kräftiger Tropfen!"

„Anatolis-Spezialraki. Gibt es nur auf Kreta. Aber kommen wir zur Sache. Was wollen Sie von mir?"

„Ich möchte Sie engagieren."

„Sie wollen was?"

„Ich möchte Sie engagieren. Ich habe bei Ihrem Besuch in Athen etwas verschwiegen, weil ich befürchtete, es könnte mich in Ihren Augen noch mehr belasten, als ich das offensichtlich schon bin. Sonst hätten Sie mich nicht nach einem Alibi gefragt."

„Das Sie nicht haben."

„Das ich nicht habe!"

„Also, worum geht es?"

„Ich werde erpreßt. Wissen Sie, ich lebe in einer sehr konservativen Familie."

„Das ist mir bekannt."

„Daher wäre es ausgesprochen schlecht, wenn gewisse Dinge aus meinem Leben publik würden."

„Ihre kleinen Abenteuer am Rande der Straße?"

„Nein, davon spreche ich nicht. Ich rede von meiner Vergangenheit."

„Und in Rätseln. Versuchen Sie es noch einmal von vorne. Bei dieser Gelegenheit, mein Tagessatz beträgt 30.000 Drachmen zuzüglich Spesen." Eigentlich hatte ich „inklusive Schmerzensgeld" sagen wollen, aber zum Glück war ich Profi genug, meine Wut zurückzuhalten. Er griff in die Tasche und legte fünf 10.000 Drachmen-Scheine auf den Tisch.

„Das ist kein Problem. Hier ist schon mal ein Vorschuß."

„Dann erzählen Sie."

„Sie wissen ja, daß ich früher zur See fuhr. Als Kapitän eines großen Tankers kommt man ziemlich herum. In jeder Hinsicht. So ein paar goldene Streifen auf den Ärmeln einer maßgeschneiderten Uniform machen eben reichlich was her. Ich war schon damals kein Kind von Traurigkeit, und so hatte ich in einigen Hafenstädten eine Braut. Ein schönes Leben, bis es dann gründlich schiefging."

„Sie hatten Ihr Schiff auf Grund gesetzt."

„Ja, aber das war später. Ich hatte zwei Frauen geschwängert und das erst erfahren, als die Kinder schon geboren waren. Ich bin also zweifacher unehelicher Vater, verstehen Sie."

„Und was ist daran so schlimm?"

„Erstens macht mich das, falls es herauskommt, völlig indiskutabel für die gestrenge Familie Kolokotronis. Und zweitens brauche ich zur Deckung meiner Verpflichtungen für die Kinder Geld."

„Das heißt?"

„Ich habe meinen Schwiegereltern Geld, na ja, nennen wir es vorenthalten. Und wenn das herauskäme, wäre ich nicht nur von heute auf morgen geschieden, sondern ebenso schnell im Gefängnis. Diese Familie versteht absolut keinen Spaß."

„Ja, besonders humorvoll kamen sie mir auch nicht vor. Und wie Sie schon sagten, dabei kenne ich noch nicht einmal Ihren Herrn Schwiegervater."

„Eben! Bis vor einigen Wochen ging alles gut. Niemand hatte etwas bemerkt, und es war auch nicht zu befürchten, daß die beiden Frauen zusätzliche Forderungen stellen würden, da ich einen dicken Batzen pauschal bezahlt hatte. Aber dann erhielt ich einen anonymen Brief. Darin teilte mir der unbekannte Absender mit, daß ihm die Namen und die Adressen der beiden Mütter meiner Kinder bekannt seien, und wenn ich nicht wolle, daß er das publik mache, hätte ich eine erhebliche Geldsumme an einem mir noch genannt werdenden Platz zu hinterlegen."

„Entzückend! Und um welche Summe handelt es sich?"

„Zehn Millionen Drachmen."

„Wow! Das ist kein Trinkgeld."

„Nein, weiß Gott nicht. Und eine solche Summe kann ich schwerlich bei meinen Schwiegereltern abzweigen, ohne daß es auffällt."

„Und was soll ich jetzt für Sie tun?"

„Sie sollen herausfinden, wer der Erpresser ist."

„Eine Frage: Überlegen Sie zu zahlen? Weil, dann wäre ich gar nicht nötig."

„Selbst wenn ich wollte, könnte ich es nicht, da ich nicht so viel Geld habe!"

„Aber Sie bekommen doch jetzt unverhofft durch den plötzlichen Tod ihres Vaters eine größere Summe. Sind Sie deshalb neulich auf Kreta gewesen?"

„Wann ... neulich? Ich war schon einige Jahre nicht mehr hier!"

„Herr Rousakis, ich scheine möglicherweise in Ihren Augen ein wenig beschränkt zu sein, aber das täuscht. Ich weiß zufällig schmerzhaft genau, daß Sie noch vor nicht einmal zwei Wochen nicht nur auf Kreta, sondern auch in Agia Galini waren."

„Das ist doch Unfug. Der Erpresserbrief wurde zwar hier abgestempelt, aber deswegen fahre ich doch nicht nach Kreta."

„Ich rede nicht von dem Erpresserbrief. Ich muß es mir noch sehr überlegen, ob ich Ihren Auftrag annehme, da ich den Verdacht nicht loswerde, daß an Ihrem Honorar das Blut Ihres Vaters klebt!"

„Verdammt, wie kommen Sie darauf? Ich bin ausschließlich deshalb hier, um Ihnen reinen Wein einzuschenken und Sie um Ihre Hilfe zu bitten. Ich hatte schon befürchtet, daß mich das in Ihren Augen noch verdächtiger machen könnte ..."

„Nicht nur Ihr so genannter reiner Wein macht Sie verdächtiger! Vor allem anderen weiß ich nun einmal definitiv, daß Sie genau zu jener Zeit hier waren, als Ihr Vater ermordet wurde."

„Das ist nicht wahr! Woher wollen Sie das wissen?"

„Sie waren hier, weil es Ihnen nicht um ein besseres Leben ging, sondern um das Überleben in Freiheit. Sie haben es doch gerade drastisch beschrieben, wie die Familie Kolokotronis reagieren würde, wenn Sie den oder die Erpresser nicht bezahlen und Ihr scheiß Vorleben bekannt wird. Und bei einem Skandal könnte man auch leicht Ihre früheren Unterschlagungen entdecken."

„So extrem dürfen Sie das nicht sehen."

„Ach was, halten Sie den Mund und lassen Sie mich ausreden! Sie waren also hier und haben Ihren Vater um Geld gebeten, das er wahrscheinlich nicht hatte. Dann haben Sie ihn angefleht, wenigstens auf die Schnelle ein paar Grundstücke zu verkaufen, um Geld flüssig zu machen. Und als er sich weigerte, haben Sie für andere Besitzverhältnisse gesorgt, indem Sie ihm eine Ladung Schrot verpaßt haben!"

„Das ist doch hanebüchen, was Sie da verzapfen! Ich war zur fraglichen Zeit überhaupt nicht auf Kreta!"

„Und ob, sie waren sogar in Agia Galini und dummerweise dazu auch noch im Bett meiner Freundin. Sie sind also nicht nur gesehen worden ..."

„Ihre Freundin, sagen Sie? Das war irgend eine kleine Nutte! Ich habe sie dafür gut bezahlt."

Mein Schlag kam ansatzlos quer über den Schreibtisch. Da er nicht damit gerechnet hatte, traf ich voll ins Schwarze. Meine Wut verlieh dem Schlag eine zusätzliche Wucht, so daß er mit seinem Stuhl hintenüberkippte, gegen die Wand schlug und zusammensackte. Ich ließ ihm erst gar nicht die Chance, sich wieder aufzurappeln, sondern sprang blitzschnell um den Schreibtisch herum auf ihn zu und trat ihm kräftig mehrfach in die Rippen. Er schrie auf.

„Du alte Drecksau! Diese Frau ist keine Nutte, kapierst du das? Ich breche dir sämtliche Knochen, wenn du nicht sofort sagst, daß es dir leid tut."

Als er statt zu antworten nur stöhnte, trat ich ihm mit dem Absatz meines Schuhs und meinem ganzen Körpergewicht auf die Hand, so daß es laut und deutlich knirschte. Sein schmerzerfüllter Schrei ging in Wimmern über.

„Sie Schwein, Sie haben mir die Hand gebrochen!"

„Ich breche dir noch einiges andere, wenn du nicht endlich sagst, daß meine Freundin keine Nutte ist. Du wirst einen Rechner brauchen, um die Anzahl deiner Brüche zu addieren! Also, was ist?"

„Ja, schon gut ... Ihre Freundin ist ... keine Nutte."

„Sag: Natürlich ist sie keine Nutte! Ich habe mich geirrt!"

„Natürlich ist sie ... keine Nutte. Ich habe mich geirrt!"

„So ist es schon besser. Und jetzt heb den Arsch hoch und setz dich wieder hin!"

Ich ging um den Schreibtisch herum zurück und schaute ihm genüßlich zu, wie er sich ächzend an der Schreibtischkante hochzog und schwankend versuchte, den umgestürzten Stuhl wieder hinzustellen. Nach einigen Versuchen gelang es ihm endlich und er sackte auf dem Stuhl zusammen.

„Sind Sie plötzlich verrückt geworden?"

„Nicht im geringsten. Nur weiß ich, daß Sie mich belogen und meine Freundin gevögelt haben. Und beides macht mich sehr aggressiv! Sie können von Glück sagen, daß ich mich beherrschen kann."

„Das nennen Sie beherrschen?"

„Oh ja, mein Lieber. Wenn ich die Beherrschung verloren hätte, dann wäre jetzt mehr gebrochen als die eine Hand. Aber was nicht ist, kann ja noch werden, wenn Sie nicht endlich die Wahrheit sagen."

„Also gut, regen Sie sich wieder ab. Ja, ich war hier und habe mit meinem Vater gesprochen. Aber ich habe ihn nicht getötet! Und wissen Sie warum? Weil er nämlich versprochen hatte, mir das Geld zu beschaffen."

„Was Sie nicht sagen! Und warum ist er dann tot?"

„Das weiß ich auch nicht. Jedenfalls wollte er Serafis beauftragen, ein paar Grundstücke zu verkaufen und mir dann das Geld nach Athen zu schicken. Damit war ich zufrieden, verabschiedete mich und feierte mein Glück im Unglück noch ein wenig in Agia Galini."

„Ich weiß, und dafür würde ich Ihnen am liebsten gleich nochmal eine reinhauen!"

„Nun machen Sie mal halblang."

„Wann ich halblang mache, entscheide ich ganz alleine. Aber das andere Thema ist jetzt wichtiger. Ich glaube Ihnen noch immer kein Wort. Und da ich dem Inspektor aus Iraklion versprochen habe, ihn über Neuigkeiten auf dem laufenden zu halten, werden Sie mich jetzt bitte zur Polizeistation begleiten und aussagen, daß Sie sich zur Tatzeit in Agia Galini aufgehalten haben. Was Sie sonst noch sagen, überlasse ich Ihnen. Aber ich warne Sie: kein Wort über Ihren Kontakt zu Marika, sonst schaffen Sie es nicht mehr lebend bis in die Zelle. Darauf können Sie sich verlassen!"

„Oh nein, mit der Polizei will ich nichts zu tun haben."

„Das hätten Sie sich eher überlegen sollen. Wenn Sie nicht freiwillig mitkommen, dann muß ich eben ..."

Ich hatte mich hinunter gebeugt, um Stelios' Pistole aus der Schreibtischschublade zu holen. Das hätte ich besser nicht tun sollen! Etwas explodierte in meinem Hinterkopf, und ich fiel in ein tiefes dunkles Loch.

21

Mein Nacken und mein Kopf schmerzten. Ich realisierte langsam, daß ich hinter meinem Schreibtisch lag. Um meinen Kopf herum lagen die Scherben meiner Rakiflasche verteilt, zu allem Überfluß war es die volle gewesen. Der Hund hatte verdammt schnell zugeschlagen, und ich stand wie ein dummer Junge da. Ich hatte geglaubt, ihm heftig genug zugesetzt zu haben, um ihn für eine Weile ruhig zu stellen. Das war offensichtlich ein Irrtum gewesen. Achilleas Rousakis war über alle Berge. Nur die 50.000 Drachmen auf dem Tisch, die er in der Eile vergessen hatte, zeugten noch von seinem Besuch. Und mein schmerzender Kopf.

Ich setzte mich auf einen Stuhl und nahm einen kräftigen Schluck Raki aus der noch heilen halbvollen Flasche. Der scharfe Traubenschnaps vertrieb die letzten Nebel aus meinem Gehirn. Was war als nächstes zu tun? Verfolgen konnte ich den Mann nicht, da ich nicht wußte, wie und in welche Richtung er abgehauen war. Vielleicht versteckte er sich auch noch irgendwo im Ort, vielleicht saß er in einem Leihwagen und war schon kilometerweit weg. Aber auf welcher Straße?

Sollte ich zur Polizei gehen, um eine Fahndung auszulösen? Wie schnell konnte man Kreta abriegeln? Und wie gründlich? Heute abend fuhren Schiffe von Iraklion, Souda und Rethymnon ab, vielleicht auch noch aus Agios Nikolaos, Sitia und Kastelli. Außerdem kamen drei Flughäfen in Frage. Soweit die öffentlichen Verkehrsmittel. Dazu kamen diverse hochseetüchtige Privatjachten in den vielen Häfen rings um Kreta. Ich hatte keine Ahnung, über welche Beziehungen er verfügte. Und schließlich war die Insel groß genug, um sich erfolgreich eine Weile zu verstecken. Also hatte das nicht viel Zweck. Die Polizei würde mir keine Hilfe sein.

Ich trank noch einen Schluck.

Serafis sollte die Grundstücke im Auftrag seines Vaters verkaufen, hatte Achilleas behauptet. Hatte der Alte erstmals gegen seine Prinzipien verstoßen, weil sein mißratener Sohn in Not war? War daraufhin Serafis durchgedreht, weil der Frosch bei seinem Bruder schwach geworden war und ihm immer nur die kalte Schulter gezeigt hatte? Vielleicht hatte er seinen Vater erschossen, im Affekt und nicht aus Habgier? Warum hatte Serafis dann aber sofort nach dem Tod des Vaters die Grundstücke verkauft? Oder hatte Achilleas doch gelogen und war er der Mörder? Frage über Frage und keine vernünftige Antwort.

Ich musste endlich Mathaeos finden, der bisher ein unbeschriebenes Blatt war. Ich genehmigte mir noch ein bißchen Raki, der in mir erneut Rachegefühle weckte. Für Mathaeos war morgen noch Zeit, zuerst wollte ich mein persönliches Ding mit Achilleas zu Ende bringen. Ob das nun sehr professionell war oder nicht, ich beschloß ihn fertigzumachen, und ich wußte auch schon wie! Ich trank die Flasche aus und ging zu Stelios ins Hotel. Er saß wie üblich an der Rezeption.

„Hallo Jak. Was ist mit dir los? Du schwankst so."

„Merkt man das? Na ja, ist auch egal. Ich habe heute mehrere Gründe, mir einen anzusaufen. Hast du noch was da?"

„Willst du das übliche?"

„Ja, und davon eine ganze Flasche!"

Er stand auf, ging nach hinten in die Küche und kam mit einer Flasche Raki und zwei kleinen Gläsern zurück.

„Für mich ein großes Glas."

„Nimm das kleine, das kann ich öfter füllen." Er schenkte uns beiden ein und setzte sich.

„Erzähl mal."

„Marika hat mich betrogen."

„Sag bloß! Heimlich? Das wäre mal was Neues."

„Nein, unheimlich. Sie hat mit einem meiner Verdächtigen gevögelt!"

„Vielleicht wollte er noch etwas Schönes erleben, bevor du ihn ins Kittchen bringst."

„Hör auf mit diesen blöden Sprüchen! Eigentlich müßte ich sogar noch froh darüber sein, denn so habe ich zweifelsfrei erfahren, daß der Kerl zur Tatzeit hier war. Aber jetzt stell dir bitte vor: ein paar Stunden später sitzt er mir gegenüber und lügt mir frech ins Gesicht, er wäre schon Jahre nicht mehr hier gewesen."

„Dem hätte ich eine in die Schnauze gehauen!"

„Was meinst du, was ich gemacht habe? Und zwar, als er Marika auch noch eine Nutte genannt hat."

„Das ist aber wirklich ein starkes Stück!"

„Stelios, wenn du so weitermachst, beende ich für einen Moment unsere Freundschaft und haue dir auch eine rein!"

„Du wirst dir dabei aber sicher weh tun."

„Darauf kommt es auch nicht mehr an. Mir tut eh schon alles weh. Zu allem Überfluß hat mir das Schwein auch noch eine volle Flasche Raki auf den Kopf gehauen, der gute Schnaps ist hin!"

„Und das stört dich am meisten?"

„Es kommt eines zum anderen. Gib mir bitte noch was zu trinken. Wo ist dein Telefon?"

„Willst du die Polizei anrufen?"

„Nein, ich habe eine bessere Idee. Wo ist das Telefon?"

„Ich habe dich schon beim ersten Mal verstanden. Trink lieber etwas langsamer!"

„Papperlapapp. Ich bezahle dir die Flasche!"

„Das wäre das erste Mal."

Ich kramte einen 5000-Drachmen-Schein heraus und warf ihn auf den Tisch.

„Da, du blöder Hund, das ist für die Flasche und das Telefonieren."

„Hat deine Lady wieder Geld ausgespuckt?"

„Nein, das ist Geld von dem Mistkerl, der meine Flasche kaputt gemacht hat. Ist doch nur recht und billig, daß er dafür eine neue bezahlt."

Stelios wies auf das Telefon. Ich nahm den Hörer ab.

„Weißt du die Nummer der Telefonauskunft?"

„Für Kreta oder für außerhalb?"

„Außerhalb."

„132."

Ich wählte und ließ mir von der freundlichen Dame am Telefon die Nummer der Familie Kolokotronis in Athen geben. Sie hatte mehrere Familien dieses Namens eingetragen, aber wir fanden gemeinsam die richtige. Ich drückte kurz auf die Gabel des Telefons und wählte erneut.

„Jak, was hast du vor?"

„Das wirst du schon sehen. Der Kerl ist fertig."

„Jak, mach keinen Mist."

Es knackte im Hörer.

„Ja bitte, hier bei Familie Kolokotronis."

Es war das Hausmädchen.

„Mein Name ist Jak Trabakoulas."

Am anderen Ende kicherte es.

„Ehrlich?"

„Ja, ich kann nichts dafür. Ich hätte gerne Frau Kolokotroni gesprochen, die junge."

„Einen Moment, ich schaue nach, ob sie da ist."

Die Leitung wurde unterbrochen und ich hörte nur noch das Rauschen des Ägäischen Meeres zwischen Kreta und Athen. Dann knackte es wieder.

„Einen kleinen Moment bitte noch. Ich verbinde Sie mit Frau Kolokotroni."

Eine andere Frauenstimme meldete sich.

„Ja, bitte?"

„Guten Tag, Frau Kolokotroni. Ich wollte Sie wegen Ihres Mannes sprechen."

„Mein Mann ist auf Geschäftsreise."

„Ja, ja, auf einer seiner üblichen Geschäftsreisen. Wissen Sie eigentlich, um welche Geschäfte es darum geht?"

„Was wollen Sie damit sagen?"

„Ich will damit sagen, daß Sie falsch informiert sind. Wenn Ihr Mann unterwegs auf Geschäftsreise ist, dann geht nicht um irgendwelche Geschäfte, sondern um Sex, Sex und noch einmal Sex. Er holt sich das, was er bei Ihnen nicht bekommt bzw. nicht haben will. Das war ein Originalzitat Ihres Gatten Achilleas! So sieht es aus. Und was sagen Sie jetzt?"

Sie sagte erst einmal gar nichts, so daß ich munter weiter redete.

„Das hat er schon gerne gemacht, als er noch nicht Ihr Mann war und mit dem Tanker um die Welt schipperte. Überall hat er sich vergnügt. Ein Wunder, daß er nicht mehr als zwei uneheliche Bälger hat. Aber wer weiß, vielleicht ist es bloß noch nicht herausgekommen."

„Was reden Sie denn da für einen Unsinn!"

„Das hört sich nicht gut an, nicht wahr. Aber es ist nichts als die reine Wahrheit. Sie wissen das bloß nicht. Sie wissen auch nicht, daß Ihr geliebter Achilleas Geld Ihrer Familie unterschlagen hat, um die Mütter samt ihren Kindern zu versorgen. Und dann hat irgend ein schlaues Kerlchen Wind davon bekommen und wollte die Kuh Achilleas melken. Daraufhin mußte der Vater der Kuh daran glauben."

„Von welcher Kuh reden Sie?"

„Von Ihrem Mann, der vermutlich seinen Vater auf dem Gewissen hat. Aber vielleicht waren eher Sie die dumme Kuh, die all die Jahre nichts von seinem verbrecherischen Doppelleben wußte. Erst vor knapp zwei Wochen war er auf Kreta und hat Sie wieder mal betrogen."

„Das ist nicht wahr!"

„Und ob, und ich kann es beweisen."

„Sind Sie betrunken?"

„Vielleicht, meine Dame. Aber das ändert nichts daran, daß ich sehr wohl weiß, wovon ich rede. Ihr Achilleas wird nicht wenige Jahre hinter Gitter wandern. Stellen Sie sich die Schlagzeilen in den Boulevardzeitungen vor: ‚Schwiegersohn der hochwohllöblichen Familie Kolokotronis ein Dieb und Mörder!' oder ‚Nichts los im Ehebett, dafür bei andren Frauen nett!' Und so weiter und so weiter. Welche Schande für die Familie und welche Schande für Sie. Ich würde mich umbringen. Oder besser vielleicht ihn! Wenn ich ihn kriegen würde! Einen schönen Tag wünsche ich noch! Sto kalo!"

Ich legte auf. Stelios sah mich entgeistert an.

„Jak, wenn du nicht mein Freund wärst, würde ich sagen, du bist ein richtiges Schwein. Wie kannst du so etwas machen?"

„Es war ganz einfach. Wenn ich die Drecksau schon nicht selbst fertig machen kann, und ich war nahe dran, dann mache ich ihm eben anderweitig das Leben zur Hölle."

„Jak, das hat keinen Charakter, das ist nicht dein Stil."

„Ich verzichte dankend auf alle Hinweise bezüglich meines Charakters. Ich bin nichts weiter als ein schäbiger Schnüffler, der sich bei seinem besten Freund durchschnorren muß, und dessen Freundin eine Nutte ist. Erzähl mir bitte nichts über Charakter!"

„Jak, du hast ein bißchen zu viel getrunken."

„Na und? Das habe ich mir auch verdient. Ich habe in den letzten Tagen so viel auf die Ohren bekommen, ich habe die Schnauze voll. Ich will mich heute nur noch besaufen. Mach die Gläser wieder voll!"

„Das ist dann aber der letzte. Du solltest dich dann besser etwas hinlegen."

„Hör mal, es ist erst Nachmittag. Viel zu früh, um ins Bett zu gehen, und die beste Zeit zum trinken! Außerdem geht es dem Charakterschwein Jak Anatolis jetzt wieder viel besser."

Stelios seufzte, stellte die Flasche beiseite, warf mich trotz meiner Proteste über die Schulter, trug mich mühelos in den ersten Stock, öffnete mit der freien Hand eine Tür und warf mich auf ein Bett.

„So, du altes Charakterschwein. Hier kannst du deinen verdammten Rausch ausschlafen, und wenn du wieder nüchtern bist, reden wir weiter. Ich sage Marika Bescheid, daß sie dich nach der Arbeit abholt. Und jetzt will ich nichts mehr hören!"

Er schloß die Tür und ich folgsam die Augen ...

22

Achilleas Rousakis ging eilig durch die engen Altstadtgassen von Rethymnon in Richtung Hafen. Er mußte Kreta schleunigst verlassen. Dieser verdammte Schnüffler war ihm auf den Fersen, und wenn der die Polizei alarmiert hatte, war er auf der Insel nicht mehr sicher. Auf dem Festland konnte er ohne Mühe für eine Weile untertauchen. Er würde rechtzeitig zur Abfahrt der Fähre nach Piräus ankommen und dann spurlos verschwinden. Wenn ihm nur keiner gefolgt war. Er drehte sich um, konnte aber in dem Touristengewimmel niemanden erkennen, der sich für ihn zu interessieren schien. Alle hatten nur Augen für die bunten Auslagen der Geschäfte, die um diese Tageszeit die besten Umsätze machten. Warum sollte man ihn auch ausgerechnet in Rethymnon suchen?

Zu seinem Unglück bemerkte Achilleas Rousakis nicht, daß er von der vor ihm liegenden Straßenecke aus beobachtet wurde. Sie hatten ihn schon seit über einer Stunde gesucht.

„Da ist er! Ein Glück, daß wir angerufen worden sind. Jetzt brauchen wir nur noch den richtigen Ort und die passende Zeit abzuwarten. Los, weiter!"

Achilleas erreichte den Hafen. Am Anleger der Fähre herrschte emsiges Treiben. Autos fuhren an Bord, Kisten wurden hineingetragen. Achilleas nahm die Treppe für die Passagiere und erstand im Schiff einen Fahrschein dritter Klasse, denn die Kabinenplätze waren bereits ausverkauft. Er konnte froh sein, daß er überhaupt einen Platz bekommen hatte. Erleichtert stieg er auf das Oberdeck und lehnte sich dort an die Reling. Von hier aus überblickte er den gesamten Kai, aber er sah noch immer nichts Verdächtiges. Nach der Pechsträhne der letzten Tage hatte er diesmal Glück gehabt. Wie hatte er auch ahnen können, daß sich diese Nutte an ihn erinnerte und ihrem Schnüfflerfreund davon erzählen würde. Und dann lief er auch noch wie ein Dummkopf in die Höhle des Löwen!

Aber das war jetzt ausgestanden, er war so gut wie über alle Berge und konnte sich in Ruhe um sein Alibi kümmern: Achilleas Rousakis war im vergangenen Jahr nicht auf Kreta gewesen! Dafür würde er jede Menge Zeugen auftreiben, und wer würde dann einer Nutte glauben?

Achilleas war sich seiner Sache wieder ganz sicher und so arglos, daß er am Schluß nicht verstand, welch tödliche Katastrophe über ihn hereinbrach. Ein Alibi war nicht mehr von Bedeutung.

23

Ich erwachte mit fürchterlichen Kopfschmerzen. Der Schlag von Achilleas und die Unmenge an Raki waren zu viel gewesen. Im Zimmer war es stockdunkel. Es brauchte eine Weile, bis ich registrierte, wo ich mich befand. Mühsam knipste ich die Nachttischlampe an. Ihr grelles Licht verstärkte meine Kopfschmerzen noch, so daß ich sie gleich wieder ausmachte und mich vorsichtig zur Tür tastete. Der Flur war in das Dämmerlicht der Nachtbeleuchtung getaucht, die Uhr am Ende des Ganges zeigte Viertel nach vier. Da es draußen dunkel war, mußte es tiefe Nacht sein. Ich zollte meinen grauen Zellen Respekt, daß sie schon wieder so weit arbeiteten, um solche fundamentalen Zusammenhänge zu begreifen. Ich tapste die Treppe hinunter und fand Stelios schlafend auf dem Sofa in der Rezeption. Meine Schritte hatten ihn geweckt, und er richtete sich schlaftrunken auf.

„Ach, du bist es, Jak. Bist du wieder unter den Lebenden?"

„Nur bedingt ..."

„Das kann ich mir vorstellen. Hast du wenigstens gut geschlafen?"

„Ich nehme an. Ist es wirklich schon nach vier Uhr morgens?"

„Muß es wohl sein."

„Warum hast du Marika nicht Bescheid gesagt?"

„Habe ich doch, und sie war nach der Arbeit auch hier, aber du hast geschlafen wie ein Stein."

„Na gut, dann schlafe ich noch ein bißchen weiter. Weck mich bitte, wenn das Frühstück fertig ist."

Ich gähnte und wollte wieder nach oben gehen.

„Jak, es tut mir leid daß ich gestern an deinem Charakter gezweifelt habe. Ich kann deine Wut sehr gut verstehen. Und dann noch der Raki."

„Schon gut, Stelios, du hast ja recht gehabt. Es war nicht die feine Art. Aber dieser Typ ist noch viel weniger fein, und für seine Frau ist es allemal besser, wenn sie endlich Bescheid weiß!"

„Hoffentlich bringt sie ihn nicht um."

„Sie würde ihm damit immerhin einige Jahre Gefängnis ersparen."

„Jak, deine Logik hat so etwas Berechnendes."

„Nach dem Frühstück fahre ich übrigens nach Iraklion. Ich will noch mal versuchen Mathaeos zu finden."

„Du kannst den BMW nehmen."

„Im Ernst?"

„Im Ernst!"

„Und wenn ...?"

„Dann habe ich halt kein Auto mehr und muß dir meinen Esel leihen."

„Du bist ein Spinner, aber ein liebenswerter."

Ich stieg die Treppe hinauf und legte mich wieder ins Bett.

Plötzlich rüttelte Stelios mich wach.

„Jak, wach auf, du hast Besuch."

„Bist du verrückt, wie spät ist es?"

„Kurz nach elf."

Ich setzte mich ruckartig auf.

„Verdammt, ich wollte doch nach Iraklion!"

„Du wirst dein Programm ändern müssen. Der Inspektor ist unten und hat Neuigkeiten für dich."

„Neuigkeiten, mitten in der Nacht?"

„Man hat Achilleas gefunden."

„Was?"

„Das soll er dir selber erzählen. Komm einfach mit."

Ich war im Handumdrehen aus dem Bett und eilte die Treppe hinunter. Der Inspektor saß auf dem Stuhl vor Stelios' Schreibtisch an der Rezeption und rauchte eine entsetzlich stinkende Zigarette.

„Guten Tag, Herr Andreadis. Ich wußte gar nicht, daß Sie rauchen."

148

„Ich auch nicht. Aber heute morgen mußte ich irgendwie meine Nerven beruhigen. Und jetzt ist mir schlecht."

„Mir auch. Warum machen Sie das Stinkteil nicht aus?"

„Das wäre vermutlich das beste."

Er seufzte und drückte die Zigarette aus.

„Stelios sagte mir eben, sie hätten Achilleas gefunden. Ich wußte gar nicht, daß Sie ihn gesucht haben."

„Das habe ich auch nicht, und zwar deswegen, weil Sie mir schon wieder etwas verschwiegen haben."

„Ich habe Ihnen etwas verschwiegen?"

„Genau, und zwar, daß Achilleas Rousakis bei Ihnen war und offensichtlich einen heftigen Streit mit Ihnen hatte."

„Und woher haben Sie diese Information?"

„Von einem Zwerg namens Tassos. Der saß gestern vor Ihrem Büro im Kafenio. Ich war bereits heute morgen bei Ihnen, weil ich Sie über gewisse neue Entwicklungen bezüglich des Herrn Achilleas Rousakis informieren wollte. Ich stand vor der verschlossenen Tür, da kam Ihr Tassos angewuselt. Und ein Wort gab das andere, bis er mir erzählte, Sie hätten gestern Besuch gehabt und es sei etwas laut in Ihrem Büro zugegangen. Und Sie seien mit ziemlich grimmigem Gesicht aus Ihrem Büro gekommen, eine Weile, nachdem Ihr Besucher Sie sehr eilig verlassen habe. Sie hätten ihn, Tassos, keines Blickes gewürdigt, aber er, Tassos, habe wenigstens Ihren Besucher fotografiert. Angeblich soll er von Ihnen den Auftrag dazu haben."

Verdammt, ich hatte Tassos sein Spielzeug nicht wieder weggenommen, und er hatte meine Anweisung peinlich genau befolgt.

„Hat er Ihnen das Foto gezeigt?"

„Ja, ich wußte natürlich nicht, daß das Achilleas Rousakis ist, denn ich hatte ihn nie zuvor gesehen. Aber intuitiv ..."

„Werden Sie für Intuition bezahlt?"

„Die ist ein Teil meiner Arbeit, sonst käme ich nicht weit. Ich bin also meiner Intuition gefolgt und habe noch einmal in

Rethymnon angerufen. Von dort stammte nämlich die Neuigkeit, die ich Ihnen mitteilen wollte. Man bestätigte mir, daß das vorliegende Foto durchaus den Mann zeigen könnte, der in Rethymnon in der Leichenhalle lag und den man an Hand seiner Papiere als Achilleas Rousakis identifiziert hatte."

„Sagten Sie Leichenhalle? Ist er tot?"

„So kann man es nennen. Er stürzte gestern abend kurz vor der Abfahrt des Fährschiffes Galasio Kyma über die Reling und schlug auf dem Kai auf. Er war sofort tot. Obwohl er nicht sehr ansehnlich aussah, paßte meine Beschreibung auf ihn."

„Sie sagten, er stürzte über die Reling. Wurde er gestoßen oder ist er von alleine gefallen?"

„Das wußten die Kollegen in Rethymnon nicht. Sie haben auch nur deshalb in Agia Galini angerufen, weil sie außer über seine Identität auch noch darüber informiert waren, daß der Tote hier Verwandte hatte. Ich weiß nicht, anhand welcher Papiere man das herausbekommen kann. Der alte Rousakis hatte auch kein Telefon. Schließlich landete man bei uns auf der Polizeiwache. Ich wollte Sie eigentlich nur über Herrn Rousakis' Tod informieren ... und den Rest kennen Sie ja."

„Ich wüßte aber nur zu gerne, ob er zufällig vom Schiff gestürzt ist oder ob da jemand nachgeholfen hat."

„Und wenn ja, wer. Genau, da haben wir gemeinsame Interessen, Herr Anatolis. Das Foto sowie die Aussage des Herrn Tassos lassen die Sache in einem für mich ganz neuen Licht erscheinen."

„Wie meinen Sie das?"

„Nun, Rousakis war gestern bei Ihnen und es gab Streit. Schon vorher wurde ich auf Ihre äußerst schlechte Meinung über ihn aufmerksam, von wegen ‚kleine miese Ratte'. Da könnte man auf den Gedanken kommen ..."

„Du lieber Himmel, jetzt verstehe ich Sie erst. Sie wollen andeuten, ich könnte Achilleas über Bord geschubst haben?"

„Ich kann die Möglichkeit jedenfalls nicht ausschließen."

„Aber lieber Herr Inspektor, das ist doch völlig albern. Auf so eine Idee ..., also wissen Sie, ich bin ein durch und durch friedliebender Mensch. Außerdem hat er mich gestern überstürzt verlassen, ohne mir mitzuteilen, wohin er gehen wollte. Ich hatte keinen Schimmer von Rethymnon."

„Für einen friedliebenden Menschen sind die Knöchel Ihrer rechten Hand aber ganz schön aufgeschrammt. Sie haben mit Ihrer Faust nicht zufällig Herrn Rousakis' Kiefer malträtiert?"

„Na ja, wir hatten eine kleine Meinungsverschiedenheit, aber ..."

„Sehen Sie! Deshalb wäre es mir lieber, wenn Sie für gestern abend ein Alibi hätten, dann brauchen Sie sich nämlich auch nicht länger zu verteidigen, verstehen Sie?"

„Nichts leichter als das. Ich habe mich zugegebenermaßen mit Achilleas Rousakis gestritten und ihn auch geschlagen. Er hat mir schließlich in einem Moment, als ich nicht aufpaßte, eine volle Rakiflasche über den Kopf gehauen und ist getürmt. Als ich wieder zu mir kam, war ich darüber so wütend, daß ich viel zu viel getrunken habe. Und zwar in Gesellschaft von meinem Freund Stelios, der das sicher bestätigen wird. Und dann habe ich die ganze Nacht hier oben fest geschlafen. Ich kann also überhaupt nicht in Rethymnon gewesen sein und den Kerl ermordet haben!"

„Das ist korrekt."

Stelios Bestätigung klang wie ein Echo.

„Nun, wenn das so ist, und ich zweifle nicht an Ihrem Wort, Herr Stelios, dann scheiden Sie natürlich als Tatverdächtiger aus. Eigentlich schade, denn ich hätte Sie gerne eine Weile eingesperrt. Kleiner Scherz am Rande, aber was war denn los zwischen Ihnen und Achilleas?"

„Wir hatten moralische Differenzen."

„Sonst nichts?"

„Nein, sonst nichts."

„Und deshalb prügeln Sie sich mit ihm? Kein Wort glaube ich Ihnen, außer daß Sie nichts mit seinem Tod zu tun haben. Da es in dieser Angelegenheit aber schon mehrere Gewalttaten gegeben hat, unterstelle ich einfach mal, daß Achilleas keinen Unfall hatte, sondern daß ihn tatsächlich jemand über Bord gestoßen hat. Können Sie sich vorstellen, wer?"

„Nein, aber wenn ich eine Idee bekomme, erstatte ich Ihnen sofort Bericht!"

„Herr Anatolis, ich bin bis jetzt sehr geduldig mit Ihnen gewesen. Wenn Sie jetzt wieder querschießen, dann haben Sie endgültig ein Problem, das schwöre ich Ihnen."

„Herr Inspektor, haben Sie doch ein bißchen Vertrauen in unsere Zusammenarbeit."

„Da kann ich nur lachen. Sie wissen überhaupt nicht, wie man das Wort schreibt. Also, das ist meine letzte Warnung. Wo wollen Sie jetzt hin?"

„Zuerst einmal nach Mires."

„Zur O.E.T.S.K.?"

„Das auch"

„Gut, dann gehen Sie mit Gott. Aber ich warne Sie, wenn Sie nicht spätestens heute abend bei mir im Büro sind, werden Sie sich wünschen, nie im Leben nach Kreta gekommen zu sein!"

„Manchmal wünsche ich mir das jetzt schon. Aber gut, versprochen."

Der Inspektor stand auf, zündete sich eine Zigarette an und stapfte zur Tür hinaus.

„Auf geht's, Stelios, wir fahren nach Mires."

„Wieso wir?"

„Weil du gesagt hast, das sei unser Fall! Hast du das vergessen? Hast du etwa deinen Jeep und dein Motorrad vergessen?"

„Die vergesse ich nie!"

„Also los! Wir frühstücken in Mires."

„Aber ich fahre!"

„Natürlich!"

Stelios scheuchte den BMW über die Berge und durch die Messara, ich hielt mich krampfhaft am Sitz fest.

„Wenn du weiter so rast, machst du deine Karre noch selbst kaputt."

„Im Gegensatz zu dir kann ich Auto fahren!"

„Na, dann halte ich meinen Mund."

„Ich bitte darum."

Er umklammerte das Lenkrad so fest, daß seine Fingerknöchel weiß hervortraten.

„Jak!"

„Ich halte meinen Mund."

„Jak!"

„Was willst du?"

„Achilleas' Tod ... könnte es nicht dein Anruf bei seiner Frau gewesen sein, der ihn das Leben gekostet hat?"

„Willst du mir etwa ein schlechtes Gewissen einreden? So schnell hätte die Frau doch gar nicht reagieren können. Zwischen meinem Anruf und seinem Tod liegen nur ein paar Stunden."

„Ich meine auch nicht, daß sie ihn höchstpersönlich über die Reling geschmissen hat. Vielleicht hat sie Freunde auf Kreta oder sogar in Rethymnon, die von ihr beauftragt wurden, den Mord auszuführen. Hast du mal darüber nachgedacht?"

„Nein, aber in dieser Geschichte halte ich inzwischen nichts für unmöglich. Und trotzdem glaube ich eher an einen tödlichen Bruderzwist als an ein tödliches Ehedrama."

„Du denkst an Serafis?"

„Natürlich, das liegt doch absolut nahe."

„Ich hoffe, daß du recht hast."

„Glaub mir, ich habe recht."

Inzwischen hatten wir Mires erreicht. Als wir das Ortsschild passierten, fragte Stelios: „Wohin?"

„Zu Serafis! Hinter der Platia die erste Straße rechts. Ich sage dir, wo du halten mußt."

Wenig später waren wir vor dem Haus angekommen. Ich stieg aus und rüttelte am Gartentor. Es war wie gewöhnlich verschlossen. Suchend blickte ich mich um und entdeckte Serafis' allgegenwärtige Nachbarin am Fenster.

„Guten Tag, Frau Ravdhouchaki."

„Ach der Herr Trabakoulas. Hat Ihnen schon mal jemand gesagt, daß das ein komischer Name ist?"

„So ziemlich jeder. Wissen Sie, ob Serafis da ist?"

„Im Haus ist er nicht. Sie sehen ja, es ist alles zu. Aber heute morgen war er da. Er wird auf dem Feld sein. Ach, und gestern abend war er auch da, aber nicht alleine."

„Hatte er Damenbesuch?"

„Nein, gestern war sein Bruder da, er hat ihn mir im Vorbeigehen vorgestellt."

„Sein Bruder?"

„Ja, aber der ist nicht annähernd so attraktiv. Er ist ein ganzes Stück älter und untersetzt."

„Und was haben die beiden gemacht? Haben Sie vielleicht etwas gehört?"

„Nein, sie waren ziemlich leise. Nach einer Weile sind beide in Serafis' Auto gestiegen und weggefahren. Wohin, weiß ich nicht!"

„Und wann sind sie wiedergekommen?"

„Etwa drei Stunden später, ich habe nicht auf die Uhr geschaut! Und Serafis war alleine, sein Bruder war nicht mehr dabei."

„Und heute morgen ist er auf seine Felder gegangen? Können Sie mir nicht genauer sagen, wo die liegen? Ich muß ihn dringend finden!"

„Er hat mehrere Felder und auch einige Gewächshäuser. Versuchen Sie es mal an der Straße nach Gortys. Vor Gortys ist auf der linken Seite ein Kloster, gegenüber hat Serafis viel Land. Wenn Sie Glück haben, ist er da."

„Vielen Dank, Frau Maria. Sie haben mir sehr geholfen. Komm, Stelios!"

Wir stiegen in den Wagen, Stelios ließ den Motor an und wendete. Als wir fast wieder an der Hauptstraße waren, fiel mir etwas ein.

„Halt an, ich muß noch mal zurück."

„Hast du was vergessen?"

„Ja, ich muß die alte Klatschtante noch etwas fragen, du kannst ja hier warten."

„Mache ich."

Ich stieg aus und eilte die Straße zurück, Maria Ravdhouchaki lehnte noch immer am Fenster.

„Frau Maria, ..."

„Ja, bitte."

„Sie erzählten mir doch von Serafis' häufigem Damenbesuch. Und sie erwähnten insbesondere eine Dame, die öfter kam und besonders laut war. Haben Sie verstanden, was sie gesagt hat?"

„Gesagt ist gut."

Sie kicherte.

„Das nenne ich eher geschrien."

„Und was?"

„Das kann ich Ihnen sagen ..."

Als ich zu Stelios zurückkehrte, war ich sehr nachdenklich.

„Fahr los."

„Zu den Feldern von Serafis?"

„Ja, gegenüber vom Kloster."

Es war nicht weit zu der beschriebenen Stelle. Wir parkten am Straßenrand und gingen zwischen Olivenbäumen auf die Gewächshäuser zu. Dort waren mehrere Männer dabei, Plastikplanen auszubessern. Dann sah ich Serafis. Er lehnte auf einer kurzen Leiter an einem Gewächshaus und nagelte gerade eine Holzlatte fest, als wir näher kamen.

„Guten Tag, Serafis!"

Er zuckte zusammen. Fast hätte er den Hammer fallen lassen. Dann drehte er den Kopf.

„Ach, der Herr Soldat aus Kalamata. Wie war noch dein Name?"

„Mein Name ist Jak. Jak Anatolis.

„Und was willst du schon wieder von mir?"

„Komm doch erst mal von der Leiter runter. Nicht daß du fällst."

„Warum sollte ich fallen, aber meinetwegen."

Er stieg die vier Sprossen herunter, legte den Hammer weg und richtete sich zu seiner vollen Größe auf. Der muskulöse Oberkörper glänzte verschwitzt in der Sonne, die tiefbraun gebrannte Haut bildete einen sehr attraktiven Kontrast zu seinem blonden Haar. Despina und die alte Maria hatten recht, Serafis war ein wirklich gutaussehender Mann. Angesichts seiner Muskelpakete war ich allerdings froh, daß ich Stelios dabei hatte.

„Also, was wollt ihr von mir? Ich habe nicht viel Zeit."

„Mich würde interessieren, was du gestern gemacht hast."

„Gestern? Da habe ich hier gearbeitet."

„Das meine ich nicht. Ich spreche von gestern abend. Du hattest Besuch."

„Hat die Alte schon wieder gequatscht?! Aber was geht es dich an, ob ich Besuch hatte? Und welches Recht hast du überhaupt, mir solche Fragen zu stellen?"

„Das Recht der Überlegenheit des gehobenen Intellekts über deine agrotische Simplizität."

„Häh ...?"

Hinter mir hörte ich Stelios' knurrende Stimme.

„Laß mal, Jak, das versteht er nicht. Sag ihm einfach, wir sind zwei und er ist einer. Das heißt, wir sind stärker, und wenn er nicht redet, kriegt er ein paar auf die Nuß."

Serafis richtete sich noch weiter auf, falls das überhaupt möglich war, und spannte die Muskeln.

„Nimm den Mund nicht so voll, Dicker!"

„Wer ist hier dick?"

„Laß mal gut sein, Stelios. Und du, Serafis, was hast du gestern abend gemacht?"

„Das geht dich einen Scheißdreck an. Haut bloß ab, bevor ich euch von meinem Feld jage."

„Versuch es mal!"

Das war wieder Stelios, der mich zur Seite geschoben hatte und sich nun dicht vor Serafis aufbaute. Er war zwar nicht von dem selben körperlichen Ebenmaß, wirkte aber in seiner Massigkeit wesentlich bedrohlicher als Serafis, der vorsichtshalber einen halben Schritt zurücktrat. Stelios folgte ihm.

„Du machst einen Fehler, mein Junge. Ich bin nicht dick, ich bin nur etwas kräftig gebaut. Willst du ausprobieren, wie kräftig?"

„Wenn es sein muß."

„Wenn du dein Maul nicht aufmachst, wird es sein müssen! Also ..."

„Ich weiß nicht, was ihr von mir wollt."

Ich mischte mich wieder ein.

„Serafis, wenn du uns nicht sagst, was gestern abend los war, dann machen wir aus dir ein handliches Bündel und bringen dich nach Agia Galini. Wetten, daß du bei der Polizei gesprächiger bist?"

Er sah mich einen Moment zweifelnd an, drehte sich dann blitzschnell um und rannte zwischen den Gewächshäusern davon. Das Überraschungsmoment verschaffte ihm nur einen kleinen Vorsprung. Ich war schneller als Stelios, der mit seinem Gewicht schon bald kurzatmig wurde. Serafis schlug Haken zwischen den Gewächshäusern, um uns abzuschütteln.

„Lauf du links herum!"

Ich wartete nicht ab, ob Stelios meinem Ruf Folge leistete und lief so schnell ich konnte geradeaus. Als ich um die Ecke des Gewächshauses bog, sah ich, wie Stelios keuchend auf Serafis' Rücken saß und dessen Kopf auf den Boden drückte.

„Mann oh Mann, ein alter Gaul ist doch kein Rennpferd. Aber das links herum war ein guter Tip. Er ist voll in mich hineingerannt. Aber selbst dieser Möchtegern-Herkules wirft mich nicht um. Und wehe, du sagst noch einmal, ich sei dick, du Armleuchter."

Serafis bemühte sich verzweifelt, Stelios abzuschütteln. Doch der saß unverrückbar wie ein Fels und ließ ihm keine Chance. Schließlich sah Serafis es ein und hörte auf zu zappeln.

„Was wollt ihr denn überhaupt von mir?"

„Mann, bist du begriffsstutzig. Wir haben es dreimal gesagt, aber dir fällt einfach keine gescheite Antwort ein. Ich habe jetzt die Nase voll. Stelios, nimm ihn mit! Der Inspektor wird schon was aus ihm rausquetschen, und ich habe meine Zusage eingehalten."

Stelios rappelte sich hoch, nahm Serafis in den Schwitzkasten, bevor der einen weiteren Fluchtversuch unternehmen konnte und schleifte ihn zum Auto. Ich öffnete die Tür und klappte den Beifahrersitz vor, und Stelios stieß Serafis auf die Rückbank.

„Wenn er sich nicht ruhig verhält, dann stellst du ihn einfach ruhig. Laß mich zurückfahren, damit du die Hände frei hast!"

Stelios gab mir die Wagenschlüssel.

24

„Ich bin sehr erfreut, Sie zu sehen, Herr Rousakis. Auch wenn Sie offensichtlich nicht ganz freiwillig gekommen sind."

In Agia Galini hatten wir Serafis ohne weitere Umschweife aus dem Wagen gezogen und zur Polizeistation gebracht.

Er hatte erst gar nicht versucht Widerstand zu leisten. Inzwischen befanden wir uns im Büro des Inspektors. Serafis kauerte auf einem Schemel vor dessen Schreibtisch, Jorgos und Thanassis standen an der Tür, Stelios und ich saßen auf Stühlen an der Wand.

„Und ich freue mich besonders, daß ich meiner Menschenkenntnis wenigstens peripher vertrauen kann. Sie haben doch tatsächlich einmal Ihr Wort gehalten, Herr Anatolis!"

Er wandte sich wieder Serafis zu.

„Also kommen wir zu gestern abend, Herr Rousakis."

Seit Serafis sich nicht mehr in Stelios' unmittelbarer Obhut befand, schien sein Selbstvertrauen wieder gewachsen zu sein.

„Kommen wir doch erstmal zu der Tatsache, daß ich von zwei wildfremden Menschen verschleppt wurde. Sind die beiden etwa bei der Polizei?"

„Nein, das sind sie nicht. Aber ..."

„Dann haben sie auch kein Recht, mich zu verhaften."

„Sie sind nicht verhaftet, Herr Rousakis!"

„Ach nein? Dann kann ich ja wieder gehen!"

Er stand auf.

„Sie haben mich nicht richtig verstanden. Sie sind zwar nicht verhaftet, aber ich möchte mich sehr gerne mit Ihnen unterhalten. Und wenn Sie nicht freiwillig mit mir reden wollen, dann werden Sie ganz einfach verhaftet. Und zwar von der Polizei!"

„Und mit welcher Begründung? Ich kenne meine Rechte!"

„Ich auch, lieber Herr Rousakis, aber die sind mir scheißegal! Sie können sich später gerne beschweren. Vorerst aber schlage ich vor, Sie setzen sich wieder."

Serafis warf einen Blick auf die beiden Uniformierten an der Tür. Ein verächtliches Grinsen umspielte seine Lippen.

„Na, meinetwegen. Aber Sie können sich darauf verlassen, daß ich mich beschweren werde. Ich lasse mich nicht einfach von zwei Typen verschleppen, und Sie finden das auch noch ganz in Ordnung. Das wird Sie Ihren Job kosten!"

„Darum kann ich mir später Sorgen machen, jetzt kommen wir bitte zur Sache. Also: Gestern abend! Wir wissen, daß Ihr Bruder Achilleas bei Ihnen war."

„Woher wollen Sie das wissen."

„Herr Anatolis hat offensichtlich bei Ihrer Nachbarin einen Stein im Brett."

„Diese geschwätzige Alte."

„Sie brauchen nicht ausfallend zu werden. Geben Sie lieber alles zu."

„Was soll ich zugeben?"

Der Inspektor seufzte tief.

„Fangen wir von vorne an. Wann ist Ihr Bruder zu Ihnen gekommen und warum?"

Serafis senkte den Kopf und dachte eine Weile nach.

„Na gut, wenn Sie sowieso Bescheid wissen, kann ich auch den Rest erzählen."

„Darum bitte ich schon die ganze Zeit."

„Achilleas kam am Nachmittag. Wir trafen uns in einem Kafenio an der Hauptstraße. Er sagte mir, er sei auf der Flucht vor der Polizei, wegen des Mordes an unserem Vater."

„Falsch, er war vor mir auf der Flucht!"

„Herr Anatolis, halten Sie sich doch bitte einen Moment zurück."

„Schon gut, ich schweige."

„Und hat Ihr Bruder irgendwie angedeutet, daß er Ihren Vater umgebracht hat?"

„Natürlich nicht. Warum sollte er so etwas tun?"

„Weil mir bekannt ist, daß er dringend Geld brauchte. Er ist deshalb zu Ihrem Vater gekommen, der ihm angeblich versprochen hat, Sie mit dem Verkauf einiger Grundstücke zu beauftragen, damit ihm geholfen werden kann."

„Das ist völliger Unsinn, mein Vater hätte nie zu Lebzeiten eines seiner Grundstücke verkauft. Da war er eisern."

„Also liegt doch die Vermutung nahe, daß Ihr Bruder das genau wußte und deshalb dafür sorgte, daß die Lebenszeit Ihres Vaters zu Ende ging."

„Wollen Sie damit etwa sagen, Achilleas hätte meinen Vater getötet? Niemals, das hätte er mir gesagt."

„Ach ja?"

„Davon bin ich überzeugt."

„Und Sie hatten nie den geringsten Verdacht in dieser Richtung?"

„Nein, warum fragen Sie?"

„Weil Ihr Bruder tot ist und ich mir gut vorstellen kann, daß Sie dabei die Finger im Spiel gehabt haben. Vielleicht aus Vergeltung!"

„Was? Achilleas ist tot? Davon weiß ich nichts!"

Serafis sprang auf. Sofort waren Jorgos und Thanassis zur Stelle und wollten ihn wieder auf den Schemel drücken. Er schüttelte sie jedoch wie zwei Fliegen ab.

„Ja, er ist oder er wurde in Rethymnon auf einer Fähre über die Reling gestürzt und hat das nicht überlebt."

„Schrecklich!"

Serafis setzte sich jetzt freiwillig.

„Ja, und Sie haben damit nichts zu tun?"

„Nein, ich wußte nicht, daß er mit dem Schiff fahren wollte. Ich habe ihn in der Stadt abgesetzt."

„Sie geben also zu, daß Sie ihn nach Rethymnon gefahren haben?"

„Ja, das wissen Sie doch schon."

„Nun gut! Sie waren also zur Tatzeit in Rethymnon und hätten gut und gerne mit ihm oder nach ihm an Bord gehen können. Vielleicht sind Sie ihm gefolgt."

„Natürlich hätte ich an Bord gehen können. Vielleicht hätte ich ihn auch über Bord stoßen können, wie Sie gesagt haben. Aber ich war nicht da, ich bin gleich zurückgefahren."

„Das könnte stimmen, er war nur knapp drei Stunden weg, sagt seine Nachbarin."

„Herr Anatolis!"

„Ist schon gut."

„Hat Ihre Nachbarin eine Uhr?"

„Ich habe keine Ahnung."

„Also kann sie sich durchaus in der Zeit vertan haben."

„Was weiß ich? Ich bin jedenfalls sofort zurückgefahren."

„Haben Sie ein Gewehr?"

„Nein, warum?"

„Haben Sie auf Herrn Anatolis geschossen?"

Stelios setzte sich gerade hin.

„Nein, ich habe auf niemanden geschossen. Ich besitze kein Gewehr!"

„Überlegen Sie bitte noch einmal gut, ob Sie nichts vergessen haben."

„Ich habe alles gesagt, was ich weiß!"

„Etwas anderes, Herr Rousakis. Sie haben eben ausgesagt, daß Ihr Vater Ihnen nicht den Auftrag gegeben hatte, Grundstücke zu verkaufen. Sie haben es aber trotzdem getan, wie wir von der O.E.T.S.K. wissen, die die Grundstücke gekauft hat."

„Da war mein Vater schon tot."

„Das weiß ich, aber Sie haben keine Zeit verloren. Hatten Sie denn eine Vollmacht von Ihren Brüdern?"

„Nein, ich konnte weder Mathaeos noch Achilleas erreichen."

„Und da haben Sie die Vollmacht gefälscht und die Grundstücke auf eigene Faust verkauft?"

„Ja."

„Hatten Sie deswegen mit Achilleas Krach?"

„Meinen Sie, ich hätte ihn deshalb ermordet? Nein, wir hatten keinen Krach, weil ich ihm den Grundstücksverkauf verschwiegen habe."

„Und er hat dieses Thema nicht angesprochen?"

„Doch, er hat mich sogar darum gebeten, Grundstücke zu verkaufen, weil er Geld brauchte. Aber ich habe gesagt, er solle sich noch gedulden."

„Das konnte er aber wohl schlecht. Und warum haben Sie ihm nicht Geld aus dem Verkaufserlös gegeben? Sie hätten doch jederzeit noch mehr Grundstücke verkaufen können. Warum diese Eile? Ich meine, warum haben Sie nicht wenigstens ein paar Tage gewartet, bevor Sie verkauft haben?"

„Weil ... weil ... ich auch dringend Geld brauchte!"

„Das scheint in Ihrer Familie so üblich zu sein."

„Verstehen Sie bitte, ich stand unter großem Druck. Ich bin hoch verschuldet und soll spätestens morgen zahlen, sonst kriege ich gewaltigen Ärger. Man hat mich schon ein paar Mal angerufen!"

„Wem schulden Sie Geld? Und warum?"

„Ich habe vor einiger Zeit in einem Nachtclub in Iraklion sehr viel Geld verloren. Sie müssen wissen, ich spiele oft und gern, da ich eigentlich fast immer gewinne. Aber an diesem Abend hatte ich eine Pechsträhne. Und jetzt habe ich immense Schulden."

„Hieß der Club in Iraklion vielleicht Enjoy the Night?"

„Herr Anatolis!"

„Lieber Herr Inspektor, jetzt lassen Sie mich bitte auch mal was sagen! Also, was ist, hieß der Club so?"

„Ja, das kann sein."

„Und ist das vor gut zwei Wochen gewesen ... nein, inzwischen muß es fast drei Wochen her sein?"

„Ja, das kommt hin."

„Danke, keine weiteren Fragen"

„Was soll das, Herr Anatolis?"

„Nichts weiter. Ich wollte nur einen Anhaltspunkt haben für meine weiteren Ermittlungen."

„Und woher wußten Sie den Namen des Clubs?"

„Das ist der einzige Club in Iraklion, dessen Namen ich zufällig kenne."

„Herr Anatolis, woran liegt es bloß, daß ich Ihnen schon wieder nicht über den Weg traue?"

„Keine Ahnung! Unsere Zusammenarbeit verlief in letzter Zeit doch ausgesprochen gedeihlich Von daher könnten Sie mir noch einen Gefallen tun. Lassen Sie bitte feststellen, auf wen der Club eingetragen ist. Mir wird man das bestimmt nicht so ohne weiteres sagen wie Ihnen!"

„Nein, und das ist auch gut so."

„Wie man's nimmt. Aber wenn Sie schon den Telefonhörer in der Hand haben, dann könnten Sie auch gleich nach dem Besitzer der O.E.T.S.K. fragen. Es wäre ein Aufwasch."

„Und wozu wollen Sie das wissen?"

„Lieber Herr Inspektor, ich werde dafür bezahlt, neugierig zu sein. Und wenn ich etwas herausbekomme, kriegen Sie meine Puzzleteilchen schon mit. Aber Sie könnten ruhig auch ein paar beisteuern!"

„Siga siga, Herr Anatolis. Bisher fand ich die Zusammenarbeit mit Ihnen alles andere als gedeihlich. Aber gut, eine Hand wäscht die andere. Bis morgen mittag habe ich Ihre gewünschten Informationen, und Sie klären mich dann auf, wofür sie gut sein sollen."

„Herr Inspektor, sobald ich wieder leibhaftig vor Ihnen stehe, sage ich Ihnen alles, was ich bis dahin weiß. Versprochen!"

„Obwohl ich vermute, daß irgendetwas faul an Ihrer großartigen Versprechung ist, ohne zu wissen, was es genau ist, bin ich bereit, das Risiko einzugehen. Na, was sagt der Herr Privatdetektiv dazu? Und nun zurück zu uns, Herr Rousakis. Sie wissen, daß ich Sie verdächtige, Ihren Vater getötet zu haben. Vor allen Dingen, seitdem Sie zugegeben haben, daß Sie dringend Geld brauchen, das nirgends leichter zu holen war, als bei Ihrem Vater. Nur leider nicht, solange er lebte! Und aus der Sache mit Ihrem Bruder sind Sie auch noch nicht raus. Vielleicht wußte er doch, daß Sie Grundstücke verkauft und deshalb Geld genug hatten. Vielleicht hat er in seiner Not versucht Sie unter Druck zu setzen. Warum legen Sie nicht einfach ein Geständnis ab, dann könnte ich mir die Telefonate nach Iraklion sparen, die sich Herr Anatolis von mir wünscht."

„Herr Inspektor, ich kann nicht ausschließen, daß sich unser plötzlich so kooperativer Serafis nur teuflisch geschickt verstellt. Aber ich glaube sogar, daß er die Wahrheit sagt. Er ist nicht so gerissen, wie Sie glauben; ich vermute dagegen, er verfügt nur über ein eher einfach strukturiertes Gemüt!"

„Also, bitte ..."

„Du schweigst besser, Serafis, du merkst noch nicht einmal, daß ich dir gerade Unterstützung angedeihen lasse. Ich schlage vor, Herr Inspektor, Sie sperren ihn heute nacht in Ihre hübsche Arrestzelle, damit er uns nicht abhanden kommt."

„Was, ich soll eingesperrt werden? Ich denke, ich bin nicht verhaftet?"

Inspektor Andreadis grinste.

„Wie gut, daß Sie mich daran erinnern. Ich hätte doch beinahe vergessen, Ihnen mitzuteilen, daß die Dinge sich geändert haben. Hiermit verhafte ich Sie. Und da wir über keine Arrestzelle verfügen, werden Sie bis morgen in den Keller gesperrt."

„Das dürfen Sie nicht. Ich ..."

„Ja, ja, ich weiß, Sie wollen sich beschweren. Machen Sie das ruhig. Wenn die ganze Sache hier schief geht, habe ich sowieso genug Ärger am Hals, da kommt es auf Sie auch nicht mehr an."

Ich meldete mich wieder zu Wort.

„Herr Inspektor, es wird nichts schief gehen. Vertrauen Sie unserer guten Kooperation. Morgen melde ich mich bei Ihnen."

„Anatolis, machen Sie bloß keinen Mist!"

„Warum sollte ich? Vergessen Sie bitte nicht, daß Sie Serafis mir verdanken."

„Und mir", fügte Stelios hinzu.

„Und meinem Freund Stelios!"

„Also gut, ich gebe mich geschlagen. Auf diesen einen Tag kommt es auch nicht mehr an. Und Sie melden sich morgen mittag?"

„Selbstverständlich!"

25

Serafis war stinksauer. Zuerst mußte er sich von diesem unverschämten Schnüffler und seinem grobschlächtigen Freund wie ein Stück Vieh in die Polizeiwache schleppen lassen, und dann überging dieser Inspektor Andreadis auch noch lächelnd seine Einwände. Und zu allem Überfluß sperrte man ihn schließlich in dieses unsägliche Loch unter der Polizeistation, in dem sich nichts weiter befand als ein wackeliges Bettgestell, ein Stuhl und ein Tisch. Das Licht einer Straßenlaterne fiel durch das kleine Fenster und erleuchtete den Raum spärlich.

Allmählich dämmerte es ihm, daß die schäbige Unterbringung nicht sein Hauptproblem war. Er wurde tatsächlich des Mordes verdächtigt. Und daran war er selber schuld. Warum hatte er dem Inspektor bloß von seinen Geldsorgen erzählt? Und das, obwohl er unschuldig war, sich zumindest unschuldig fühlte.

Sicher war er an dem Abend, an dem er sich mit seinem Vater gestritten hatte, weil der ihm kein Geld geben wollte, unmäßig betrunken gewesen, so daß er nicht mehr wußte, wie er in dieser Wiese neben der Straße gelandet war. Als er dort in den frühen Morgenstunden frierend aufgewacht und so schnell wie möglich nach Hause in sein Bett gegangen war, hatte ein Filmriß alle Erinnerungen an die Mordnacht wie ein schwarzes Loch geschluckt. Zwar traute er sich nicht zu, zum Mörder zu werden, und schon gar nicht an seinem eigenen Vater, weder im Vollsuff noch im Zustand höchster

Erregung. Aber er verspürte Angst vor den drohenden Konsequenzen, wenn er tatsächlich seinen Vater erschossen hatte und sich bloß an nichts mehr erinnern konnte.

Es sprach einiges gegen ihn. Was sollte er tun? Er grübelte vor sich hin, aber alle seine Gedanken liefen auf das gleiche Ergebnis hinaus: Er mußte verschwinden und versuchen, Licht in seine jüngste Vergangenheit zu bringen. Entweder konnte er seine Unschuld beweisen, indem er den Mörder fand, oder er hatte ein großes Problem. Dann musste er von der Bildfläche verschwinden. Er war das Leben in der freien Natur gewohnt und würde in einem Gefängnis verrückt werden. Schon die wenigen Stunden, die er in dieser behelfsmäßigen Zelle zugebracht hatte, schnürten ihm die Luft ab. Er mußte raus!

Hektisch sprang er auf, rückte den Tisch unter das Fenster und stellte den Stuhl darauf. Als er schließlich oben auf der wackeligen Konstruktion stand, stellte er schnell fest, daß sich zwar das Fenster nicht öffnen ließ, es für einen ausreichend kräftigen Mann aber nicht allzu schwierig sein konnte, den morschen Fensterrahmen aus der Wand zu drücken. Und er war ein ausreichend kräftiger Mann. Da eine solche Aktion nicht ohne Lärm abgehen würde, wartete er auf eine passende Gelegenheit. Als ein alter Lieferwagen mit defektem Auspuff an der Polizeistation vorbeifuhr und einen Höllenlärm veranstaltete, gelang es ihm, das Fenster samt Rahmen in die Zelle hineinzuziehen und unter sich auf dem Tisch an die Wand zu lehnen. Nun war es nur noch eine Sache von Sekunden, sich durch die entstandene Öffnung zu zwängen und sich unter die Treppe zu kauern. Während er noch nachdachte, wie es weitergehen sollte, hörte er Schritte über sich. Es war der Inspektor. Als der um die nächste Ecke verschwunden war, nahm Serafis sein Herz in beide Hände und huschte in der Dunkelheit der Nacht davon.

26

Ich parkte den BMW in einer Seitenstraße am Kalergon-Platz und ging die letzten Meter zur Agiou-Titou-Straße zu Fuß. Stelios hatte mich schief angeschaut, aber nichts gesagt, als ich ihn morgens um die Autoschlüssel gebeten hatte, und sie mir in die Hand gedrückt. Als ich mich Mathaeos' Haus näherte, nahm ich einen kräftigen Brandgeruch wahr. Wie angewurzelt blieb ich stehen. Von dem Haus war bis auf die Grundmauern und einige verkohlte Balken nicht viel übrig. Auch das Nachbarhaus wies Brandspuren auf. Dort standen ein paar Passanten auf der Straße und waren in eine lebhafte Diskussion vertieft. Ich näherte mich, um etwas von ihrem Gespräch aufzuschnappen.

„So ein Unglück! Das schöne Haus! Der arme Mathaeos!"

„Das Haus kann ihm jetzt aber auch egal sein."

„Ja, das kann man wohl sagen. Er muß verdammt fest geschlafen haben."

Ich ging direkt auf sie zu.

„Guten Tag, die Herren. Was ist denn hier passiert?"

Sie waren so eifrig bemüht, Ihre Informationen los zu werden, daß mich keiner von Ihnen fragte, warum mich das interessierte.

„Hier hat es gebrannt."

„Das ist nicht zu übersehen."

„Gestern."

„Und Sie sagen, der Besitzer heißt Mathaeos?"

„Ja. Aber jetzt hat er nicht mehr viel von seinem Haus!"

„Nein, da ist nicht mehr viel von übrig. Weiß er es schon?"

„Und ob, und ob!"

Der Mann lachte verlegen.

„Er war schließlich drin, als es abbrannte."

„Wie bitte?"

„Sie waren im 1. Stock und haben geschlafen. Er und seine Frau. Sie sind beide tot. Ich habe gesehen, wie sie die verkohlten Leichen rausgebracht haben."

„Wann war das, sagten Sie?"

„Gestern."

„Gestern? Und wo sind die Leichen jetzt?"

„Vermutlich im Leichenschauhaus der Polizei. Aber warum fragen Sie? Sind Sie ein Bestattungsunternehmer?"

„Nein, ich komme nur zufällig vorbei. Und ich habe nur so gefragt! Ist doch interessant, so ein Feuerchen. Und wenn es dann auch noch Tote gibt. Da geht es mir wie Ihnen, meine Herren, oder?"

Sie fühlten sich ertappt, denn einer nach dem anderen entschuldigte sich wegen dringender Arbeiten und verließ den Ort des Geschehens. Ich stand alleine auf der Straße und dachte nach. Leider fiel mir nichts Gutes ein. So machte ich mich auf den Weg zur Polizei. Vielleicht konnte ich da mehr erfahren.

Das große Gebäude in der Dikaeosinis-Straße, in dem die Polizei von Iraklion untergebracht ist, war nicht schwer zu finden. Ich trat ein und sah mich einem mürrisch dreinblikkenden Uniformierten gegenüber, der an einem kleinen Schreibtisch saß. Ich legte meinen Ausweis vor ihm auf den Tisch. Er verschwendete keinen Blick dafür.

„Ja bitte?"

„Mein Name ist Anatolis, Jak Anatolis. Wie Sie dem hübschen kleinen Stück Plastik vor Ihnen auf dem Tisch entnehmen können, habe ich eine Lizenz für private Nachforschungen jeglicher Art in allen vier Regierungsbezirken der Insel Kreta. Deshalb bin ich auch hier, will sagen, ich möchte Ermittlungen anstellen."

„Und was wollen Sie ermitteln, wenn ich fragen darf?"

„Ich komme, wegen des gestrigen Brandes in der Agiou-Titou-Straße."

„Woanders hat es gestern nicht gebrannt. Augenblick, da muß ich den Chef rufen."

„Wenn Sie bitte so zuvorkommend sein wollen."

Er musterte mich mit einem schiefen Blick.

„Kommen Sie sich irgendwie witzig vor?"

„Nein, warum?"

„Ach, ist schon gut!"

Er wuchtete sich vom Stuhl hoch und verschwand durch eine Tür. Er kehrte in Begleitung eines anderen Beamten zurück, der meinen Ausweis vom Tisch nahm und ihn in aller Ruhe studierte.

„Sie sind Privatdetektiv?"

„Das ist mein Beruf."

„Und wie kann ich Ihnen helfen? Falls ich Ihnen helfen will."

„Sie könnten mir Näheres über den gestrigen Brand erzählen."

„Den Brand in der Agiou-Titou?"

„Woanders hat es doch nicht gebrannt."

„Der Typ meint, er sei witzig, Chef."

„Nichts liegt mir ferner."

„Lassen wir das. Was wollen Sie wissen?"

„Zum Beispiel habe ich gehört, daß es zwei Tote bei dem Brand gegeben hat. Und ich würde von Ihnen gerne die Bestätigung haben, daß es sich um die Besitzer des Hauses handelt, um Herrn Mathaeos Rousakis und seine Frau Despina."

„Es scheint so. Da aber die Leichen verkohlt waren, sind sie nicht einfach zu identifizieren.Unser Arzt untersucht sie gerade. Sie wissen schon, Gebißvergleich und so."

„Könnte ich eventuell Ihren Arzt sprechen?"

„Er ist noch beschäftigt. Wollen Sie warten, oder wollen Sie reingehen und zuschauen?"

„Also, dann lieber warten."

„Das kann ich verstehen. Setzen Sie sich in die Konditorei gegenüber. Ich schicke den Arzt zu Ihnen, er braucht dann wahrscheinlich auch einen Kaffee."

„Sie sind herzerfrischend unkompliziert."

„Nicht wahr. Sie wissen, daß ich Ihnen nicht zu helfen brauche, aber es macht mir auch nichts aus."

„Sie sind ein wahrer Menschenfreund!"

„Ja, ich ertrage sogar Privatdetektive."

„Das ist in Ihrem Beruf relativ selten."

„Jetzt gehen Sie aber lieber in die Konditorei!"

„Bin schon auf dem Weg."

Ich bestellte mir einen Métrio, ein Stück Schokoladenkuchen und einen doppelten Metaxa. Während ich das bauchige Glas in den Händen wiegte, sinnierte ich über dieser üblen Neuigkeit. Ich war sicher gewesen, daß Mathaeos mehr mit der Sache zu tun hatte, als Despina und ich wußten. Jetzt würde ich ihn nicht mehr befragen können. Die Sterblichkeitsrate der Familie Rousakis war erschreckend hoch.

„Sind Sie der Privatdetektiv, der mich sprechen wollte?"

An Tisch stand ein schlanker vollbärtiger Mann in einem weißen Kittel.

„Wenn Sie der Arzt sind?"

Er nickte und setzte sich.

„Vangelios, einen Kognak und einen Kaffee. Keinen Kuchen, ich habe keinen Appetit."

„War es so schlimm?"

„Glauben Sie mir, ich bin einiges gewöhnt. Aber zwei völlig verbrannte und verkohlte Menschen an einem Tag, das ist auch mir zuviel."

„Bitte ersparen Sie mir Einzelheiten. Was war denn das Ergebnis Ihrer Untersuchung? Sind es die richtigen Toten?"

„Sie sind richtig tot, jawohl. Und wenn Sie wissen wollen, ob es Herr Mathaeos Rousakis und seine Frau sind, auch das kann ich bestätigen. Ich habe sie einwandfrei identifiziert, da mir ihr Zahnarzt Röntgenbilder der Gebisse zur Verfügung gestellt hat."

„Und sie sind im Schlaf von dem Feuer überrascht worden?"

„Nein, das kann man nicht sagen."

„Nein? Wieso?"

„Weil sie schon seit einigen Tagen tot waren. Ich konnte aufgrund ihres Zustandes nicht exakt feststellen, seit wann, aber mit Sicherheit schon zwei Wochen oder noch länger. Ich habe starke Verwesungsspuren festgestellt. Das war nicht einfach, weil sie wie gesagt vollkommen verbrannt sind, aber ich mache den Job ja nicht erst seit gestern."

„Sie sind also ganz sicher, daß die beiden schon eine ganze Weile tot waren und nicht erst im Feuer umgekommen sind?"

„Absolut sicher!"

„Konnten Sie auch feststellen, woran sie gestorben sind?"

„Herr Rousakis hatte einen zertrümmerten Schädel. Bei seiner Frau vermute ich Tod durch Erwürgen oder Erstikken, da sie keine Verletzungen aufwies. Jedenfalls könnte es so gewesen sein, genau kann ich das nicht mehr feststellen."

„Die beiden liegen schon etwa zwei Wochen tot im Haus, und keiner hat etwas gerochen?"

„Um etwas zu riechen, hätte man schon ins Haus hineingehen müssen, da alle Fenster verschlossen waren."

„Und wenn jemand im Haus war, sagen wir zum Beispiel vor etwa einer Woche? Hätte er sie nicht riechen müssen?"

„Wenn er nur im Erdgeschoß war, vermutlich nicht, da zu diesem Zeitpunkt der Verwesungsprozess noch nicht so weit fortgeschritten war."

„Also gibt es nichts, was Sie an Ihrem Befund zweifeln läßt?"

„Nein, nichts. Ich sagte doch, ich mache den Job schon eine ganze Weile, und ich bin mir sicher."

„Herr Doktor, ich danke Ihnen für dieses Gespräch. Sie haben mir weitergeholfen, allerdings in eine Richtung, die ich nicht erhofft hatte."

„Ich nenne Ihnen nur die Fakten, mehr nicht. Was Sie daraus machen, ist Ihre Sache."

„Das ist wohl wahr. Darf ich Ihren Kaffee und den Kognak übernehmen?"

„Nur zu. Ich muß wieder an die Arbeit, es gibt noch viel zu tun."

„Es hat doch gestern keinen weiteren Brand gegeben."

„Aber zwei Ertrunkene ... Einen schönen Tag noch!"

Ich zahlte, überquerte die Straße und steuerte eine Telefonzelle an. Zum Glück verkaufte das Periptero nebenan Telefonkarten. Zuerst wählte ich Stelios' Nummer.

„Stelios, du mußt mir zwei Gefallen tun."

„Warum, gibt es etwas Neues?"

„Das erzähle ich dir später. Jetzt hör erst mal zu, ich rufe von einer Telefonzelle aus an. Geh mal rüber in das Haus vom alten Rousakis und schau nach, ob Despina da ist. Wenn die Tür verschlossen ist, brich sie auf und schau nach, ob ihre Sachen noch vorhanden sind."

„Meinst du, sie ist vielleicht weg?"

„Ich nehme es an, aber ich muß es genau wissen."

„Und der zweite Gefallen?"

„Such mir die Telefonnummer der Polizeistation heraus."

„91210, ich weiß sie auswendig!"

„Du bist wirklich zu gebrauchen. Also, schau jetzt bitte nach Despina und komm so schnell wie möglich zurück. Ich rufe dich gleich wieder an!"

„In Ordnung. Ist schließlich auch mein Fall."

„Natürlich!"

Ich drückte auf die Gabel und wählte erneut.

„Polizeistation Agia Galini, Plakakis am Apparat."

„Thanassis, hier ist Jak. Gib mir mal den Inspektor, wenn er da ist."

„Er ist da und er wartet sehnsüchtig auf dich! Du wolltest doch vorbeikommen."

„Von vorbeikommen habe ich nichts gesagt, ich wollte mich melden und das tue ich hiermit."

„Laß doch die Haarspalterei. Ich hole ihn."

Er knallte den Telefonhörer auf den Tisch. Inspektor Andreadis meldete sich.

„Herr Inspektor, hier ist Jak. Haben Sie meine Informationen?"

„Natürlich. Also, haben Sie etwas zum Schreiben?"

„Ja. Schießen Sie los."

„Der Nachtclub ‚Enjoy' ist auf eine Eva Kolyvaki eingetragen. Und die O.E.T.S.K. gehört laut Handelsregister einem oder einer gewissen J. Lavallier. Ich weiß nicht, wofür das J. steht, vielleicht Jaques oder Jaqueline, der Nachname hört sich jedenfalls französisch an."

„Danke, Herr Inspektor, das war es, was ich wissen wollte."

„Halt, nicht so schnell, Sie wollten mir als Gegenleistung alles erzählen, was Sie wissen. Das haben Sie hoch und heilig versprochen."

„Herr Inspektor, ein Heiliger war ich noch nie. Ich habe Ihnen nur versprochen, Ihnen alles zu erzählen, sobald ich wieder leibhaftig vor Ihnen stehe. Können Sie meinen Luxuskörper irgendwo sehen?"

„Nein, natürlich nicht."

„Sehen Sie, deshalb müssen Sie sich noch ein bißchen gedulden. Aber ich komme bestimmt bald persönlich vorbei, und dann spanne ich Sie nicht länger auf die Folter. Ich bin dicht an der Lösung, so viel darf ich aber schon verraten."

„Sie sind ein Mistkerl."

„Bis bald, Herr Inspektor. Leben Sie wohl!"

„Halt! Stop. Ich habe noch eine wichtige Information für Sie."

„Nämlich welche?"

„Serafis Rousakis ist auf freiem Fuß. Er ist abgehauen. Unsere Arrestzelle ist leider die Steine nicht wert, aus denen sie gebaut ist. Er ist durch das Fenster geflüchtet."

„Und keiner hat was gemerkt?"

„Keiner. Ich war ausnahmsweise noch spät unterwegs, und die beiden Pfeifen ... na, Sie wissen schon. Ich habe eine Fahndung nach ihm ausgelöst, aber das hat mich bisher nicht weitergebracht. Zur Zeit haben wir keine Spur von ihm."

„Das macht jetzt auch nichts mehr! Also bis später."

Ich wartete keine weiteren Einwände ab und legte den Hörer auf. Nach einer knappen Viertelstunde rief ich noch mal bei Stelios an.

„Jak, du hattest recht, sie ist weg. Und sie hat alle Sachen mitgenommen. Ich mußte noch nicht einmal die Tür aufbrechen, sie stand offen."

„Das haut genau hin. Jetzt hör gut zu, ich brauche dich! Komm bitte sofort her!"

„Was ist denn los?"

„Frag nicht so viel, setz dich in deinen BMW und gib Gas!"

„Du Blödmann, den BMW hast du."

„Oh Mist, hatte ich glatt vergessen, ich wäre doch tatsächlich mit dem Taxi weitergefahren. Dann nimm jetzt eben Marikas Auto oder einen Leihwagen, nur komm, und das bitte grigora!"

„Ich bin schon unterwegs. Wenn du mir noch sagst, wohin ich genau kommen soll."

„Dann hör genau zu, was ich dir sage ..."

Ich instruierte ihn sorgfältig, dann legte ich grußlos den Hörer auf.

27

Ich war bereits auf dem Weg zum Auto, als mir etwas einfiel. Ich ging zum nächsten Periptero und ließ mir von der Besitzerin das Telefonbuch von Kreta geben.

„Sind hier die ausländischen Namen nicht drin?"

„Nein, dafür gibt es ein extra Telefonbuch, die blauen Seiten. Aber warten Sie, das müßte ich irgendwo haben."

Sie kramte eine Weile herum und förderte dann tatsächlich ein dünneres Buch zutage.

„Na wer sagt's denn!"

Ich blätterte es hastig durch und fand den Namen, den ich suchte mit einer dazugehörigen Adresse in Iraklion. Das Glück war mir hold.

„Wo finde ich die Vikelastraße?"

„Das ist ganz einfach. Sie gehen diese Straße bis zur Ampel, dann nach links die Marktgasse ganz durch bis zum Kornarou-Platz. Und dann rechts die Straße, das ist die Vikela!"

„Sie sollten beim Fremdenverkehrsamt anfangen. Ich danke für Ihre Bemühungen!"

Sie lächelte geschmeichelt und verstaute die beiden Telefonbücher wieder an ihrem Platz.

„Wissen Sie, ich bin in Iraklion geboren und aufgewachsen, da kennt man sich eben aus ..."

Ich wartete ihre weitere Lebensgeschichte nicht mehr ab und machte mich zu Fuß auf den Weg. Die Beschreibung war perfekt; ich fand sofort die im Telefonbuch angegebene Hausnummer und an einer der unteren Klingeln des mehrstöckigen Mietshauses ein kleines handschriftliches Schild mit dem Namen Lavallier.

Ich drückte auf den Klingelknopf, niemand öffnete. Auch ein zweites Klingeln blieb ohne Resultat. Daraufhin klingelte ich im obersten Stockwerk. Als der Türöffner summte, schlüpfte ich ins Treppenhaus und verhielt mich ruhig. Eine Männerstimme rief etwas, dann hörte ich einen Fluch und eine Tür zuklappen. Leise stieg ich in den ersten Stock hinauf, wo drei Türen ein Namensschild hatten, die vierte hingegen nicht. Vorsichtshalber klingelte ich noch einmal. Als sich nach wie vor nichts regte, zog ich mein Taschenmesser heraus und hebelte vorsichtig das Schnappschloß auf. Die Tür öffnete sich und ich huschte hinein. Ich stand in einem kleinen Flur, von dem ich in ein Wohnzimmer sehen konnte. Die Fenstervorhänge waren zugezogen, in der Mitte des Raums standen ein Tisch und mehrere Kafenio-Stühle. Der Bewohner oder die Bewohnerin legte auf Komfort offensichtlich nicht viel Wert. An der Wand stand eine ausladende und ausgesprochen häßliche Schrankwand mit vielen Türen und Schubladen. Sofort machte ich mich daran, die Fächer systematisch zu durchsuchen. In der zweiten Schublade fand ich einen großen Stapel Papiere. Ich blätterte sie durch, nachdem ich den Vorhang vorsichtig ein Stück aufgezogen hatte, um besseres Licht zu haben. Fast alle Schriftstücke trugen den Briefkopf der O.E.T.S.K. Es handelte sich in erster Linie um Kaufverträge. Zwei davon trugen Serafis' Namen, was mich nicht überraschte. Dann stutzte ich jedoch und blätterte zurück. Beinahe hätte ich den Brief übersehen! Er war mit einigen knappen Anweisungen versehen, von denen die letzte lautete, das Schreiben nach Kenntnisnahme umgehend zu vernichten. Als ich die Unterschrift entdeckte, war ich froh, daß Herr oder Frau Lavallier dieser Anweisung nicht Folge geleistet hatte. Jetzt befand sich das fehlende Mosaiksteinchen für die Lösung der ganzen Geschichte in meiner Hand. Ich mußte an mich halten, um nicht vor Begeisterung aufzujauchzen. Sorgfältig faltete ich das Schreiben zusammen und steckte es ein. Dann sah ich mich weiter im Zimmer um.

Neben dem Telefon lag ein schwarzes in Kunstleder gebundenes Büchlein mit Telefonnummern. Da ich wußte, was ich suchte, schlug ich die entsprechende Seite auf und fand die Nummer, die ich erwartet hatte.

Ich pfiff zufrieden durch die Zähne. Damit hatte ich alles, was ich zu brauchen glaubte, um der Sache ein Ende zu machen. Auf geht's, Jak, du hast ein Rendezvous.

Ich steckte auch das schwarze Büchlein ein und verließ die Wohnung. Eilig kehrte ich zu Stelios' BMW zurück. Das Jagdfieber hatte mich gepackt.

28

Ungeduldig trommelte ich auf das Lenkrad. Der Verkehr auf der alten Ausfallstraße Richtung Rethymnon war wie so oft sehr dicht, und es ging nur stockend voran. So atmete ich erleichtert auf, als ich die Abzweigung zur Nationalstraße erreichte. Ich bog links ab. Zwei hübsche Anhalterinnen an der Auffahrt zur Schnellstraße überließ ich bedauernd ihrem Schicksal, dafür hatte ich jetzt keine Zeit. Als ich auf die Schnellstraße kam, schaltete ich die Scheinwerfer ein und gab Gas. Langsamere Wagen machten mir ehrerbietig Platz, wenn der orangene BMW in ihrem Rückspiegel auftauchte. Ich fuhr zügig über das Vorgebirge, und bald tauchte rechts der Straße unten am Meer eine weitläufige Bungalowanlage auf. Kurz hinter einer Tankstelle entdeckte ich das Hinweisschild nach Fodele und bog mit quietschenden Reifen ab. Auf der schmalen Landstraße, die durch weitläufige Olivenhaine führte, erreichte ich nach weiteren vier Kilometern das Dorf. Lange Zeit hieß es, hier sei der Maler Domenicos Theotokopoulos geboren worden, der unter dem Beinamen El Greco Weltruhm erlangte. Viele Besucher besichtigten über Jahre sein angebliches Geburtshaus, und so war auch dieses Dorf zum Nutznießer des Tourismus geworden.

Ich parkte den BMW und betrat das erste Kafenio.

„Hallo, der Herr, können Sie mir helfen?"

Der Wirt, der am hintersten Tisch seines völlig leeren Kafenio in eine Zeitung vertieft war, fixierte mich über seine Brille hinweg.

„Was wollen Sie?"

„Ich komme aus Iraklion und suche Freunde, die hier ein Ferienhaus haben. Der Name ist Rousakis. Es soll ein altes Bauernhaus sein und irgendwo am Rande des Dorfes liegen."

Letzteres war reine Spekulation, da Despina seinerzeit nur nebenbei erwähnt hatte, daß Mathaeos und sie ein Haus in

Fodele besitzen. Ich wußte nichts Näheres darüber, aber ich hatte Glück.

„Hier haben einige Leute aus Iraklion Häuser. Rousakis, sagen Sie? Dann meinen Sie sicher Mathaeos. Sein Haus ist nicht schwer zu finden. Gehen sie links runter bis zum Denkmal und dann schräg gegenüber in die Gasse. Es ist das letzte Haus auf der linken Seite, ein bißchen vergammelt. Mathaeos und seine Frau sind selten hier, aber ich kenne ihn gut, denn er kommt dann immer in mein Kafenio. Er ist ein netter Kerl ..."

Gewesen, dachte ich.

„Danke für die Information, da kann ich froh sein, gleich an Sie geraten zu sein."

„Ja, der Mensch braucht eben dann und wann ein wenig Glück."

„Wie wahr!"

Er nickte zustimmend und widmete sich wieder seiner Lektüre. Ich fand die Gasse ohne Mühe. Sie war mit Gras überwuchert, das an einigen Stellen platt gedrückt war, als ob erst vor kurzem jemand darüber gefahren sei.

Ich vergewisserte mich, daß Stelios' Pistole hinten in meinem Hosenbund steckte. Ich ging auf das Haus zu, das nicht zu übersehen war. Man sah sofort, daß sein Besitzer nur unregelmäßig herkam. Im Vorgarten wetteiferten Blumen und Unkraut um einen Platz an der Sonne, das Gartentor hing schief in den Angeln. Es stand halb offen, so daß ich geräuschlos hindurch schlüpfen konnte. Daneben gab es noch ein größeres, aber verschlossenes Tor, von dem Fahrspuren zu einem kleinen Schuppen hinter dem Haus führten. Ich schlich um die Ecke des Hauses, weil ich den Schuppen untersuchen wollte und vielleicht einen Blick durch eines der Fenster ins Haus werfen konnte.

Die Tür des Schuppens war verschlossen. Durch ein kleines unverglastes Fenster sah ich den vorderen Teil eines weißen Kombis, der gut der Wagen der O.E.T.S.K. sein konnte, den ich in Agia Galini mit den beiden Legionären gesehen hatte. Waren die etwa auch hier? Es wurde immer spannender!

Ich schlich weiter. Als ich vorsichtig um die Ecke zur Rückseite des Hauses schaute, zuckte ich zurück, denn dort saßen zwei mir nicht ganz unbekannte Personen auf einer kleinen Terrasse. Obwohl mit dem Rücken zu mir, erkannte ich Despina sofort an ihrem blaue Kostüm; ihr gegenüber saß der blonde Vandamme-Verschnitt in den Khakiklamotten. Die Wahrheit war anscheinend noch einfacher, als ich erwartet hatte.

Ich tastete gerade nach der Pistole, als sich mir schmerzhaft ein harter Gegenstand in den Rücken bohrte, der sich unangenehmerweise wie eine Pistolenmündung anfühlte. Sicherheitshalber hob ich die Arme hoch und im gleichen Augenblick wurde mir die Pistole aus dem Hosenbund gezogen. Ich blieb ruhig stehen und wartete ab, was mein Hintermann tun würde. Ein verstärkter Druck in meinem Rücken befahl mir, vorwärts um die Ecke zu biegen.

Als Jerome mich sah, sprang er überrascht auf und zog blitzschnell seine Pistole. Als er sah, daß ich nicht allein und nicht freiwillig um die Ecke kam, lächelte er siegessicher und steckte die Waffe wieder ein.

„Sieh an, der Schnüffler gibt uns die Ehre."

Ich nickte freundlich.

„Guten Tag. Jerome Lavallier, nehme ich an?"

Despina fuhr herum. Ihre Augen weiteten sich vor Überraschung.

„Jak, wie kommen Sie hierher?"

„Mein Schatz, ich war überzeugt davon, daß ich dich hier finden würde. Und ich hatte recht. Warum hast du Agia Galini so überstürzt verlassen?"

„Es ist einiges passiert ..."

„Das ist mir bekannt, falls du den Tod von Achilleas und die Verhaftung von Serafis meinst."

Jerome kam auf mich zu und unterbrach unsere Begrüßungszeremonie.

„Wie haben Sie uns gefunden?"

„Despina hatte mir von dem Haus in Fodele erzählt. Zwar nur nebenbei, aber mein Hirn ist wie das eines Elefanten. Es vergißt nichts!"

„Ihr Vergleich ist entzückend, aber unnütz. Jetzt bleibt Ihnen nichts anderes übrig, als Ihre Hände brav dort zu lassen, wo sie sind, sonst schießt Marco Ihnen die Rückenwirbel zu Brei."

„Ich wußte doch gleich, daß das Schweigen hinter mir von Ihrem Neandertaler kommt. Kann er schon selbst sprechen?"

„Das kann er, aber Sie haben Glück, daß er kein Griechisch versteht. Sonst wären Sie bereits tot."

Er sagte ein paar spanische Sätze zu Marco, dieser brummte etwas, das wie eine Zustimmung klang.

„Da Marco Ihre Pistole sicher verwahrt hat, damit Sie sich nicht verletzen, können Sie also die Hände herunternehmen und sich setzen, dann haben wir es etwas gemütlicher. Aber vergessen Sie bitte nicht, er behält Sie im Auge, und wir sind beide bewaffnet."

„Wenn Sie mit der Pistole so treffsicher sind wie mit dem Gewehr, ist mir nicht sehr bange."

„Spucken Sie keine großen Töne! Zweimal haben Sie Glück gehabt, aber das nutzt sich ab, wie Sie sehen."

„Das wird sich noch herausstellen."

Ich nahm die Hände langsam herunter, um Marco nicht nervös zu machen, und nahm auf dem Stuhl neben Despina Platz. Sie schaute mich mit betrübter Miene an.

„Jak, es tut mir leid. Es ist nicht so, wie Sie glauben."

„Da bin ich anderer Meinung. Und woher willst du wissen, was ich glaube, Eva?"

Sie zuckte zusammen. Jerome zog die Augenbrauen nach oben.

„Was haben Sie gesagt? Wie haben Sie sie genannt?"

„Ich habe sie Eva genannt, das ist doch Ihr richtiger Name, oder?"

Von der Seite hörte ich ihren unterdrückten Seufzer.

„Sie ist die Schwester von Despina Kolyvaki."

„Wie kommen Sie darauf?"

„Nun, Despina kann sie nicht sein, denn die liegt mausetot in der Kühlkammer der Polizei von Iraklion. Sie bietet keinen hübschen Anblick mehr. Haben Sie sie erwürgt, bevor sie verbrannte? Und Mathaeos? Womit haben Sie ihm den Schädel eingeschlagen?"

Er schaute mich eine Weile mit einem durchdringenden Blick seiner eisigen blaugrauen Augen an, ohne zu antworten. Dann schüttelte er den Kopf.

„Ich hätte nicht gedacht, daß Sie alles herausfinden würden, mein Kompliment."

„Danke, so schwer war das nicht. Ich kann Ihnen genau aufzählen, was mich darauf gebracht hat, daß mit meiner liebreizenden Auftraggeberin etwas nicht stimmen konnte."

„So? Da bin ich gespannt. Tun Sie sich keinen Zwang an und erzählen Sie, wir haben Zeit."

„Meinen Sie? Und was ist, wenn die Polizei schon unterwegs wäre?"

„Warum sollte sie? Sie sind doch so überheblich in Ihrer Selbstgefälligkeit, daß Sie sich einbilden, uns ganz alleine schnappen zu können. Und das haben Sie nun davon, aus und vorbei!"

„Warten Sie es einfach ab. Wollen Sie meine Geschichte hören?"

„Nur zu! Vielleicht können wir noch etwas von Ihnen lernen."

Er kicherte vor sich hin, was aber eher bedrohlich als lustig wirkte.

„Da bin ich sogar sicher. Beginnen wir also am Anfang. Natürlich hatte ich zuerst Serafis verdächtigt, seinen Vater ermordet zu haben. Das war von Ihnen und unserer gemeinsamen Freundin Eva schließlich auch so beabsichtigt."

„Was heißt hier unsere gemeinsame Freundin Eva?"

Er schaute mich drohend an.

„Fragen Sie sie doch selbst. Sie hat ihre Rolle wirklich sehr überzeugend gespielt, so daß ich geradezu in schönen Erinnerungen schwelge."

Die Adern auf seiner Stirn schwollen an.

„Wollen Sie damit andeuten, daß Eva ...?"

Als die Botschaft vollends bei ihm angekommen war, glaubte ich zuerst, daß er sich wutentbrannt auf sie stürzen würde, aber er konnte sich gerade noch beherrschen.

„Schluß damit, das klären wir später! Erzählen Sie weiter!"

„Wie gesagt, ich konzentrierte mich also zuerst auf Serafis. In diesem Zusammenhang waren Sie übrigens nicht besonders clever; es mußte Ihnen doch klar sein, daß ich sehr schnell die Verbindung zwischen ihm und der O.E.T.S.K. herausfinden würde."

„Na und, was sollte Ihnen das helfen?"

„Immerhin waren Sie so beunruhigt, daß Sie zweimal versucht haben, mich aus dem Verkehr zu ziehen!"

„Das geht auf Kastritsas' Kappe. Sie haben ihn nervös gemacht. Dabei hätten Sie uns nichts nachweisen können. Die O.E.T.S.K. hat nichts weiter getan, als das, wozu sie laut Handelsregister gegründet wurde: sie hat Grundstücke gekauft."

„Apropos Handelsregister! Dort sind Sie als Besitzer der Gesellschaft eingetragen, wußte Kastritsas das?"

„Nein, natürlich nicht, sonst wäre er noch nervöser geworden. Ich war für ihn der Mann fürs Grobe, der unvorhergesehene Schwierigkeiten aus dem Weg zu räumen hatte."

„Solche wie mich?"

„Solche wie Sie!"

„Was Ihnen aber nicht gelungen ist. Wie haben Sie es eigentlich geschafft, Serafis so schnell zum Verkauf zu bewegen?"

„Wir haben dafür gesorgt, daß er überraschend eine ganze Menge Schulden hatte, deren Begleichung drängte."

„Ach ja, die Spielschulden. Ich hatte vergessen, daß auch das ‚Enjoy' Ihnen gehört. Obwohl der Laden auf unsere Eva eingetragen ist. Sie hat den armen Serafis beim Spielen so durcheinander gebracht, daß er, obwohl er ununterbrochen verlor, unbeirrt weiter spielte. Er war felsenfest davon überzeugt, daß ihn sein übliches Spielerglück nicht im Stich lassen würde. Das konnte selbstverständlich nicht gutgehen, da er doch schon so viel Glück in der Liebe hatte."

„Mit wem?"

„Mit unserer gemeinsamen Freundin Eva; sie war ein gern gesehener Gast im Hause Rousakis. Und wenn ich der Nachbarin Glauben schenken darf, hatten Serafis und sie verdammt viel Spaß zusammen."

Diesmal mischte sich Eva ein.

„Woher wollen Sie das wissen?"

„Weil ich deine hübschen Gewohnheiten nur zu gut kenne, mein Täubchen, zum Beispiel diese."

Ich sog tief die Luft ein und schrie mit gellender Stimme: „Ja, komm, ich halte es nicht mehr aus. Ich komme, ich sterbe, ich steeerbe!"

Dann ließ ich mich wieder entspannt auf den Stuhl zurücksinken und schaute sie lächelnd an.

Jerome fuhr vom Stuhl hoch. Sein Gesicht war rot und wutverzerrt.

„Das reicht, Sie Dreckskerl!"

Dann atmete er heftig aus. Sein Gesicht entspannte sich, und verdächtig ruhig drehte er sich zu Eva um.

„Meine Liebe, nicht nur der Schnüffler scheint seinen Spaß mit dir gehabt zu haben. War das wirklich nötig?"

„Aber, Jerome, es ist nicht so ...“

„Laß dir wenigstens einen besseren Spruch einfallen. Der Schnüffler hat deinen Tonfall perfekt getroffen."

Sie ließ den Kopf auf die Brust sinken und begann stumm zu weinen.

„Und Sie kommen jetzt zum Schluß Ihrer Geschichte!"

„An mir soll es nicht liegen. Da wäre noch Achilleas. Ich bin mir zwar nicht sicher, aber es würde passen! Vermutlich stecken Sie auch hinter der netten kleinen Erpressung. Er sollte ebenso wie sein Bruder in akute Geldnot geraten, damit er gezwungener ist, die Grundstücke zu verkaufen, wenn es mit Serafis nicht klappt. Bei der Gelegenheit: den alten Rousakis haben Sie natürlich auch auf dem Gewissen."

„Nicht ganz, das war Marco. Aber ich war dabei, warum soll ich es nicht zugeben. Es wird Ihnen sowieso nichts mehr nützen."

„Auch das wollen wir doch bitte abwarten."

„Woher kommt nur Ihre verdammte Selbstsicherheit?"

Er sagte etwas auf spanisch zu Marco, worauf der begann, erneut das Gelände zu inspizieren.

„Kommen Sie bloß nicht auf dumme Gedanken. Ich kann gut alleine auf Sie aufpassen, und ich habe eine Pistole!"

„Ja, schon gut, soll ich jetzt weitermachen?"

„Bitte."

„Also, Achilleas wollte an Sie verkaufen, um an Geld zu kommen. Leider scheiterte das Geschäft an seinem Vater. Und dann platzte auch noch sein Alibi. Ich war mir zu diesem Zeitpunkt ziemlich sicher, daß er seinen alten Herrn ermordet hatte, weil er nicht diese stoische Mentalität wie sein Bruder Serafis hat. Der glaubt wahrscheinlich immer noch, daß sich alles von alleine zum Guten wenden wird. Und er hat an Sie verkauft, so daß er Ihnen seine Spielschulden zurückzahlen konnte. Das nenne ich Kreislauf des Geldes!"

„Genau, wir haben die Grundstücke umsonst bekommen."

„Ja, das war schlau ausgedacht. Aber nicht immer klappt alles so, wie es klappen soll. Sie haben dann vermutlich mitbekommen, daß Achilleas auf Kreta war?"

„Wir wurden davon unterrichtet und haben ihn kurz darauf mit Serafis in Mires entdeckt."

„Und Sie sind den beiden nach Rethymnon hinterhergefahren!"

„Sie haben es erfaßt."

„Und als sich Achilleas von seinem Bruder getrennt hatte, sind Sie ihm aufs Schiff gefolgt. Wer war denn diesmal an der Reihe?"

„Ich."

„Na also, dann haben Sie die Morde ja geradezu gerecht unter sich aufgeteilt. Nur eines habe ich noch nicht ganz verstanden: Warum haben Sie auch Mathaeos und seine Frau Despina umgebracht?"

„Mathaeos hatte dummerweise Unterlagen gefunden, die Eva schwer belasteten. Er warf ihr vor, sie sei nur auf Geld aus und habe es auf die Grundstücke seines Vaters abgesehen."

„Was er offensichtlich völlig richtig erkannt hatte. Mit den Unterlagen meinen Sie die Abrechnungen des Nachtclubs und den Brief der O.E.T.S.K.?"

„Genau."

„An wen war dieser Brief eigentlich gerichtet?"

„An mich. Nur hatte ich ihn versehentlich Despina mit den anderen Unterlagen gegeben, so daß Mathaeos ihn gefunden hat. Er war nicht blöd und hat sich einiges zusammengereimt."

„Also mußte er sterben?"

„Wir hatten bedauerlicherweise keine andere Wahl."

„Und warum haben Sie das Haus angezündet, obwohl die beiden schon länger tot im Haus lagen?"

„Weil ich hoffte, die verkohlten Leichen könnte man nicht identifizieren."

„Das war ausgesprochen kurzsichtig von Ihnen, weil das jeder Zahnarzt kann und erst recht ein Gerichtsmediziner. Als ich sicher war, daß die tote Frau in dem verbrannten Haus Despina war und nicht irgend eine Geliebte von Mathaeos, wurde mir klar, daß meine Despina nicht die echte sein konnte, sondern deren Schwester Eva war. Das Foto, das sie mir als traute Ehezweisamkeit im Rhodos-Urlaub untergejubelt hatte, brachte mich darauf. Auf einer Ansichtskarte schwärmte nämlich ihre Schwester Eva, also sie, von dem gemeinsamen Rhodos-Urlaub. Wer hat das Foto gemacht, die echte Despina?"

„Ja!"

Eva meldete sich wieder zu Wort.

„Es war ein schöner Urlaub. Damals habe ich nicht im Traum daran gedacht, daß ich einmal bei einem solch grausamen Spiel mitmachen würde. Daran bist nur du schuld, Jerome!"

„Natürlich, mein Engel, dir ist das Luxusleben, das ich dir geboten habe und dir weiterhin bieten kann, wenn unsere Geschäfte erfolgreich abgewickelt sind, völlig egal?"

„Jerome, es ist mir inzwischen wirklich egal."

„Aber mir ganz und gar nicht, ihr Schweine!"

Mit haßverzerrtem Gesicht sprang Serafis plötzlich wie ein Rachegott aus den Büschen hervor. In der Hand hielt er eine doppelläufige Schrotflinte.

„Serafis, wie kommst du hierher?"

Eva schlug entsetzt die Hände vor den Mund.

„Du verdammte Hure, ich habe alles mitangehört. Du hast nur dein mieses Spiel mit mir getrieben, die ganze Zeit, die wir miteinander verbracht haben, alles nur Heuchelei!"

„Nein, Serafis, nein, glaubst du, ich könnte mich so verstellen? Denk doch mal nach und befrei mich endlich aus der Gewalt dieses Bastards."

„Sei still, du Miststück. Ich habe gut verstanden, was der Schnüffler gesagt und Jerome in allen Einzelheiten bestätigt

hat. Die Schweine haben meinen Vater und Achilleas umgebracht. Und Mathaeos und Despina! Meine ganze Familie!
Und du steckst mit ihnen unter einer Decke. Du hast mich
die ganze Zeit nur benutzt. Ich lege euch alle um, mein Gott
ja, das bin ich meinen Brüdern und meinem Vater schuldig."

„Aber Serafis, du verstehst alles falsch! Ich bin auf deiner
Seite, ich war immer auf deiner Seite. Leg sie meinetwegen
alle um, ich gehe mit dir, wohin du willst, und ich verspreche
dir, wir werden noch viel Spaß miteinander haben. Nichts
war gelogen, ich liebe dich!"

Sie sprang auf und lief auf ihn zu, ohne auf die Schrotflinte zu achten. Sie wollte sich dramatisch an seine Brust
werfen, aber Serafis wischte sie mit einer ungeduldigen Handbewegung zur Seite, so daß sie ins Gras stürzte und dort
regungslos liegen blieb. Dann zielte er mit der Schrotflinte
wieder auf uns.

Ich befürchtete, daß er in seinem Zustand tatsächlich seine Drohung wahr machen könnte.

„Serafis, komm, warum willst du denn alle erschießen?
Ich zumindest habe dir doch nichts getan und auch keinem
von deinen Brüdern. Und schon gar nicht deinem Vater."

„Halt das Maul, Trabakoulas oder wie du sonst heißt. Soll
ich dich etwa als Zeugen übrig lassen, damit du mich für den
Rest meines Lebens hinter Gitter bringst?"

„Auch wenn du mich tötest, du glaubst doch nicht im
Ernst, daß du entkommen kannst. Auf ganz Kreta läuft die
Fahndung nach dir. Wie hast du überhaupt unbehelligt die-
ses Haus gefunden?"

„Nachdem ich aus diesem lächerlichen Polizeikeller in Agia
Galini abgehauen war, bin ich in das Haus meines Vaters
und habe sein Gewehr geholt, das er unter dem Bett versteckt hatte."

Ich Idiot, da hatte ich nicht nachgeschaut!

„Und dann sind Despina ..."

„Sie heißt Eva!"

„Wieso Eva?"

„Du hast es doch vorhin gehört? Sie heißt Eva, weil sie Despinas Schwester ist."

„Das verstehe ich nicht!"

„Das habe ich auch nicht anders erwartet."

„Ist mir auch egal! Dann sind also Despina, Jerome und Marco weggefahren, und ich habe einfach das nächste Auto, das nicht abgeschlossen war, kurzgeschlossen und bin hinterhergerast. Nachdem ich sie eingeholt hatte, bin ich ihnen bis hierher gefolgt. Und jetzt ist die Zeit der Abrechnung gek..."

In diesem Augenblick knallte ein Schuß. Serafis hatte plötzlich ein Loch in der Stirn, das aussah wie ein drittes Auge. Sein Gesicht war Ausdruck vollkommenen Unverständnisses darüber, was ihm gerade passiert war. Er ließ die Schrotflinte fallen und sackte ohne einen Laut zusammen.

Während Marco gleichmütig um die Ecke des Hauses geschlendert kam, lachte Jerome erleichtert auf und wandte sich wieder uns zu.

„Eva, steh schon auf. Gott sei Dank weiß ich jetzt, woran ich mit dir bin. Ich gedenke, langsam zum Ende dieser Unterhaltung zu kommen!"

Er zog die Pistole und ging kühl lächelnd auf die noch immer regungslos und vor Angst zitternd auf der Erde liegende Eva zu. In diesem Moment wurde vor dem Haus lautstark an die Tür geklopft.

„Hallo! Ist jemand zu Hause?"

Die beiden zuckten zusammen. Jerome machte Marco ein Zeichen, links um das Haus herum zu schleichen, während er zur anderen Seite lief. Ich atmete tief durch, denn ich hatte Tassos' Stimme erkannt, und wo Tassos war, konnte Stelios nicht weit sein. Zum Glück war er noch rechtzeitig gekommen. Ohne die leise wimmernde Eva eines Blickes zu würdigen, sprang ich auf, schnappte mir Serafis' Schrotflinte und spannte beide Hähne. Dann entschied ich mich, Jerome zu verfolgen. Als ich um das Haus lief, sah ich, wie er die Pistole auf dem Unterarm anlegte und auf Tassos zielte, der in diesem Moment erneut Einlaß begehrte. Der Lärm, den er dabei veranstaltete, gab mir die Möglichkeit, unbemerkt in Jeromes Rücken zu kommen und ihm die Mündung der Flinte hinter das Ohr zu stoßen. Er schwankte etwas, fiel aber nicht um.

„Laß die Knarre fallen, Jerome, sonst verpasse ich dir auch eine Schrotkur, und zwar voll auf die Zwölf, die wirkt noch schneller als beim alten Rousakis!"

Er erstarrte und ließ seine Pistole auf den Boden fallen.

„Steh auf, aber ganz langsam. Ich habe nach den Ereignissen des heutigen Tages einen verdammt nervösen Zeigefinger!"

Ohne sich umzudrehen stand er wie in Zeitlupe auf. Wenn er gehofft haben sollte, daß Marco noch einmal rettend eingreifen könnte, so mußte er jetzt erkennen, daß er keine Chance mehr hatte. Stelios kam in diesem Augenblick um die Hausecke. Über seiner Schulter hing wie ein nasser Sack der besinnungslose Marco.

„Hallo, Jak. Einen habe ich; er hatte nur Augen und Ohren für Tassos, der Dummkopf. Ich habe ihm einfach kräftig eins auf die Mütze gegeben, das hat ihn nachhaltig beruhigt. Und den anderen hast du, wie ich sehe. Sind das alle?"

„Ich schätze schon. Du kommst ziemlich spät!"

„Ich hatte eine Panne. Diese kleinen japanischen Mietwagen taugen nicht für einen kräftigen Mann wie mich. Aber besser ziemlich spät als zu spät!"

„Ist schon gut, Stelios. Serafis sieht das aber vermutlich ein bißchen anders."

„Ja, ich weiß, ich habe ihn gesehen. Damit ist die Familie komplett im Jenseits. Wer erbt eigentlich jetzt die Grundstücke?"

„Stelios, eine gute Frage zu einem schlechten Zeitpunkt. Laß uns erstmal die beiden transportfähig machen und die arme Eva auch."

„Welche Eva? Da ist doch bloß noch Despina."

„Despina heißt jetzt Eva, aber das erkläre ich dir später. Laß uns einpacken und gehen!"

Tassos hätte man für einen Bondage-Freak halten können. In Windeseile hatte er das Haus durchsucht und genügend Seil gefunden, um Jerome und Marco handlich zu verpacken.

„Tassos ist ausgesprochen nützlich, findest du nicht auch?"

„Das kann man so sagen, besonders als Ablenkungsmanöver für schießwütige Gangster."

Tassos schaute uns ungläubig an und wurde leichenblaß.

„Stelios, das zahl ich dir doppelt zurück!"

„Apropos zahlen, Eva schuldet mir noch Geld."

Ich ging wieder hinter das Haus. Eva war noch im selben Zustand, in dem ich sie verlassen hatte.

„Liebe Frau Kolyvaki, da wäre abschließend noch das Finanzielle zu regeln, mein Honorar für die letzten Tage und die vereinbarten Spesen."

Da sie nicht reagierte, bediente ich mich aus ihrer Handtasche. Und diesmal ließ ich mich in keinster Weise ablenken.

Stelios und Tassos kamen jetzt auch. Tassos schob den gefesselten Jerome stolz vor sich her, Stelios hatte den noch immer bewußtlosen Marco geschultert. In diesem Moment kam der Spanier stöhnend zu sich.

„Oh, der Herr ist erwacht. Dann kann er auch zu Fuß gehen!"

Stelios ließ Marco auf den Boden fallen und stellte ihn dann mit einem kräftigen Ruck auf die Füße. Marco schien nicht zu begreifen, was passiert war. Nachdem wir sicherheitshalber auch Eva die Hände auf dem Rücken zusammengebunden hatten, eskortierten wir die drei ins Dorf. Tassos ging voran, die Schrotflinte wie ein Soldat geschultert.

Im Kafenio bat ich den Wirt, telefonieren zu dürfen. Erstaunt blickte er unsere Gefangenen an, wies dann aber wortlos auf die große Glasvitrine, wo das Telefon stand. Ich wählte.

„Ela, Andreadis.“

„Wie schön, Sie gleich am Apparat zu haben, Herr Inspektor!“

„Anatolis, verdammt, wo stecken Sie?“

„Fragen Sie nicht so viel, sondern kommen Sie mit Ihren Hilfskräften sofort nach Fodele. Kennen Sie das Dorf?“

„Natürlich, Sie Witzbold, ich stamme aus Iraklion!“

„Na, dann lassen Sie sich nicht aufhalten. Wir warten im ersten Kafenio auf der linken Seite. Stelios' oranger BMW steht davor, Sie können es nicht verfehlen. Beeilen Sie sich, sonst bin ich besoffen, bis Sie da sind. Wir haben hier eine nette Parea und feiern unseren Erfolg. Ihr Fall ist nämlich gelöst!“

29

„Herr Inspektor, nach getaner Arbeit lade ich Sie zum Essen ein!“

Stelios mußte lachen.

„Das ist ein ganz neuer Zug an dir, Jak.“

„Oh, du wirst dich noch mehr wundern, wenn ich dir verrate, daß die Einladung auch für dich und Tassos gilt, nicht zu vergessen unsere beiden adretten Jungs Jorgos und Thanassis. Wie schafft ihr es bloß, euch niemals bei der Arbeit schmutzig zu machen? Lernt man das auf der Polizeischule? Nehmt mal Tassos, wie der abgerissen aussieht. Aber er hat auch gekämpft wie ein Löwe und euch die ganze Arbeit abgenommen!“

Die zwei Polizisten schauten ein wenig verlegen. Eva, Jerome und Marco waren von uns nach Iraklion gebracht worden, nachdem ich den Inspektor über die letzten Stunden aufgeklärt hatte. Er schien durchaus beeindruckt und sprach nicht mehr von „seinem Fall". Im Gegenteil, als ich meinen Bericht beendet hatte, nickte er und meinte:

„Ich gebe es widerwillig zu, aber Sie und Ihre Freunde haben ganze Arbeit geleistet. Ich hätte Ihnen das nicht zugetraut."

Nun standen wir vor der Polizeistation in Iraklion und überlegten, was wir mit dem angebrochenen Abend anfangen sollten.

Stelios ließ nicht locker.

„Sollte etwa der Tag gekommen sein, an dem du zu Geld gekommen bist?"

„Für ein frugales Nachtmahl wird es schon reichen, mein Freund."

Wir schlenderten durch die Marktstraße bis zu der kleinen überdachten Gasse, die im Volksmund Schmutzgässchen genannt wird, wo es die besten Garküchen der Stadt gab. Rechts und links reihten sich die Tische der Tavernen aneinander, in denen man vor einigen Jahren nicht auf die Toilette gehen konnte. Nicht etwa, weil es so schmutzig gewesen wäre, es gab einfach keine. Heute sind die hygienischen Verhältnisse etwas komfortabler, ein wenig schmuddelig allerdings immer noch. Das tat dem guten Essen jedoch keinen Abbruch. In der ersten Taverne, dem „Pantheon", schoben wir zwei Tische zusammen und setzten uns.

„Zugegeben, Freunde, ich wäre mit euch viel lieber in das feudalere ‚Knossos' am Morosinibrunnen gegangen, aber das hat leider vor einiger Zeit seine Pforten geschlossen, und außerdem will ich es mit den Ausgaben für den heutigen Abend ja auch nicht übertreiben. Last but not least gibt es hier die leckersten Zucchini der Stadt, ihr müßt sie unbedingt probieren."

„Ich weiß!" sagte der Inspektor.

Der Kellner kam an den Tisch und begrüßte mich wie einen alten Freund, der ich auch war. Dann wandte er sich an den Inspektor.

„Na, Michalis, altes Haus, auch mal wieder hier?"

„Herr Anatolis hat mich eingeladen. Er hat etwas zu feiern."

„Ja, mein alter Freund Jak weiß was gut ist. Zucchini wie üblich?"

„Und ordentlich Fleisch dazu. Ihr habt doch so einen leckeren Rinderbraten. Bist du immer noch ganz sicher, daß das Fleisch nicht aus England kommt?"

„Aber absolut!"

„Na, dann laß mal kommen. Und deinen besten Wein, aber reichlich."

„Ist schon fast da!"

Wir speisten lange und ausgiebig. Ich bestellte immer wieder nach, denn Theodoros' Küche hatte einiges zu bieten. Und – was die anderen nicht wußten – ich mußte mir um die Rechnung keine Sorgen machen. Ich hatte nämlich vor etwa einem Jahr, als ich mich als Privatdetektiv selbständig machte, mit Theodoros eine Wette abgeschlossen. Er war davon überzeugt gewesen, daß ich auf Kreta niemals einen richtigen Fall zu sehen bekommen, geschweige ihn lösen würde Dafür hatte er damals ein kostenloses Abendessen für mich und meine Begleitung als Einsatz riskiert. Und nun hatte ich die Wette gewonnen. Das wußte Theodoros aber zu diesem Zeitpunkt noch nicht, und deshalb freute er sich leider zu früh über unseren riesigen Umsatz. Aber ich wußte, daß er ein Ehrenmann ist!

Als wir alle reichlich gesättigt und vom guten Wein ermattet auf den Stühlen saßen, schlug ich mit dem Messer an mein Glas.

„Freunde, es ist an der Zeit, euch für die gute Zusammenarbeit zu danken. Ich möchte mich dafür nicht mehr erheben, da ich ebenso schlapp bin wie ihr. Und deshalb muß ich euch noch eines sagen. Das heißt eigentlich nur Ihnen, Herr Inspektor: Trinken Sie heute abend nicht mehr so viel, denn morgen früh müssen wir frisch sein."

Der Inspektor schaute mich verwundert an.

„Wie soll ich das verstehen? Warum müssen wir frisch sein, haben wir morgen noch etwas vor?"

„Ja, wir beide werden morgen eine kleine Reise unternehmen, und zwar mit der Olympic Airways. Wir fliegen früh nach Athen, ich habe vorhin telefonisch unsere Tickets bestellt."

„Was wollen Sie in Athen?"

„Ich habe noch etwas zu erledigen, und dafür brauche ich Sie ausnahmsweise zur Unterstützung. Mehr werde ich Ihnen heute abend aber nicht verraten, denn ich weiß, Sie lieben Überraschungen!"

„So sehr nun auch wieder nicht, und Ihre schon gar nicht!"

„Meine Überraschung wird für Sie der Nachtisch des heutigen Abends, das dürfen Sie sich nicht entgehen lassen. Und jetzt bitte keine weiteren Fragen, ich schweige wie ein Grab. Theodoros, bring uns den Metaxa!"

Eine halbe Stunde später verabschiedeten wir uns. Theodoros hatte die verlorene Wette wie erwartet mit Fassung getragen!

30

Die Boeing 737 flog den Athener Flughafen Ellinikon über das Meer an. Der Inspektor und ich kannten das irritierende Gefühl schon, jeden Moment ins Wasser zu stürzen. Aber wie bei jedem Anflug auf Athen, wurden einige Passagiere blaß vor Angst.

Auch diesmal rollte die Maschine unbeschadet auf dem Flugfeld aus. Ich hatte noch am frühen Morgen den Inspektor gebeten, einen Athener Kollegen mit zwei Streifenwagen zum Flughafen zu bitten. Die Beamten waren schon da und erwarteten uns an der Sperre, die wir ohne Kontrolle passieren durften, da wir von einem Inlandflug kamen.

Der Athener Kriminalbeamte kam mit ausgestreckten Armen auf uns zu.

„Inspektor Andreadis, würde ich meinen. Und Sie müssen Herr Anatolis sein."

„Ihnen bleibt nichts verborgen."

„Mein Name ist Konstantopoulos, Jorgos Konstantopoulos, Kriminalkommissar. Willkommen in Athen. Was können meine Beamten und ich für Sie tun?"

Bevor Inspektor Andreadis antworten konnte, ergriff ich das Wort. Das war meine Show!

„Herr Kommissar, wir benötigen Amtshilfe, so nennt man das doch, oder? Der Herr Inspektor will mit meiner und insbesondere mit Ihrer Unterstützung eine Verhaftung vornehmen."

„So? Davon weiß ich noch gar nichts!"

„Aber jetzt wissen Sie's, quasi ist das die Überraschung."

„Und wen wollen Sie verhaften?"

„Wir fahren zu einer bestimmten Adresse. Und bitte, lassen Sie zuerst mich reden. Wenn ich fertig bin, brauchen Sie nur noch die Handschellen klicken zu lassen. Die haben Sie doch hoffentlich dabei?"

„Sie sind ja ein richtiger Scherzbold!"

„Nicht immer, Herr Kommissar. Also worauf warten wir noch? Der Flughafen ist so ungemütlich, ich sehne mich nach einem kräftigenden Frühstück auf dem Syntagma-Platz. Aber hinterher!"

Dann quälten wir uns durch den morgendlichen Berufsverkehr der Athener City, bis der Kommissar Order gab, das Blaulicht einzuschalten. Von da an kamen wir etwas zügiger voran. Eine knappe halbe Stunde später hielten wir vor dem Haus der Familie Kolokotronis.

„Hier?"

„Ja hier! Lassen Sie uns reingehen."

Ich ging voran und läutete. Es dauerte eine Weile, bis die Tür geöffnet wurde. Es war wie erwartet das Hausmädchen.

„Er ist tot?"

„So ist es. Er starb quasi an einer ansteckenden Krankheit, die seine ganze Familie befallen hat."

„Wie meinen Sie das?"

„Sie sind der Habgier zum Opfer gefallen. Der Habgier nach Immobilien, die zunächst der alte Rousakis besaß und nicht hergeben wollte, und die die Söhne, nachdem der Vater ermordet worden war, nicht zu den Konditionen veräußern wollten, die man von ihnen gefordert hatte."

„Sie sprechen in Rätseln."

„Nein, ich spreche von der Lösung des Rätsels. Ich spreche von Ihnen und Ihrem Plan, sich den Landbesitz der Familie Rousakis unter den Nagel zu reißen, koste es, was es wolle."

Der Inspektor hinter mir stieß einen verblüfften Laut aus. Sophoklis Kolokotronis schaute mich mit der Hochmütigkeit des sieggewohnten Herrenmenschen an.

„Sie machen sich doch lächerlich! Sie stürmen am frühen Morgen mein Haus und beschuldigen mich eines Verbrechens. Das ist doch aberwitzig!"

„Tun Sie bitte nicht so scheinheilig, das nimmt Ihnen keiner mehr ab. Sie sind ein ebenso erfolgreicher wie gnadenloser Geschäftsmann, der – ich zitiere – mit allem Geld macht, woraus Geld zu machen ist. Und mit Immobilien ist an der Südküste Kretas in den nächsten Jahren viel Geld zu verdienen."

„Ja und? Natürlich handele ich auch mit Immobilien, ich handele mit beinahe allem. Ist das ein Verbrechen?"

„Manchmal schon, vor allem dann, wenn es mit Erpressung, Mord und Totschlag verbunden ist. Dabei treten Sie natürlich nicht selbst in Erscheinung, die Finger dürfen sich andere schmutzig machen. Wie zum Beispiel ein gewisser Jerome Lavallier, der in Ihrem Auftrag eine Gesellschaft gründete, die O.E.T.S.K., die für Sie legale, aber vor allen Dingen auch illegale Geschäfte auf Kreta erledigt."

„Was soll das für eine Gesellschaft sein? Ich habe nie von einer O.E.T. usw. gehört!"

„Nein? Und wie kommt es dann, daß Sie das Briefpapier dieser Gesellschaft benutzen, um Ihrem Angestellten, Herrn Lavallier, genaue Anweisungen zu geben, wie er sich bei seinen, nein, besser bei Ihren Geschäften auf Kreta zu verhalten hat? Der Mann befolgte dummerweise eine Ihrer Anweisungen nicht ordnungsgemäß und vergaß einen Brief zu vernichten, der beweist, daß Sie der Hintermann und Drahtzieher sind!"

Ich zog den Brief aus der Tasche, den ich in Jeromes Wohnung an mich genommen hatte, faltete ihn auf und hielt ihn ihm unter die Nase.

„Wollen Sie etwa bestreiten, daß das Ihre Unterschrift ist? Es würde Ihnen nichts nützen, da die Polizei hier bei Ihnen sicherlich etliche Unterlagen findet, die die gleiche Unterschrift tragen, nämlich die Ihre!"

Kolokotronis wurde unter seiner Bräune blaß und wollte mir den Brief aus der Hand reißen. Ich zog ihn schnell zurück und reichte das Schreiben dem Inspektor, der es einsteckte.

„Wo haben Sie das her?"

„Das spielt doch keine Rolle. Es ist auf jeden Fall Beweis genug, so daß Sie ein Geständnis ablegen sollten!"

„Ein Geständnis, Sie sind doch verrückt!"

Er wollte sich umdrehen und das Zimmer verlassen, aber Kommissar Konstantopoulos stellte sich ihm in den Weg.

„Sie wollen uns doch nicht verlassen, Herr Kolokotronis? Ich habe Herrn Anatolis aufmerksam zugehört und das Beweismittel zur Kenntnis genommen. Ich bin kein Freund übereilter Entschlüsse, aber die Indizien reichen weit über einen Anfangsverdacht hinaus. Ich muß Sie deshalb bitten, uns auf das Präsidium zu begleiten. Einer meiner Beamten wird Ihnen beim Ankleiden helfen, ein anderer bleibt hier, um auf meine Kollegen zu warten, die in Kürze mit einem Durchsuchungsbefehl zurückkehren werden. Und ich nehme an, daß Herr Anatolis recht hat, wir werden hier alles finden, was die Staatsanwaltschaft für eine Anklage braucht."

„So ist das, Herr Kolokotronis, Sie haben verloren."

Er hatte sich bereits wieder im Griff, würdigte mich aber keines Blickes mehr.

„Herr Kommissar, ich soll Sie auf das Präsidium begleiten?"

„Jawohl, ich bitte darum!"

„Dann werde ich mich ankleiden. In einer Viertelstunde stehe ich Ihnen zur Verfügung."

Er verließ das Zimmer. Auf den Wink des Kommissars folgte ihm einer der Uniformierten.

„Anatolis, ich bin endgültig beeindruckt."

„Ja, ich glaube, für den Anfang war ich nicht schlecht."

Der Inspektor war neben mich getreten.

„Die weitere Beweissicherung der Einzelheiten, die Herrn Kolokotronis betreffen, können Sie jetzt getrost uns überlassen."

„Was meinen Sie, was ich vorhabe? Ich werde mein verdientes Frühstück am Syntagma-Platz einnehmen, danach mit der nächsten Maschine nach Kreta fliegen und mich voller Wollust in die Arme meiner Liebsten werfen!"

„Sie sind zu beneiden."

„Sie haben vollkommen recht. Und dabei kennen Sie Marika überhaupt nicht!"

31

„Jak, du solltest diese Bude aufgeben. Hier kann man nicht wirklich wohnen."

„Diese Bude, wie du es zu nennen beliebst, Marika, ist mein Zuhause, auch wenn ich es schon fast zwei Wochen nicht mehr von innen gesehen habe. Zugegeben, es ist nicht besonders komfortabel, aber es paßt zu mir."

Meine „Bude" war ein besserer Ziegenstall im Erdgeschoß eines Bauernhauses in Melambes. Meine Vermieterin, die über mir wohnte, hatte einfach die Wände weiß, die Tür und den Fensterrahmen – ja, es gab sogar ein Fenster! – hellgrün streichen lassen. Meine Einrichtung bestand aus einem wackeligen Bett, einem Tisch und zwei Stühlen. Die Wände hatte ich mit zwei folkloristischen Hirtentaschen verschönert, wie sie in Agia Galini billig an Touristen verkauft werden. Zum Waschen diente mir ein Wasserhahn im Hof, und für die sonstigen Bedürfnisse gab es ein einfaches Plumpsklo. Hier war ich weit weg von der Welt und den Menschen, hier ging es mir gut, und ich zahlte eine angemessen niedrige Miete.

„Vorerst werde ich jedenfalls hier wohnen bleiben. Außerdem macht deine Anwesenheit selbst die ärmlichste Bude zum Palast!"

„Jak, du bist süß. Die letzten vier Tage waren herrlich. Keine Verpflichtungen, keine Hektik, nur wir zwei. Ich hätte Lust, noch bis zum Wochenende zu bleiben."

Jetzt erschrak ich. Schließlich war erst Montagmorgen. Nach vier Tagen trauter Zweisamkeit mit Marika waren vorerst alle meine Beziehungsbedürfnisse befriedigt. Ich sehnte mich wieder nach dem Leben in Agia Galini, nach den Kafenía und Tavernen. Ich wollte mit Stelios Raki trinken und Tavli spielen. Andererseits wusste ich, daß Marikas Verpflichtungen mich schon nach kurzer Zeit wieder zur Weißglut bringen und ich mir nichts sehnlicher wünschen würde, als mit ihr allein zu sein in meinem Palast in Melambes. Das waren die beiden Pole, zwischen denen sich mein Leben abspielte. Rauf und runter, allein, zu zweit und wieder allein. So war das eben.

Aber im Moment?

„Marika, musst du dich denn nicht auch mal um deinen Laden kümmern?"

„Erst heute abend wieder."

Das war ein guter Kompromiß! Etsi ine, wie man auf Kreta sagt ...

Anmerkungen

1. Diesen seinen ersten Fall hat Jak Anatolis schon vor einer kleinen Weile gelöst. Daher kommt z. B. noch der Name des alten Athener Flughafens Ellenikou und nicht der des neuen Eleftherios Venizelos vor. Und bezahlt wird auch noch mit Drachmen. Wahrscheinlich kommt Jak erst bei seinem nächsten Fall im Euro-Zeitalter an.

2. Mehrfach kommt in dieser Geschichte der Name Trabakoulas vor, über den sich mehr oder weniger alle amüsieren. Dazu muß der Leser wissen, daß ein gewisser Trabakoulas eine beliebte Figur des berühmten Kabarettisten Charry Klynn ist. Mit heiserer Stimme und fürchterlich bäuerlichem Idiom berichtet T. gerne Intimes aus dem Leben bekannter Politiker und vieles andere Lustige mehr.

3. Ich habe schweren Herzens darauf verzichtet, die im Griechischen benutzte Anredeform bei den Eigennamen ohne das End-S des Nominativs zu verwenden. Der deutsche Leser wäre nur verwirrt, wenn sich die Handelnden untereinander grammatikalisch korrekt mit Serafi statt Serafis, Tasso statt Tassos usw. anreden würden. Aus dem großzügigen Wirt Theodoros hätte ich in der Anredeform sogar einen Theodore machen müssen!

4. Die im Text vorkommenden griechischen Wörter sind vermutlich allgemein bekannt, dennoch:
– periptero = Kiosk
– kafenio = Kaffeehaus
– leoforio = Bus
– parea = Gesellschaft
– siga siga = immer mit der Ruhe
– etsi ine = so ist es

5. Relativ häufig wird Jaks Lieblingsgetränk Raki erwähnt. Raki ist ein dem Grappa sehr ähnlicher (aber fast noch wohlschmeckenderer) Schnaps, der ebenfalls aus den Resten der Trauben nach dem Keltern gebrannt wird. Er ist eine kretische Spezialität und nicht überall in Griechenland bekannt. Keinesfalls darf man ihn mit dem türkischen Raki verwechseln, der ein Anisschnaps ist wie der Ouzo.

6. Im Text „versteckt" sich eine ganze Reihe von Zitaten, die wohl zum größten Teil bekannt sind, so daß ich sie nicht extra kennzeichnen mußte. Ich danke dafür unter anderem Mario Puzo, Neil Armstrong, Uderzo und Goscinny, Schobert & Black. Abgesehen davon habe nicht ich zitiert, sondern mein offensichtlich ziemlich belesener Freund Jak.

7. Und es muß wohl sein: Daß ich mich in den Anmerkungen nur an den Leser wende, soll keine Diskriminierung der Leserinnen implizieren! Im Gegenteil, liebe Leserinnen, ich wünsche mir von Ihnen so viele wie möglich. Und die kleinen chauvinistischen Züge, die Jak dann und wann und mehr oder weniger diskret an den Tag legt, sind ihm natürlich nicht angeboren, sondern vermutlich „mühsam in Griechenland erworben". In diesem Sinne ... nichts für ungut!

Klaus Eckhardt:
Todesflug am Ida
Der zweite Fall des Jak Anatolis
210 Seiten, ISBN 978-3-937108-02-5

Während die kretische Polizei sich bemüht, den
Absturz eines zweimotorigen Flugzeugs im Ida-
Gebirge aufzuklären, bei dem drei Menschen
starben, soll der Privatdetektiv Jak Anatolis für
Emmanouil Frenakis, Besitzer einer Chemie-
fabrik in Chania, dessen entführte Tochter Rita
suchen. Gibt es eine Verbindung zwischen dem
rätselhaften Todesflug am Ida und der Entfüh-
rung? Wie im ersten liebt Jak auch in seinem zweiten Fall den Raki, die
Frauen und das Spiel mit der Polizei.

Klaus Eckhardt:
In Agia Galini wartet der Tod.
Der dritte Fall des Jak Anatolis
180 Seiten, ISBN 978-3-937108-10-0

Der Privatdetektiv Jak Anatolis langweilt sich.
Seine Freundin Marika ist verreist, und in Agia
Galini ist im Mai noch nicht viel los. Doch dann
wird ein Tourist unterhalb der Klippe am Strand
tot aufgefunden. War es Unfall, Selbstmord oder
sogar Mord? Als kurze Zeit später ein weiterer
Tourist spurlos verschwindet, hat Jak gleich zwei
Auftraggeberinnen, die allerdings sehr unter-
schiedliche Interessen verfolgen.

Klaus Eckhardt:
Der Teufel aus den Weißen Bergen
Der vierte Fall des Jak Anatolis
192 Seiten, ISBN 978-3-937108-16-2

Jak Anatolis geht es schlecht. Der Privatdetektiv
hat zwar einen Autounfall überlebt, muss aber
eine lästige Halskrause tragen. In seiner Abwesenheit war in Agia Galini ein Mann erstochen
worden und aus dem Gefängnis waren vier Häft-
linge entkommen. Aber für Jak von Interesse ist
nur seine neue Klientin und ihr lukrativer Auftrag.
Der Fall entwickelt sich schnell zum Alptraum.

Klaus Eckhardt:
Triopetra – Feuer im Paradies
Der fünfte Fall des Jak Anatolis
188 Seiten, ISBN 978-3-937108-24-7

Jak Anatolis geht es prima: langjährige Schulden sind beglichen, mit Marika, seiner Freundin, läuft alles Bestens und der Raki mundet ihm nach wie vor. Dieser entspannte Zustand ändert sich, als ihn ein deutsches Ehepaar beauftragt, den Mörder ihrer Tochter zu finden. Die junge Frau war nur mit einer dunkelgelben Kutte bekleidet an der Straße zwischen Akoumia und Triopetra an der Südküste Kretas erschossen aufgefunden worden. Nicht nur die Polizei tappt im Dunkeln. Da wird eine zweite Tote gefunden: auch sie eine junge Touristin, auch sie erschossen und auch sie nur mit einer dunkelgelben Kutte bekleidet ...

Klaus Eckhardt:
Kreta – Der Autoreiseführer
206 Seiten, ISBN 978-3-937108-28-5

Der erste Rundtouren-Führer für Kreta ist der ideale Begleiter für Kreta-Urlauber mit Mietwagen, die wissen wollen, wo auf der Insel es schön und interessant ist. Der Vorteil der 25 ausgewählten Pkw-Touren: sie führen stets zum Ausgangspunkt zurück, und man kann an dem Punkt auf der Strecke in sie einsteigen, der dem eigenen Urlaubsdomizil am nächsten liegt. Die einzelnen Streckenabschnitte werden genau und verlässlich beschrieben, samt all der Sehenswürdigkeiten, die ein Anhalten und Verweilen lohnen.

Stephan Kinkele:
Aphrodites Vermächtnis
346 Seiten, ISBN 978-3-937108-09-4

„Stephan Kinkele entführt den Leser seines spannend geschriebenen historischen Romans in eine vergangene Welt. Aussagestark und gekonnt schildert er die damaligen Lebensumstände. „Aphrodites Vermächtnis" ist der erste Roman von Kinkele, der zwanzig Jahre auf der griechischen Insel Kythera lebte." *Badisches Tagblatt*

Jürgen Bosch:
Melambés oder Die Frau vom Strand
203 Seiten, ISBN 978-3-937108-15-5

Der 45-jährige Rechtsanwalt Max Bauer hat
finanziell ausgesorgt und sich weitgehend aus
dem Beruf zurückgezogen. Er lebt viele Monate
im Jahr auf Kreta und ist davon überzeugt, sein
Leben gut im Griff zu haben.

Als er den Auftrag übernimmt, die von einer
Reise nach Kreta nicht zurückgekehrte Frau eines
deutschen Unternehmers zu suchen, ahnt er noch
nicht, dass ihn seine eigene Vergangenheit einho-
len wird. Da die Vermisste zum Verwechseln einer geheimnisvollen Frau
ähnlich sieht, mit der er vor Jahren auf Kreta eine bizarr verhängnisvolle
Liebesbeziehung hatte, gerät die Suche nach ihr zu einem verwirrenden
Spiel um Gewalt und Leidenschaft. Max Bauer muss sich nicht nur mit der
kretischen Rauschgiftmafia und Aussteigerszene auseinandersetzen, sondern
auch mit seinen eigenen Erinnerungen.

Paul J. Lingard:
Der Hund von Paleochora
206 Seiten, ISBN 978-3-937108-29-2

Eine Journalistin aus Wien braucht Urlaub und
fährt für eine Woche nach Paleochora im Südwe-
sten von Kreta. Sie verliebt sich in den örtlichen
Polizeichef und hat einen handgreiflichen Flirt
mit einem schwedischen Surfmeister. Auch ein
türkischer Drogendealer mit seiner schwei-
zerischen Freundin will in Paleochora Urlaub
machen. Seine Yacht wird auf der Hinfahrt von
der Konkurrenz in die Luft gesprengt und die
beiden werden von einem Fischer aus dem Meer gerettet und irgendwo an
der Südküste abgesetzt. Auch noch einige andere Typen haben Paleochora
als Ziel, alle mit ungewöhnlichen Lebensentwürfen und einer sehr eigenen
Auffassung von Leben und Tod, von Treue, Liebe und Beziehung, von
Schuld und Sühne. In sieben Tagen kreuzen sich ihre Wege, führt sie das
Schicksal nach Paleochora, um dort zu leben – oder zu sterben.

„Sie schon wieder?"

Ihr Blick fiel auf die zwei Kriminalbeamten und die drei uniformierten Polizisten.

„Und die Polizei?"

„Genau, ich und die Polizei!"

„Möchten Sie Herrn Rousakis sprechen?"

„Das wird wohl kaum möglich sein. Nein, wir möchten zum Chef des Hauses."

„Sie meinen Herrn Kolokotronis?"

„Wen sonst, meine Liebe."

„Gut, dann kommen Sie herein, ich werde Bescheid sagen."

Sie führte uns in das Empfangszimmer.

„Wenn Sie bitte hier warten wollen."

Wenig später waren feste Schritte zu hören. Die Tür öffnete sich, und ein grauhaariger Mann von imposanter Statur trat ein. Sein markantes Gesicht war sonnengebräunt, um die Mundwinkel zogen sich zahlreiche Falten, die ihm einen strengen Ausdruck verliehen. Dieser Mann schien selten zu lachen. Er trug einen teuren Morgenmantel und bestickte Pantoffeln. Aber selbst in dieser Aufmachung hatte seine Erscheinung etwas Militärisches.

„Guten Tag, ich bin Sophoklis Kolokotronis. Sie wollten mich sprechen?"

Ich trat einen Schritt vor.

„Guten Tag, Herr Kolokotronis. Ich heiße Jak Anatolis. Dieser Name wird Ihnen vermutlich nichts sagen, aber das wird sich jetzt ändern."

„Inwiefern?"

„Ich habe Ihnen Grüße auszurichten!"

„Von wem?"

„Von Ihrem Schwiegersohn, Herrn Achilleas Rousakis."

„Ach ja, wie geht es ihm?"

„Leider nicht so gut wie Ihnen, Herr Kolokotronis, denn er ist bedauerlicherweise verschieden."

Reihe Sedones

Bestellung im Buchhandel oder direkt beim Verlag:

Verlag Dr. Thomas Balistier

Egartstr. 19, D-72127 Mähringen
Tel.: 07071/36 80 18 Fax: 07071/36 80 18
www.kreta-buch.de